Len Deighton wurde 1929 in London geboren. Gleich sein erstes Buch (1962) wurde ein spektakulärer Erfolg. Drei seiner früheren Romane wurden mit Weltstar Michael Caine in der Hauptrolle verfilmt. Len Deighton lebt heute in Irland.

Von Len Deighton sind ebenfalls als Knaur-Taschenbücher erhältlich:

»Finale in Berlin« (Band 1733)
»Goodbye für einen Helden« (Band 1560)
»Ipcress – Streng geheim« (Band 1734)

Vollständige Taschenbuchausgabe 1988
Droemersche Verlagsanstalt Th. Knaur Nachf., München
Lizenzausgabe mit freundlicher Genehmigung des
Scherz Verlages, Bern und München

Titel der Originalausgabe »Billion Dollar Brain«
Einzig berechtigte Übersetzung aus dem Englischen
von Gisela Stege und Dr. Helmut Roesler

Umschlaggestaltung Manfred Waller
Umschlagfoto Sammlung Menningen
Druck und Bindung Elsnerdruck, Berlin
Printed in Germany 5 4 3 2 1
ISBN 3-426-01798-9

Len Deighton:
Das Milliarden-Dollar-Gehirn

Roman

Knaur

INHALT

Der Frühling ist eine Jungfrau, der Sommer eine Mutter, der Herbst eine Witwe und der Winter eine Stiefmutter.

RUSSISCHES SPRICHWORT

Zwei Länder der Sage, Kalevala und Pohjala, liegen in ewigem Krieg miteinander. Sie kämpfen um eine Zaubermühle, die unaufhörlich Salz, Korn und Geld mahlt. Ein alter Mann namens Vainamoinen ist die wichtigste Figur in diesem Zwist, aber er ist ebenso Musikant und bläst seine Weisen auf einer Flöte aus Hechtknochen. Vainamoinen wirbt um die schöne junge Aino, aber sie geht lieber ins Wasser, als einen alten Mann zu heiraten.

AUS DEM FINNISCHEN VOLKSEPOS KALEVALA

Mr. Paul Getty wird der Ausspruch zugeschrieben, daß eine Milliarde Dollar heute auch nicht mehr das sei wie früher.

NUBAR GULBENKIAN

I London und Helsinki

1

Es war am Morgen meines Geburtstages, des hundertsten oder so. Ich rasierte mich unter der trüben Badezimmerlampe, und irgendwie erinnerte mich mein Gesicht an Humphrey Bogart. Er hatte das gleiche Pferdegebiß, den gleichen Haarwuchs, aber eine halbe Million Dollar im Jahr. Ich betupfte mit dem Alaunstift den kleinen Schnitt, und es sah aus, als lande eine weiße Rakete zwischen Mondkratern.

Draußen war typisches Februarwetter. Es schneite jene Sorte von – übrigens erstem – Schnee, die ein tüchtiger PR-Mann mit Wonne an die Reise-Journalisten verkauft. Die Mädchen ließen die Flocken auf ihren Frisuren, sie wußten, es sah gut aus. Die Zeitungen brachten Fotos von altbekannten Standbildern mit neuem, glitzerndem Make-up. Es fiel nicht ganz leicht, diesen herrlichen, sauberen, sterilen Schnee verantwortlich zu machen für den ätzenden Ärger, den die britische Eisenbahn bekommen würde.

Das Haus in der Charlotte Street, in dem ich arbeitete, knarrte vor Altersarthritis; die Tapete hatte die Beulenpest, war aber immer noch erträglicher als der gangrän-grüne Anstrich weiter oben. Im ersten Stock wies ein Schild auf die Firma Acme-Film hin, eine Treppe höher hauste B. Isaac, Theater-Couturier; ›Schneider‹ wäre zu profan gewesen.

In diesem Haus also arbeitete ich. Jean, meine Sekretärin, hochgewachsen, etwa Mitte zwanzig, wünschte mir einen guten Morgen. Mit den hohen schrägen Backenknochen, dem straff zurückgekämmten Haar, strahlte sie eine gewisse Schönheit aus, ohne selbst viel dazu beizutragen. Es gab Zeiten, da war ich in Jean verliebt, es gab andere Zeiten, da fand sie mich äußerst sympathisch. Leider fielen diese Zeiten nie zusammen.

»Wie hat's dir auf der Party gefallen?« fragte ich.

»Na, du hast dich jedenfalls amüsiert. Als ich ging, standest du auf dem Kopf und versuchtest, ein Glas Bier zu trinken.«

»Jetzt übertreibst du aber. Warum bist du allein nach Hause gefahren?«

»Ich habe zwei hungrige Katzen zu versorgen. Und außerdem, halb drei Uhr früh ist bei mir Bettzeit.«

»Ach?«

»Jawohl. Außerdem – wenn du einen zu Partys mitnimmst, kann man genausogut allein gehen. Du stellst einen irgendwo ab und schäkerst dann mit jedem, der dir in die Quere kommt.«

Darauf meinte ich, man sollte doch wenigstens an diesem Abend etwas zusammen unternehmen.

»Heute abend will ich ganz sichergehen«, erwiderte sie, »da koche ich zu Hause ein Geburtstagsmenü für einen gewissen Jemand. Mit allem, was er gern hat.«

»Mit allem? Da komme ich unbedingt.«

Ich bekam einen flüchtigen Kuß. »Alles Gute und Gesundheit zum Geburtstag«, sagte sie, stellte ein Glas Wasser auf meinen Schreibtisch und legte zwei Alka Seltzer daneben.

»Warum wirfst du sie nicht ins Wasser?«

»Woher soll ich wissen, daß du das Geräusch verträgst?«

Sie begann emsig an dem Haufen unerledigter Akten zu arbeiten. Bis Mittag waren wir aber nicht allzuweit damit gekommen.

»Manchmal hat man das Gefühl, immer nur im Kreis zu laufen. So vieles hier hat doch gar nichts mit unserem Job zu tun.«

Jean schaute mich mit einem Blick an, der zwischen gedankenverloren und mißbilligend pendelte. Aber vielleicht dachte sie auch nur an ihr Haar.

»Schluß«, sagte ich. »Geh'n wir Mittagessen ins *Trat*.«

»Aber ich sehe schrecklich aus...«

»Und wie.«

»Nur fünf Minuten fürs Herrichten, ja?«

»Sechs.« Also hatte sie vorhin doch an ihr Haar gedacht.

Wir aßen in der *Trattoria Terrazza*: Tagliatelle alla carbonara, Osso buco, danach Kaffee und vor allem Rotwein. Mario wünschte mir Glück zum Geburtstag und küßte Jean, um ihn gebührend zu feiern. Wir blieben ziemlich lange sitzen, tranken auch noch Champagner, entdeckten tiefe Wahr- und Weisheiten. Gegen sechzehn Uhr kehrten wir ins Büro zurück. Ich kam mit den Treppenstufen nicht mehr ganz zurecht.

Als ich eintrat, dröhnte der Summer wie eine am Leim klebende

Schmeißfliege. Ich meldete mich. »Sofort zu mir!« Es war Dawlish, der Boß. »Jawohl, Sir.«

Dawlish residierte im einzigen Raum des Hauses, der zwei Fenster und einen gewissen gemäßigten Komfort besaß, obwohl er mit Möbelstücken unbestimmten Alters überladen war. Es roch nach nassen Mänteln. Dawlish, ein pedantischer Typ, sah aus wie ein Coroner aus der Ära Edwards. Seine Haarfarbe changierte zwischen Grau und Weiß, und wenn er etwas las, folgten seine langen dürren Finger dem Text, als ob er den Sinn auch noch mit den Fingerkuppen aufsaugen wollte.

»Waren Sie das, der eben auf der Treppe gestürzt ist?« fragte er.

»Gestolpert, Sir. Ich hatte Schnee an den Schuhen.«

»Gewiß, daran lag's wohl.« Wir schauten beide aus dem Fenster. Der Schnee fiel dichter.

»Ich sende gerade noch eine 378 an den PM. Diese Überprüfungen sind widerlich. Man rutscht so leicht dabei aus.«

»Stimmt«, sagte ich und war froh, daß nicht ich den Wisch unterschreiben mußte.

»Was glauben Sie? Ist der Mann ein Sicherheits-Risiko?«

Die Tour 378 war eine Art Routine-Kontrolle auf Zuverlässigkeit bei den S/1/s, staatswichtigen Chemikern, Ingenieuren und dergleichen. Ich wußte, Dawlish wollte nur laut denken, also grunzte ich irgend etwas.

»Sie kennen den Mann, der mir nicht ganz gefällt. Sie kennen ihn genau.«

»Seine Akte ist nie auf meinen Tisch gekommen.« Und ich wollte alles tun, daß das auch so blieb. Ich wußte, daß Dawlish noch so ein faules Ei in petto hatte, die Akte 378 Strich 14, Gewerkschaftsfunktionäre betreffend. Zeigte ich jetzt die geringste Spur von intelligentem Interesse, war ich dran und die Akte morgen früh auf meinem Tisch.

Aber Dawlish bohrte weiter: »Was halten Sie von ihm privat?«

Ich spulte ab: »Eifriger junger Student, starker Linksdrall, findet sich selbst großartig, ist ehrgeizig, trägt aber eines Tages bestimmt Wildlederwesten und Glacé-Handschuhe, hat den ›Daily Worker‹ abonniert, liest aber ebenso den ›New Statesman‹. Harmloser Kerl.« Ich hoffte, daß diese Antwort gerade die richtige Mischung war aus Gleichgültigkeit und geheucheltem Interesse.

»Schön«, meinte Dawlish und warf das Dossier in den Ausgangskorb. »Ich habe noch etwas für Sie.« Er machte eine Pause. »Nicht so leicht zu lösen wie das hier.« Er holte ein anderes Bündel aus der Schublade, blätterte darin, las einen Namen laut vor. »Olaf Kaarna. Sagt Ihnen das etwas?«

»Nein.«

»Journalisten, die einflußreiche und wohlunterrichtete, aber etwas gesprächige Bekannte haben, nennt man politische Kommentatoren. Kaarna ist so einer. Finne, nicht unbegütert, wendet eine ganze Menge Zeit und Geld daran, Informationen zu sammeln. Er hat schon mit einem Angehörigen unserer Botschaft in Helsinki gesprochen. Anscheinend will er den Artikel an die ›Kansan Uutiset‹ schicken, ein linksgerichtetes Blatt. Ich weiß nicht, was der Mann noch im Schilde führt, auf jeden Fall behauptet er, Beweise dafür in der Hand zu haben, daß es in Nordeuropa ein ausgedehntes Spionagenetz der britischen Armee gibt, dessen Zentrale angeblich in Finnland sitzt.« Dawlish lächelte ein wenig, ich auch. Der Gedanke an Ross vom War Office als Spinne im Netz war ergötzlich.

»Und wie reagieren wir darauf?«

»Weiß der Himmel.« Dawlish hob die Schultern. »Aber irgend jemand muß der Sache schließlich nachgehen. Ross wird ohne Zweifel jemand hinschicken. Auch das Foreign Office ist informiert. Aus all diesen Gründen müssen Sie morgen früh starten – nach Finnland.«

»Moment«, sagte ich, »ich brauche einen Paß, und zwar einen guten. Entweder das Foreign Office stellt mir einen aus, einen echten, oder das War Office fabriziert einen auf die schnelle Tour. Aber auf jeden Fall wird es Verzögerungen geben, ich kenne das.«

»Was ist denn mit Ihrem Freund in Aldgate?« fragte Dawlish.

»Mein Gott, es ist schon halb fünf!«

Dawlish ließ das kalt. »Genau, und Ihre Maschine geht morgen früh, neun Uhr fünfzig. Sie haben noch sechzehn Stunden Zeit.«

»Aber ich bin total überarbeitet. Außerdem, was soll ich in Helsinki?«

»Überarbeitung ist meist nur Einbildung.« Dawlish blieb hartnäckig. »Und in Helsinki sollen Sie weiter nichts, als Kaarna aufsuchen und über seinen Artikel ausfragen. Er hat früher mal ein bißchen verrückt gespielt. Zeigen Sie ihm ein paar Fotokopien aus seinem Dossier hier. Dann wird er bestimmt vernünftig.«

»Ich soll ihn unter Druck setzen?«

»Um Himmels willen, nein, das nicht! Zuerst Zucker, zu allerletzt die Peitsche. Kaufen Sie den Artikel, wenn's nötig ist. Aber Kaarna ist bestimmt vernünftig.«

Ich wußte, es hatte gar keinen Zweck, Erregung oder Ungeduld auch nur anzudeuten; also zwang ich mich zur Ruhe. »Es gibt mindestens sechs Leute, die diesen Job übernehmen können, selbst wenn er nicht so einfach ist, wie Sie es jetzt hinstellen. Ich spreche kein Wort Finnisch, habe keine Bekannten dort, bin mit den Verhältnissen in Finnland überhaupt nicht vertraut und habe noch nie einen Vorgang bearbeitet, der mit Finnland irgend etwas zu tun hatte. Warum muß ausgerechnet ich hin?«

»Sie«, Dawlish nahm die Brille ab und beendete damit die Unterredung, »sind von uns allen am besten gegen Grippe geschützt.«

Die Old Montagu Street ist ein schmutziges Stück Jack-the-Ripper-Milieu draußen in Whitechapel: dunkle Läden, stinkende Pyramiden von Salzheringen, zerfallende Häuser, ein Ramschladen mit Talmi oder auch echten Steinen, und dann wieder Ruinen. Dazwischen – eine Wohltat – sauber hergerichtete Geschäfte, die Auslagen mit arabischen Schriftzeichen übersät. Dann wieder Wohnblocks, unterbrochen von Kolonialwarenläden. Hier gab es auch eine kleine Druckerei, mit fleckigen Geschäftskarten und Briefköpfen im Fenster. Ich trat ein. Über mir schepperte dünn eine Ladenglocke, eine Staubwolke senkte sich auf meinen Scheitel.

Als Echo der Glocke kam aus dem Hintergrund eine Stimme: »Haben Sie vorhin angerufen?«

»Ganz recht.«

»Kommen Sie rauf.« Dann ein Ruf, der nicht mir galt: »Er ist da, Sonny!«

Sammy Sonntag arbeitete im obersten Stock, im offenbar saubersten Raum des Hauses. Aber auch hier war die Unordnung beachtlich. Ein Tisch mit weißer Plastikplatte beherrschte das ganze Zimmer, Stempel, Radiernadeln, Schaber und allerlei Gravier-Werkzeug türmten sich darauf.

»Guten Tag, Mr. Jolly«, sagte Sonny Sonntag und streckte mir eine schmale weiße Hand hin, die aber zupackte wie ein Schraubenschlüssel. Als wir uns zum erstenmal begegnet waren, hatte

Sonntag für mich einen Paß angefertigt – ausgestellt vom Arbeitsministerium –, auf den Namen Peter Jolly. Seither war ich für ihn Mr. Jolly.

Sonntag war ein schlampig angezogener Mann von Mittelgröße; er trug meist einen schwarzen Anzug, einen schwarzen Schlips und einen schwarzen Hut, den er nie lüftete.

»Hello, Sonny«, meinte ich. »Tut mir leid, daß ich wieder so in Eile bin.«

Sonntag grinste. »Ein guter Kunde kann Sonderleistungen erwarten.«

»Ich brauche einen Paß. Für Finnland.«

Er schaute mich an wie ein pfiffiger Hamster im Büro-Anzug, hob das Kinn, zupfte an seiner Nase und wiederholte: »Finnland, Finnland... Darf kein skandinavischer Paß sein, das können sie zu leicht überprüfen. Aber auch kein Land, aus dem man ein Visum für Finnland braucht; ich hab' keine Zeit, auch noch ein Visum zu machen.« Er überlegte weiter. »Westdeutschland? Nein, kommt auch nicht in Frage.« Er kramte in einer Schublade und kippte ein Dutzend Pässe auf den Tisch. Die meisten waren zerfleddert, an den Ecken zerrissen, einige waren mit einem Gummiband zusammengebündelt. »Die werden alle ausgeschlachtet«, erklärte Sonny. »Ich klaube mir die Visa heraus, die ich brauche, und fummle ein bißchen daran herum. Aber es sind Pässe für billige Touren, Autodiebstahl, Scheckbetrügereien, kleine Hochstapeleien. Nichts für Sie.« Er sah mich von der Seite an. »Hier, das ist etwas Hübsches: ein Paß aus unserem lieblichen Irland. Warten Sie, den habe ich in ein paar Stunden fertig.« Wie eine Krähe in einen Abfallhaufen, so stieß seine Hand hinunter in die Pässe und angelte einen irischen Ausweis hervor. Ich reichte ihm drei verwackelte Fotos von mir.

»Dempsey oder Brody, wie wollen Sie heißen?«

»Mir egal.«

»Also Dempsey. Wie wär's mit Liam Dempsey?«

»Netter Name.«

»Ich würde aber keinen irischen Akzent versuchen, Mr. Jolly. Ist sehr schwer, das Irische.« Da mußte ich ihm recht geben. Er winkte mich zur Meßlatte an der Wand.

»Fünf Fuß, elf Zoll, blaue Augen, dunkelbraunes Haar, dunkle Hautfarbe, keine sichtbaren Narben. Geburtsort?«

»Vielleicht Kinsale?« meinte ich.

»Geht nicht«, rügte Sonny, »der Ort ist zu klein, den kennt niemand. Zu verdächtig.« Er saugte mit der Zunge an seinen Stockzähnen. »Aber Cork, wie wär's mit Cork? Das kennt man. Cork ist okay.«

Er angelte sich einen Paß, klemmte eine Lupe vor das rechte Auge und untersuchte sorgfältig Papier und Eintragungen.

Dabei starrte er mich immer wieder an, als wolle er mich mit irgend jemandem vergleichen.

»Glauben Sie an Reinkarnation?« fragte ich. Er lächelte, seine Augen kniffen sich zusammen, als sehe er mich zum erstenmal. Ob er es vielleicht doch fertigbrachte, seine Kunden sofort wieder zu vergessen? Dann sagte er: »Mr. Jolly, zu mir kommen eine ganze Menge Leute, solche, zu denen die Welt schlecht war, und solche, die selbst schlecht waren zur Welt. Glauben Sie mir, diese beiden Arten sind ganz selten identisch. Aber man entgeht der Welt nicht, nur durch den Tod. Wir haben alle unser Schicksal vorgezeichnet, Mr. Jolly. Wie hat Anton Tschechow noch geschrieben? Wenn ein Mensch geboren wird, hat er die Wahl zwischen drei Wegen. Es gibt keine andere Wahl für ihn. Der Weg rechts ist der Weg der Gerechtigkeit, da wird er von den Wölfen gefressen. Der Weg links ist der Weg des Lasters; da wird der Mensch selbst zum Wolf und frißt andere. Bleibt der Weg der Mitte – je nun, da frißt er sich selbst auf, der Mensch. Das hat der Dichter Tschechow geschrieben, Mr. Jolly.« Sonny machte eine Pause. »Wenn Sie diesen Raum verlassen, sind sie Liam Dempsey. Nichts wird hier an Sie erinnern. Das Schicksal gibt allen Menschen Nummern, nur Nummern.« Er deutete auf seinen Karteikasten. »Egal, wie viele Wandlungen wir durchmachen, unsere Nummer bleibt dieselbe.«

»Das stimmt, Sonny«, sagte ich überrascht. Niemals hätte ich in ihm den Philosophen vermutet.

Sonny schaute mich von der Seite an. »Und wie das stimmt, Mr. Jolly, und wie.«

2

Finnland gehört zur westlichen Welt und teilt deren Wohlstand; die Läden platzen vor Tiefkühlkost, Plattenspielern und Fernsehgeräten. Andererseits ist der Flughafen von Helsinki nicht der Ort, von dem aus man vertrauliche Telefongespräche führen könnte. Ich nahm also ein Taxi und ließ mich zum Hauptbahnhof bringen.

Auf der Fahrt bildete ich mir ein erstes Urteil über die Stadt. Helsinki schien mir eine gut organisierte Provinzstadt zu sein, wo der Winter praktisch nie ganz aufhörte, auch im Hochsommer nicht. Obwohl Helsinki nur der Wurmfortsatz von Finnland war, winzig im Vergleich zum ganzen Gebiet, versuchten hier über eine halbe Million Menschen jeden Tag krampfhaft zu vergessen, daß hinter der letzten Bushaltestelle draußen ein paar tausend Quadratmeilen Einöde, Sumpf und arktische Einsamkeit begannen.

Ich kam zum Bahnhof, einem großen braunen Kasten, der aussah wie ein Radio aus dem Jahre 1930. Ich wechselte eine Fünfpfundnote um und ging in eine Telefonzelle. Mein Anruf wurde so prompt beantwortet, als hätte man am anderen Ende der Leitung schon seit Tagen darauf gewartet. Ich fragte: »Stockmann?« Es war der Name des größten Kaufhauses in Helsinki und ein Wort, das ich ohne Schwierigkeiten aussprechen konnte. »Ei«, sagte ein Mann am anderen Ende. Ei heißt nein. »Hyvää iltaa«, schmetterte ich in die Muschel, die finnischen Worte für Guten Abend. »Kiitos – danke«, kam's mir entgegen. Dann hängte mein Partner ein. Ich stieg in ein anderes Taxi, zeigte dem Fahrer auf dem Stadtplan einen bestimmten Punkt, und er nickte. So gelangten wir in die Hafengegend. Für Helsinki und die Jahreszeit war es relativ mild, die Enten fanden im Wasser immer noch einige Eislöcher, in denen sie paddeln konnten, ohne gleich festzufrieren. Es war aber nicht so mild, daß man auf eine Pelzmütze hätte verzichten können. Wem sie fehlte, dem drohten die Ohren abzubröckeln.

Eine Hafenfähre näherte sich dem Platz, an dem ich stand. Sie fuhr in der schmalen Rinne, die man für sie ins Eis gebrochen hatte. Ich zündete mir eine Zigarette an und schaute einigen Soldaten zu, die ein Lastauto verluden. Daneben stand ein Luftballonverkäufer, der die bunten Bälle über seinem Kopf im Wind kaum bändigen konnte. Zu ihm trat ein grauhaariger Mann in einem Astrachanmantel. Er schien ihn etwas zu fragen. Der Ballonverkäufer nickte zur Fähre hin. Diese schwankte jetzt unter dem Gewicht des Lastwagens, der aufs Deck gefahren war. Die letzten Passagiere hasteten an Bord.

Das Fährschiff legte ab, der plumpe Bug stieß träge in die schwimmenden Eisschollen hinein.

Der grauhaarige Mann kam schräg übers Deck auf mich zu. Er war eine wuchtige Erscheinung, noch unförmiger durch den Pelzmantel. Er rauchte eine Pfeife, der Wind wirbelte ein paar Funken aus dem klobigen Pfeifenkopf. Wir standen jetzt nebeneinander, schauten hinunter auf das Eis. Ohne mich anzusehen, sagte er plötzlich: »Verzeihen Sie, aber wissen Sie zufällig die Telefonnummer von Stockmann?«

»12181«, meinte ich, »es sei denn, Sie wollen das Restaurant. Das hat eine andere Nummer.«

»Oh, die weiß ich nun wieder: 37350.«

Ich nickte.

Pause.

Dann er: »Was soll der Quatsch? Warum hat man dieses ganze Theater angefangen?«

Ich zuckte mit den Schultern. »Irgend jemand im Departement liest zu viele Spionageromane.«

Mein Gegenüber blinzelte. Das Wort ›Spion‹ scheint in diesen Kreisen ebenso unbeliebt zu ein wie das Wort ›Künstler‹ bei Malern. »Da muß man die ganze Zeit darüber nachdenken, welches Stichwort man selbst und welches der andere zu sagen hat«, nörgelte er.

»Mir geht's ebenso«, meinte ich. »Vielleicht haben wir's beide in der falschen Reihenfolge gesagt. Vielleicht sind wir's gar nicht.«

Der Mann lachte rauh. »Zur Sache: Es sind zwei.« Er sah mich beziehungsreich an. »Sie wohnen beide im Hotel Helsinki, und ich glaube, sie kennen sich, obwohl sie nicht miteinander reden.«

»Wieso?«

»Meine Güte, gestern abend waren sie die beiden einzigen Gäste im Speisesaal. Sie bestellten beide auf englisch und zwar so laut, daß einer den andern hören mußte, nahmen aber überhaupt keine Notiz voneinander. Wenn zwei Engländer im Ausland allein in einem Speisesaal sitzen und sich nicht grüßen – ist das normal?«

»Unbedingt.«

»Einer von den beiden hat ungefähr Ihre Figur, mag etwa 75 Kilo wiegen, ist glattrasiert, bewegt sich und redet wie ein waschechter

Armee-Offizier. Der andere ist ein bißchen größer und dicker, spricht ein übertrieben klingendes Englisch, sehr blaß, sieht ein bißchen krank aus; vielleicht siebenundzwanzig Jahre.«

»Verstehe. Der eine ist vom Büro Ross, den hat das War Office geschickt, der zweite ist vom Foreign Office.«

»Ganz Ihrer Meinung. Der eine, der sich als Mr. Seager eingetragen hat, nahm übrigens gestern an der Bar einen Drink mit dem Militär-Attaché. Der andere nennt sich Bentley.«

Irgend jemand kam hinter uns übers Deck geschlendert. Wir schauten nun interessiert hinaus auf die See, wo immer wieder kleine eisverkrustete Inseln auftauchten. Als ob wir uns bisher über die Gegend unterhalten hätten, tauschten wir nun Rede und Gegenrede. »Eine Finnmark«, verlangte der Mann, steckte das Geld ein und verschwand schnell wieder in der warmen Kabine. »Noch eine Frage«, sagte ich, »haben irgendwelche Ausländer Kontakt mit Kaarna? Haben Sie da was beobachtet?«

»Schwer zu sagen. Die Stadt wimmelt von Ausländern – Amerikaner, Deutsche, sogar Finnen gibt es, die mit der linken Hand ein wenig Informationsdienst spielen.«

»Die zwei aus dem Speisesaal haben Kaarna nicht besucht?« Er schüttelte den Kopf. »Dann wird's Zeit, daß das einer nachholt.«

»Wird es Ärger geben?« wollte er wissen.

»Nein, diese Art von Job ist es nicht.«

Ich erwachte um sieben Uhr morgens im Hotel Helsinki, weil jemand ins Zimmer trat. Die Kellnerin brachte mir mein Frühstück, in doppelter Ausfertigung. Alles war zweifach vorhanden, wie ich es bestellt hatte, und ich versuchte, so auszusehen wie ein Mann mit einem Freund im Bad. Die Kellnerin öffnete die Vorhänge, und als sie gegangen war, löste ich je eine Abführtablette in den beiden Kaffeekännchen auf. Dann läutete ich dem Etagenkellner, klärte den Irrtum und schickte ihn mit dem Tablett zu den anderen beiden Engländern, Mr. Seager und Mr. Bentley unten. Ich gab ihm ihre Zimmernummer und eine Mark. Dann zog ich mich an und verließ das Hotel.

In der Nähe des Saarinen-Bahnhofs betrat ich ein Café, setzte mich ans Fenster, sah den Arbeitern zu, die den frisch gefallenen Schnee von der Straße fegten und bestellte ein ausgiebiges Frühstück; nur der Kaffee wollte mir an diesem Morgen nicht recht schmecken.

Am südlichen Ende der Halbinsel, auf der Helsinki liegt, ist die Stadt höchstens noch einen Kilometer breit. Hier im Diplomatenviertel wohnte auch Kaarna in einem düsteren Wohnblock, der noch Spuren russischer Angriffe trug. An Nr. 44 im vierten Stock besagte ein schmales Schild neben dem Klingelknopf: Dr. Olaf Kaarna. Ich läutete dreimal. Zwar hatte ich mit Kaarna keinen Termin ausgemacht, aber ich wußte, daß er meist zu Hause arbeitete und selten vor dem Lunch ausging. Ich läutete noch einmal, aber hinter der Tür rührte sich nichts. Durch den Schlitz des Briefkastens konnte ich nur ein dunkles Regal mit Zeitungen und Briefen sehen, außerdem drei geschlossene Türen. Da spürte ich, daß das kühle Metall des Briefkastens von meiner Stirn abzugleiten begann, plötzlich gab die schwere Tür nach, schwang nach innen, und ich fiel fast der Länge nach auf den Fußabstreifer. Ich läutete noch einmal, hielt dabei die Tür wie versehentlich mit der Fußspitze offen. Es rührte sich nichts. Da trat ich schnell ein, ging die Post durch und dann die ganze Wohnung. Kaarna fand ich im Schlafzimmer.

Er war kleiner, als ich ihn von den Fotos in Erinnerung hatte, und so, kopfüber hängend, wirkte der bullige Schädel entschieden zu groß für den schmächtigen Körper. Der kahle Scheitel streifte leicht den prachtvollen Teppich. Der Mund stand offen, man sah die Zähne des Oberkiefers; ein Blutrinnsal zog sich an der Nase entlang in die Augenhöhlen hinein und endete mitten auf der Stirn in einer Art Rorschach-Klecks. Kaarna lag quer über das ungemachte Bett ausgestreckt, ein Schuh hatte sich am Kopfende verfangen und hinderte den Körper daran, ganz vom Bett zu gleiten. Der Journalist war voll bekleidet, seine getupfte Krawatte war um seinen Hals hochgezurrt, und sein weißer Labormantel war vorne mit Eigelb verschmiert, das noch ganz frisch schien. Kaarna war tot.

Auch links unten im Kreuz war Blut, es sah unter dem wasserdichten Gewebe des Nylonmantels dunkel aus, wie eine Blutblase unter der Haut. Es schien noch frisch zu sein, im ersten Stadium des Gerinnens. Wenn er durchs offene Fenster erschossen worden war, so konnte das die Tatsache erklären, weshalb es ihn so rücklings quer übers Bett geworfen hatte. Ich wollte die Wunde näher untersuchen, aber als ich seine Schulter anhob, begann der Körper zu rutschen und landete seltsam verrenkt auf dem Fußboden. Es gab einen dumpfen Krach, und ich horchte ins Treppenhaus. Der Lift kam herauf. Ich war im Nu draußen und zog die Wohnungstür hinter mir zu.

Aus dem Aufzug trat ein junges Mädchen in weißem Mantel und Pelzmütze. Eine schwere Aktentasche unterm Arm, ging sie zu Kaarnas verschlossener Tür, die wir nun beide einige Sekunden lang schweigend anstarrten.

»Haben Sie schon geläutet?« fragte sie in perfektem Englisch; ich sah wohl wirklich nicht sehr finnisch aus. Ich nickte, sie drückte lange auf den Knopf, und wir warteten. Schließlich zog sie einen Schuh aus und hämmerte damit gegen die Tür. »Er ist bestimmt im Büro«, stellte sie fest. »Wollen Sie ihn nicht dort aufsuchen?« Sie zog ihren Schuh wieder an.

London hatte behauptet, daß Kaarna kein Büro habe, und in diesen Dingen irrte sich London nicht.

»Doch, unbedingt«, sagte ich.

»Möchten Sie ihn selbst sprechen oder ihm nur Material bringen?«

»Beides«, meinte ich. Sie ging zum Lift zurück, schaute mich von der Seite an. »Sie arbeiten für Professor Kaarna?«

»Zuweilen«, antwortete ich. Schweigend fuhren wir abwärts. Das Mädchen hatte ein klares, offenes Gesicht mit jener Art von makellosem Teint, der sofort auf Kälte reagiert. Kein Lippenstift, nur ein Pudertupfer auf der Nase, diskretes Schwarz auf den Lidern. Dunkelblondes Haar, dessen Fülle aber verborgen lag unter der Pelzmütze.

Unten im Erdgeschoß sah sie auf ihre Männer-Armbanduhr. »Gleich Mittag«, meinte sie. »Vielleicht warten wir besser bis nach dem Lunch?«

»Wir wollen es zuerst in seinem Büro versuchen«, schlug ich vor. »Dann können wir immer noch dort in der Nähe Mittag essen.«

»Das geht nicht. Sein Büro liegt in einer ganz anderen, übrigens sehr ärmlichen Gegend, in der Lathi-Straße. Dort findet man weit und breit kein anständiges Lokal.« Sie sah mich lächelnd an. »Ich weiß, Sie sind nicht hungrig, aber ich bin's. Sie dürfen mich jetzt zum Essen einladen.« Erwartungsvoll nahm sie meinen Arm. Im Weggehen schielte ich hinauf zu Kaarnas offenem Schlafzimmerfenster. Gegenüber im Haus gab es genug Möglichkeiten für einen

Heckenschützen; aber in diesem Klima, bei dem die Doppelfenster stets geschlossen und mit Klebeband abgedichtet waren, hätte er den ganzen Winter da sitzen können.

Wir gingen der Innenstadt zu. Der Himmel wurde immer dunkler, die Wolken legten sich schwer über die Stadt. Als wir das Kaartingrilli-Café betraten, fielen die ersten Schneeflocken. Das Lokal war aufgeheizt von Kaffee- und Küchendunst. Seine Inneneinrichtung bestand aus zwei Elementen, aus Kupfer und Naturholz. Ein Schwarm junger Leute saß verstreut an einer Flucht kleiner Tische, trank Coca-Cola, lachte, palaverte und flirtete.

Wir setzten uns an einen Ecktisch mit Aussicht auf einen übervollen Parkplatz, wo ein Auto nach dem anderen unter den dichten Schneewirbeln verschwand. Jetzt, ohne Mantel und Mütze, schien mir das Mädchen wesentlich jünger zu sein. Helsinki wimmelte von hübschen jungen Mädchen, die auf die Welt kamen, nachdem die Soldaten aus dem Krieg heimgekehrt waren. 1945 und 46 waren Boomjahre für prächtige kleine Finnenbabys. Ich überlegte, ob mein Gegenüber auch dazugehörte.

»Ich heiße Liam Dempsey und stamme aus Irland.« Irgendwann mußte ich mich ja vorstellen. »Ich habe Material für Professor Kaarna gesammelt. Die meiste Zeit wohne ich in London.« Sie reichte mir die Hand über den Tisch. »Mein Name ist Signe Laine, ich bin Finnin. Wenn Sie für Professor Kaarna arbeiten, werden wir prächtig miteinander auskommen, denn Professor Kaarna arbeitet für mich.«

»Für Sie.« Ich machte eine Feststellung daraus, keine Frage.

»Nicht für mich persönlich«, lächelte sie. »Aber für die Organisation, der ich angehöre.«

»Was für eine Organisation?« Aber wir wurden unterbrochen, weil die Kellnerin kam. Signe bestellte auf finnisch, ohne mich zu fragen.

»Alles zu seiner Zeit«, sagte sie dann. Der Lunch kam, und Signe arbeitete sich durch das Menü wie eine Säge durch einen Baumstamm. Zwischendurch stellte sie Fragen: Wo ich geboren sei, was ich verdiene, ob ich verheiratet sei. Sie fragte mit der sprunghaften Anteilnahme, die für Frauen typisch ist, wenn sie sich für einen Mann interessieren. »Wo wohnen Sie?« Dann: »Warum essen Sie Ihre Torte nicht?«

»Ich wohne irgendwo, und ich darf keine Torte essen.«

Sie tauchte ihren kleinen Finger in die Butterkreme und tippte damit gegen meine Lippen. Dazu legte sie den Kopf zur Seite, daß die goldblonden Haare ihr Gesicht streichelten.

»Mögen Sie das?«

Ich nickte.

»Dann essen Sie doch die Creme.«

»Mit dem Löffel macht es halb soviel Spaß.«

Sie lächelte, wickelte eine Haarsträhne um den Finger und überschüttete mich wieder mit einem Feuerwerk von Fragen. Dann bot sie mir an, meine Dokumente für Kaarna zu übernehmen und bei ihm abzuliefern. Ich ging nicht darauf ein. Schließlich einigten wir uns, daß wir uns am nächsten Tag treffen wollten. Ich mußte versprechen, bis dahin keinen Kontakt mit Kaarna aufzunehmen. Sie gab mir fünf Hundert-Mark-Noten, für Spesen, und dann kamen wir auf den Kern der Dinge zu sprechen.

»Können Sie sich vorstellen, daß Ihr Material, wenn es in die falschen Hände gerät, Ihrem Land großen Schaden zufügen kann?« Signe hatte den Unterschied zwischen Irland und England noch nicht ganz begriffen.

»Wirklich?«

»Ich nehme an, daß Sie Ihrem Land doch nicht schaden wollen?«

»Bestimmt nicht«, sagte ich nervös.

Signe schaute mich jetzt durchdringend an. »Wir brauchen Sie. Sie müssen für uns arbeiten.«

Ich nickte. »Wer genau ist das, ›wir‹?«

»Der britische Militärdienst-Nachrichtendienst«, sagte sie beiläufig, stand auf, schob mir die Rechnung zu, meinte noch: »Wir sehen uns morgen«, und verschwand.

3

Am Nachmittag zog ich ins *Marski* ein. Es ist eine geschmackvolle Exercise zurückhaltenden skandinavischen Stils über Mannerheim, die Lichter brennen gerade nur so hell, daß das Chrom aufleuchtet, und im schwarzen Ledergestühl der Bar fühlt man sich wie im Cockpit der Boeing 707. Ich nippte an meinem Wodka und überlegte, warum der Kittel des toten Kaarna mit Eigelb verschmiert gewesen war und was aus den Eierschalen geworden war. Ich gestattete mir ein kleines Schmunzeln darüber, daß man mich für den englischen Geheimdienst hatte anheuern wollen, aber kein großes – aus zwei Gründen: Erstens ist es bei allen Nachrichtendiensten üblich, daß man den Agenten sagt, sie arbeiteten für eine Organisation, die ihre Sympathie hat. Einem Frankophilen beteuert man, seine Berichte gehen ins Quai d'Orsay, einem Kommunisten, seine Aufträge kämen aus Moskau. Nur ganz wenige Agenten wissen genau, für wen sie arbeiten, denn die Art ihres Jobs schließt es aus, daß sie die Fäden zurück bis zum Auftraggeber verfolgen. Zweitens konnte Signe, wenn der Teufel es wollte, ausgerechnet für die Abteilung Ross im Kriegsministerium arbeiten. Es war unwahrscheinlich, aber möglich.

In der Regel – und alle Regeln sind gefährlich – holt man sich die Agenten aus dem Land, in dem sie arbeiten sollen. Ich selbst war eigentlich kein Agent, ich bearbeitete vielmehr das Material, das unsere Agenten herbeischafften. Dabei kam es selten zu einem Treffen mit unseren Leuten, von wenigen Ausnahmen abgesehen, wie zum Beispiel mit dem Finnen auf der Hafenfähre. Ich hatte hier in Helsinki eine ganz simple Angelegenheit erledigen sollen, die jetzt aber verdammt kompliziert geworden war. Ich mußte dieser unvermuteten Chance nachgehen, aber ich war nicht vorbereitet. Mit London hatte ich keine Kontakt-Techniken abgemacht, außer für den Notfall, falls der Ausbruch eines dritten Weltkrieges bevorstand oder ähnliches. Ich hatte auch hier in Finnland keine Verbindungen, durfte sogar in das System unserer Leute am Ort gar nicht einbrechen. Der Mann, den ich vom Bahnhof aus angerufen hatte, hatte so prompt geantwortet, daß er nur in einer öffentlichen Fernsprechzelle gesessen haben konnte. Folglich war auch diese Spur unbrauchbar.

Also trank ich noch einen Wodka und betastete in der Tasche die Geldscheine, die mir das Mädchen mit dem großen Mund zugesteckt hatte: wie gewonnen, so zerronnen.

Der nächste Morgen kam mit Sonne und blauem Himmel, aber immer noch mit Minusgraden. Ich ging durch die Innenstadt hinunter zur Unioninkatu. In den Schaufenstern waren knöchellange Ledermäntel ausgestellt. Das Mädchen Signe stand vor so einem Ledergeschäft. Sie begrüßte mich und fiel neben mir in Gleichschritt. Die

Lange Brücke, die wir schließlich erreichten, trug noch die Pockennarben der Bombensplitter. »Das waren die Russen«, sagte Signe.

Wir standen und sahen den Lastwagen zu, die stadteinwärts über die Brücke rumpelten.

»Mein Vater war Gewerkschaftler«, erzählte Signe. »Er ist oft mit mir zu der Brücke hier gegangen und hat gesagt: ›Diese Bomben haben sowjetische Arbeiter in sowjetischen Fabriken im Lande Lenins gemacht, vergiß das nie.‹ Vater ist ganz in der Gewerkschaftsbewegung aufgegangen. 1944 ist er gestorben – vor Enttäuschung.« Signe ging schneller, sie angelte ein kleines Taschentuch aus ihrem Mantel und wischte sich die Augen.

Wir kletterten die Böschung hinunter, turnten hinauf aufs Eis.

»Mögen Sie Champagner?« fragte Signe und nahm meinen Arm.

»Ist das ein Angebot?«

»Nein, es mir nur ebenso eingefallen. Ich hab' seit drei Monaten keinen mehr getrunken. Mögen Sie Whisky?«

»Allerdings.«

»Ich mag alle alkoholischen Getränke. Eines Tages werde ich noch zur Trinkerin.« Sie bückte sich und griff sich eine Hand voll Schnee. »Mögen Sie Schnee und Eis?«

»Nur im Glas.«

Wir gingen weiter. Nördlich der Langen Brücke änderte sich das Gesicht der Stadt. Die Häuser wurden schmutziger, die Leute ärmlicher, und es gab mehr Last- als Personenwagen. Signe führte mich zu einem Wohnblock an der Helsinginkatu. Sie drückte auf einen Klingelknopf am Foyer, um unsere Ankunft zu signalisieren, dann öffnete sie aber mit einem Schlüssel. Die Wohnung, die wir schließlich betraten, lag im sechsten Stock. Der Wohnraum war hell und geräumig, an der Wand gab es Lithographien und auf dem Plattenteller Artie Shaw. Das Zimmer war zugleich groß genug für eine Reihe gediegener finnischer Stilmöbel und für modernes Tanztraining.

Der junge Mann, der mitten im Raum diese Tänze trainierte, war ein gedrungener Typ mit schütterem Haar. Mit der einen Hand schlug er den Takt, die andere hielt ein volles Becherglas. Seine Fußarbeit war excellent, und er gönnte uns noch ein paar Extras, als er auf uns zutänzelte. »Na, du Halunke? Ich habe ja gewußt, daß du's bist.« Geübt nahm er Signe in die Arme und tanzte mit ihr los. Die Musik brach ab, und wieder meinte er: »Ich hab' gewußt, daß du's bist.« Ich sagte nichts. Er kippte den Rest seines Drinks und wandte sich an Signe: »Oh, Junge Junge, da hast du dich wirklich an der falschen Brust ausgeweint.«

Harvey Newbegins Habitus war stets vorbildlich: grauer Flanellanzug, Taschentuch mit Initialen in der Brusttasche, goldene Armbanduhr, gelöstes Lächeln. Ich kannte ihn seit einer Reihe von Jahren. Vier Jahre hatte er fürs Pentagon gearbeitet, bevor er ins State Department überwechselte. Ich hatte ihn damals für uns abwerben wollen, aber Dawlish war damit nicht durchgedrungen. Unter seinen schweren Lidern hatte Harvey ein paar fixe, intelligente Augen. Er studierte mich, während er zum Tisch ging und uns ein paar Drinks machte. Mit drei Whiskygläsern in der Hand kam er auf Signe und mich zu und absolvierte den letzten Teil der Strecke wieder im Tanzschritt.

»Benimm dich nicht so albern«, fuhr Signe ihn an. »Er ist wirklich albern«, fügte sie für mich hinzu. Harvey reichte ihr das Glas, ließ es los, bevor sie danach greifen konnte, fing es gewandt mit der anderen Hand wieder auf und gab es ihr zurück. Kein Tropfen war verschüttet. »Was bist du albern«, sagte Signe noch einmal, doch diesmal mit Bewunderung.

Als wir uns gesetzt hatten, meinte Harvey zu Signe: »Ich will dir mal was sagen, Kleine, der Kerl ist ein stilles Wasser. Er arbeitet für einen hübschen kleinen britischen Geheimdienst und ist gar nicht so dumm, wie er aussieht.« Dann wandte er sich an mich. »Du bist auf diesen Kaarna scharf.«

»Schon, aber...«

»Okay, okay, du brauchst mir nichts zu erzählen. Kaarna ist tot.«

»Tot?«

»Ja. T-O-T-, tot. Es steht hier in der Zeitung. Und du hast die Leiche gefunden. Du bist längst im Bilde.«

»Mein Wort, daß ich's nicht war.«

Wir sahen uns lange stumm an, dann sagte Harvey: »Jedenfalls ist er hinüber, und das läßt sich nicht mehr ändern. Aber daß Signe dich gestern so überfallen hat, liegt daran, daß wir dringend jemanden brauchen, der Nachrichten von hier nach London bringen kann. Könntest du nicht mal nebenbei für Onkel Sam arbeiten? Die Bezahlung ist gut.«

»Ich will nachfragen«, meinte ich.

»Nachfragen, nachfragen«, schimpfte er; dabei trommelte sein

Fuß auf den Teppich. »Menschenskind, du bist doch kein Säugling. Wozu nachfragen?«

»Weil dein smarter Laden vielleicht zufällig was davon durchsikkern läßt – deshalb.«

Harvey hob die Schwurhand. »So wahr mir Gott helfe, wir halten dicht. Unser Haufen arbeitet sauber und nahtlos, garantiert ohne Pannen. Und alles bar auf die Hand. Übrigens – auf welcher Basis hat dich London eingekauft?«

»Ich arbeite freiberuflich, für ein bestimmtes Honorar pro Auftrag. Praktisch ein Halbtagsjob.« Nach einer Pause fuhr ich fort: »Ein paar Extras könnte ich noch übernehmen, wenn die Kasse stimmt und du mir garantieren kannst, daß London nichts erfährt.« Das stimmte zwar nicht, war aber die passende Antwort.

Harvey meinte: »Die Arbeit für uns wird dir Spaß machen, und uns soll's eine Ehre sein.«

»Na, dann erläutere mir mal meine Pflichten, wie man so in Dienerkreisen sagt.«

»Da gibt's nicht viel zu erläutern. Du sollst Material zwischen hier und London transportieren, und zwar nur ganz seltene Dinge, die man nicht verzollen kann.«

»Worin besteht dann das Problem?«

»Es sind Wertsachen. Wir brauchen jemand, der nicht durchgeht mit der Sendung. Du bekommst Flüge erster Klasse, Hotel- und sonstige Kosten ersetzt, und ein festes Honorar pro Reise.« Signe reichte uns weitere Drinks. Als sie an Harvey vorbei zur Küche ging, gab er ihr einen wohlgemeinten Klaps aufs Hinterteil. »Wie die Made im Speck«, grinste er. »Man lebt bei uns wie die Made im Speck.«

Signe wischte seine Hand ärgerlich weg, knurrte etwas und verließ das Zimmer mit einem herausfordernden Wippen des *glutaeus maximus*.

Harvey rückte mit seinem Stuhl näher heran. »Normalerweise sagen wir unseren Mitarbeitern nichts über unsere Organisation, aber bei dir als altem Freund mache ich eine Ausnahme. Wir sind ein privater Verein, finanziert von einem alten Mann namens Midwinter. Er nennt sich gern General Midwinter. Stammt aus einer jener alten texanischen Familien mit einer Menge deutschem Blut. Ursprünglich kamen seine Vorfahren aus dem Baltikum, aus Lettland oder Litauen, das sich die Russen jetzt einverleibt haben. Der alte Junge träumt davon, sein Stammland vom Bolschewismus zu befreien. Ich möchte wetten, er will sich dort als König oder so etablieren.«

»Hört sich ja herrlich an«, sagte ich. »Außerdem ist es schon lange her, daß ich für einen Größenwahnsinnigen gearbeitet habe.«

»Herrgott nochmal, natürlich habe ich übertrieben, aber er ist eben ein großer Vereinfacher, wie viele Genies. Er hört gern, daß die armen Burschen drüben im Baltikum nur darauf warten, Revolution zu machen.«

»Und du bestärkst ihn in dieser Illusion.«

»Hör mal, der Kerl ist Multimillionär, vielleicht sogar Milliardär. Es ist sein Hobby. Warum soll ich's ihm verderben? Er ist mit Konserven und Versicherungen reich geworden – eine langweilige Sache und außerdem todsicher. Da braucht er irgendeinen Ausgleich. Die CIA läßt ihm ab und zu was zukommen...«

»Die CIA?«

»Gewiß. Sie nehmen uns zwar nicht sonderlich ernst, aber du weißt ja, wie die Brüder arbeiten. Sie nehmen mit, was sie kriegen können. Und wir haben ein paar Sächelchen gemacht, die ihnen durchaus imponieren. Zum Beispiel zwei Piratensender, die ins Baltikum hineinstrahlen. Du kennst ja die Tour: ›Haltet aus, morgen gibt's Freiheit und Coke.‹ Wir haben ein stattliches Elektronengehirn und ein Schulungs-Center in den Staaten. Vielleicht schicken sie dich dahin, aber ich werde alle Hebel in Bewegung setzen, damit sie dich mit Samthandschuhen anfassen.« Er machte eine Pause. »Wann wolltest du nach London zurückfliegen?«

»Morgen.«

»Ausgezeichnet. Deine erste Aufgabe: Du bleibst hier – zum Essen.« Harvey lachte. »Wenn du dann nach London zurückkommst, suchst du eine bestimmte Telefonzelle am Trinity Church Square und nimmst dir das Telefonbuch vor, Buchstabe L bis R. Mach neben der Pan American einen kleinen Punkt mit Bleistift. Am nächsten Tag gehst du wieder hin und findest in der gleichen Spalte eine Telefonnummer gekritzelt. Ruf dort an. Sag', du bist ein alter Bekannter der Leute aus dem Antiquitätenladen und hättest etwas, das du ihnen gern zeigen möchtest. Wenn jemand am anderen Ende der Leitung wissen will, wen du genau sprechen willst, stell dich dumm. Man hat dir nur die Nummer gegeben und gesagt, dort gebe es jemand, der sich für Antiquitäten interessiert. Wenn man ein

Treffen ausmacht, sei zwanzig Stunden nach diesem Termin dort. Kapiert?«

Ich nickte.

»Kommt irgend etwas dazwischen, legst du auf und wiederholst das Ganze vierundzwanzig Stunden später. Okay?«

Harvey hob sein Wodkaglas. »Wodka können diese Russkis verdammt gut machen.« Er kippte den Rest hinunter, dann zog er eine Fünf-Mark-Note aus der Tasche, riß sie in der Mitte durch und gab mir die Hälte. »Der Mann, mit dem du dich triffst, wird diese Hälfte haben wollen. Heb sie gut auf.«

»In Ordnung«, meinte ich. »Aber vielleicht sagst du mir jetzt auch, was ich transportieren soll.«

»Ganz einfach«, sagte Harvey Newbegin. »Du fliegst leer hin. Zurück bringst du ein halbes Dutzend Eier.«

II London

4

In London verbrachte ich einige Zeit damit, Pünktchen in Telefonbücher zu malen und die anderen Details von Harvey Newbegins Partyspielen fürs Vorschulalter durchzuexerzieren. Schließlich sagte eine mürrische Stimme am Telefon: »Vergessen Sie den Quatsch mit den zwanzig Stunden, kommen Sie her, so schnell Sie können. Ich will endlich für ein paar Tage auf mein Boot runter.«

Also machte ich mich auf den Weg nach King's Cross. Unter der Hausnummer 53 fand ich ein Messingschild mit der Aufschrift ›Praxis Dr. Pike‹. Die Tür war nicht verschlossen, aber als ich sie aufdrückte, trat irgendwo ein Summer in Aktion. Das geräumige Wartezimmer protzte im viktorianischen Stil. In einer Ecke stand ein weißgestrichener Verschlag mit der Aufschrift ›Praxis‹, der einen Schreibtisch und zwei Stühle enthielt. Der eine Stuhl war bequem, lederbezogen und drehte sich fast geräuschlos auf Kugelrollen. Der andere wackelte, schien reichlich unbequem und gebrechlich. Dr. Pike, in seine Fingerspitzen vertieft, schwang sich zu mir herum – ein wuchtiger Mann von untadeligem Äußerem und knapp über Fünfzig. Sein Haar saß wie eine schwarze Badekappe über dem blassen Gesicht, sein Anzug schien aus kaltem blauen Stahl gefertigt, ebenso sein Lächeln.

»Wo tut's weh?« Das war ein Scherz. Er lächelte abermals, um es zu unterstreichen.

»Meine Hand juckt.«

»Wirklich, Ihre Hand juckt?«

»Ich muß sie eben in die Tasche stecken.«

Pike schaute mich aufmerksam an und vergegenwärtigte sich, daß es immer Leute gab, die einen unverbindlichen Scherz als Aufforderung zu Vertraulichkeiten mißverstanden.

»Sie waren bestimmt der Sonnenschein der Unteroffiziers-Kantine.«

»Bitte, wir wollen keine Kriegserinnerungen austauschen.«

»Nein, das wollen wir nicht.«

Auf dem Tisch vor Pike lagen ein abgegriffener Kalender, ein

Stethoskop, drei Rezeptblöcke und eine kleine, glänzend braune Kugel von der Größe eines Golfballs. Er spielte damit.

Ich begann: »Wahrscheinlich werden wir eine Zeitlang zusammenarbeiten. Warum beschließen wir also nicht, uns zu vertragen?«

»Das ist eine bemerkenswert intelligenter Vorschlag.« Dann wurde er sachlich: »Dieses Paket mit...« Er wartete, daß ich fortfuhr.

»...mit Eiern.« Ich tat ihm den Gefallen. »Dieses Paket mit Eiern.«

»Richtig. Es kann einen Tag, vielleicht auch länger dauern, bis es soweit ist.«

»Das deckt sich aber nicht mit meinen Instruktionen.«

»Vielleicht«, entgegnete er. »Aber der Zeitfaktor ist in diesem Falle unberechenbar. Die Leute, mit denen wir es zu tun haben, sind nicht von der Sorte, der man direkte Befehle geben kann.« Pikes Englisch war von jener präzisen Akzentlosigkeit, die nur einem fleißigen Ausländer gelingt.

»Oh, und warum nicht?«

Pike lächelte. »Wir gehören einem respektierten Berufsstand an. Unsere Existenz basiert auf einem bestimmten Verhaltenskodex, und es ist lebenswichtig, daß wir nichts Unethisches tun.«

»Nicht dabei erwischt werden«, korrigierte ich.

Wieder das vertrackte Lächeln. »Halten Sie das, wie's Ihnen lieber ist.«

»Das will ich. Wann ist das Paket also fertig?«

»Auf keinen Fall schon heute. Am Kinderspielplatz im St. James Park stehen ein paar Bänke. Wir treffen uns dort am Samstag um 16 Uhr 45. Fragen Sie mich, ob meine Zeitung die letzten Börsenkurse enthält. Ich werde eine *Financial Times* bei mir tragen, und wenn ich sage: ›Hier, die können Sie gern haben‹, ist alles okay. Habe ich aber *Life Magazine* unterm Arm, sprechen Sie mich nicht an. Es bedeutet Gefahr.« Pike betastete seine gelbe Fliege und nickte mir zum Zeichen meiner Entlassung zu. Als ich die Tür zum Wartezimmer öffnete, rief er mir nach: »Nehmen Sie die Tabletten regelmäßig und kommen Sie in einer Woche wieder«, offenbar mit Hinblick auf die Patienten im Wartezimmer, aber dazu war es etwas zu laut.

Angesichts der Umstände, die sich diese Knaben machten, lag der Schluß nahe, daß sie mich beschatten ließen; also nahm ich mir ein Taxi, wartete auf eine Stauung, bezahlte schnell und sprang in einen anderen, in der Gegenrichtung fahrenden Wagen. Mit diesem Trick schüttelt man ziemlich sicher Durchschnitts-Verfolger ab, sofern sie Privatwagen benutzen. Kurz vor der Mittagspause war ich in meinem Büro.

Ich meldete mich bei Dawlish zum Bericht. Er ließ von Wally's Delikatessen Sandwiches heraufschicken und stellte mir Dutzende von Fragen über Pike und Harvey Newbegin. Mir schien er die ganze Sache etwas zu ernst zu nehmen, aber er war ein durchtriebener Fuchs und durchaus dazu imstande, seine Schlüsse auf Informationen zu gründen, die er mir vorenthalten hatte. Als ich berichtete, ich hätte Harvey Newbegin informiert, daß ich nur halbtags arbeitete, meinte er: »Also, wenigstens in diesem Punkt haben Sie nicht gelogen, oder?« Er biß mit Verve in sein Brot. »Wissen Sie, was die Brüder jetzt mit Ihnen vorhaben?«

»Keine Ahnung, Sir.« Es war mein voller Ernst.

»Man wird Sie zur Schule schicken.« Er nickte nachdrücklich. »Wenn Sie das vorschlagen, akzeptieren Sie. Da sind ja Körner drin!« Dawlish starrte mich entsetzt an. Ich nickte, und er fuhr fort: »Verdammt, hundertmal hab' ich ihm gesagt, ich will nicht das Brot mit den Körnern!«

»Jawohl, Sir«, sagte ich.

Dawlish drückte die Taste der Gegensprechanlage. »Hundertmal hab' ich ihm gesagt, ich mag dieses Körnerfutter nicht!«

Alices Stimme kam mit all der Sachlichkeit moderner Technik aus der Membrane: »Eine Lage Weiß-, eine Lage Vollkornbrot. Sie haben die falsche Sorte erwischt, Sir.«

»Aber ich mag auch kein Vollkornbrot«, sagte ich, und Dawlish nickte mir zu. »Niemand hier mag Vollkornbrot«, sagte er mit Engelsgeduld ins Mikrofon. »Wie soll ich diese Tatsache bloß in eure Köpfe kriegen?«

»Kein Mensch kann erwarten, daß ich solche Dinge weiß«, sagte Alice. »Möchten Sie etwas anderes dafür?«

»Nein, danke, Alice.« Dawlish ließ die Sprechtaste los.

Ich hätte ihm sagen können, daß man gegen Alice nicht aufkam. Aber vermutlich wußte er das ohnehin. Andererseits, es gab kaum etwas, das Dawlish aus der Fassung bringen konnte. Er saß fester im Sattel als je zuvor, und das zu einem Zeitpunkt, für den viele Leute seinen Schiffbruch vorausgesagt hatten. Ich hatte lange genug bei den militärischen und zivilen Nachrichtendiensten gearbeitet, um beurteilen zu können, daß mir keiner von beiden zusagte. Aber die Arbeit für Dawlish war eine gute Schule, vielleicht die einzige, die mir je Spaß gemacht hatte.

»Also Pike«, sagte Dawlish. »Sie werden es doch nie leid, Ärzte anzuwerben, was?«

»Es hat einige Vorteile«, meinte ich. »Das Wartezimmer ist immer voller Menschen, die Kontaktperson spricht selbstverständlich unter vier Augen mit dem Doktor. Eine perfekte Tarnung.«

Dawlish pickte die Körner aus seinem Sandwich. »Übrigens, Sie wurden beschattet, als Sie aus der Praxis kamen.«

»Wissen sie, von wem?«

»Noch nicht genau. Ich habe den jungen Chilcott-Oates darauf angesetzt. Aber das Objekt hält ihn ziemlich in Atem, es macht einen Einkaufsbummel in der Finchley Road, und Chico hatte kaum Zeit, die Nummer zu wählen, sagte Alice. Es wäre mir wirklich lieber, wenn Sie nicht diese fürchterlichen Geräusche mit den Zähnen machen würden.«

»Chico«, knirschte ich.

»Er muß unbedingt dazulernen. Sie lassen ihn ja nicht ran, aber dann kann nie etwas aus ihm werden. Es wird bestimmt ein Riesenerfolg.«

Ich stand auf. »Unten wartet noch Arbeit auf mich.«

»In Ordnung«, sagte Dawlish. »Aber der Fall Newbegin hat Vorrang. Daß mir da nichts dazwischenkommt.«

Unten sah ich zu, wie Jean ihren Nagellack ausbesserte. Sie hauchte ein »Hello« gegen ihre Fingerkuppen.

»Arg im Druck?« erkundigte ich mich und setzte mich an den Eingangskorb.

»Du brauchst nicht gleich sarkastisch zu werden. Ich habe den ganzen Samstag die Eingänge durchgearbeitet und dir Kurzauszüge gemacht.«

»Entschuldige, Darling, so war's nicht gemeint. Aber diese Newbegin-Sache ist genau zur falschen Zeit gekommen. Bist du sicher, daß diese ganzen Vorgänge hier uns auch wirklich angehen?«

»Bestimmt. Ein paar hab' ich weitergegeben, aber das meiste kommt nur zu uns, weil deine Geheimstufe so hoch liegt. Dabei ist mir eine Idee gekommen.«

»Ja?«

»Na, es gibt doch Vorgänge, die sind zwar als geheim gekennzeichnet, aber nicht einmal vertraulich. Das liegt daran, daß sie noch das Aktenzeichen eines Geheimkomplexes tragen, obwohl es nur Nebensächlichkeiten sind. Wenn du mich also autorisierst, diese Mammutakten zu entflechten, kann ich einen Haufen Papier automatisch weiterreichen.«

»Genial«, lobte ich. »Jetzt weiß ich auch, warum ich dich liebe.«

»Du liebst niemanden, nicht einmal dich selber.«

»Aber du weißt doch, es war nicht meine Schuld. Ich mußte stundenlang auf den Paß warten.«

»Ich hab' alles gekocht, was du gern magst, und wann bist du aufgekreuzt? Um ein Uhr nachts.«

»Was ich am liebsten mag, hab' ich um ein Uhr bekommen.«

Sie schwieg.

»Bin ich begnadigt?«

»So können wir einfach nicht mehr weitermachen.«

»Ich weiß«, sagte ich. Eine Ewigkeit lang blieb es still. Schließlich begann Jean wieder: »Ich weiß ja, daß diese Arbeit dir... Na ja, ich möchte dich ja auch nicht davon abbringen. Obwohl sie gefährlich ist...«

»Keine Idee davon, Kind. Ich paß schon auf, daß ich mir nicht weh tue. Ich bin ein vorsichtiger Feigling, dem sie die Überlebenstechniken zu lange eingedrillt haben.«

»Auch alte Hasen verunglücken, wenn ein Amateur sie rammt. Und Harvey Newbegin ist in meinen Augen ein trotteliger Amateur. Du mußt wirklich aufpassen.«

»Jean, mach mich nicht noch nervöser. Newbegin hat drüben gute Referenzen, im Außenministerium wie im Verteidigungsministerium. Die Amerikaner würden einen Mann nicht so lange halten, wenn er nicht sein Geld wert wäre.«

»Ich trau' ihm nur nicht«, beharrte Jean mit typisch femininem Starrsinn. Sie kam zu mir, und ich legte den Arm um sie.

»Und alles bloß, weil er dich im *White Elephant* in den Po gekniffen hat«, meinte ich.

»Da warst du mir ja wirklich eine große Hilfe. Nichts hast du getan, gar nichts!«

»Das ist doch meine Spezialität«, grinste ich. »Nichts zu tun.«

5

Ich verließ das Büro gegen 18 Uhr. Jeans Bruder stattete London einen seiner seltenen Besuche ab, und die beiden gingen zusammen essen, aber Dawlish meinte, ich sollte mich verfügbar halten. So fuhr ich nach Hause, machte mir Eier mit Speck und setzte mich mit Fullers ›Entscheidende Schlachten der Geschichte‹, Band 2, an den Kamin, wo ich mich in die Belagerung von Yorktown vertiefte. Es war ein gemütlicher Abend bis kurz nach acht Uhr, als das Telefon klingelte. Die Vermittlung in der Charlotte Street meldete sich. »Zerhacker, bitte.«

Ich drückte den Knopf. Dawlish meldete sich: »Der Junge ist anscheinend auf Gold gestoßen.«

»Wieso nur anscheinend?«

»Der Mann, der Ihnen folgte, treibt sich unten am Fluß herum«, sagte Dawlish, meine Frage überhörend. »Wir kommen in einer Viertelstunde vorbei und holen Sie ab.« Er legte auf. Ich wußte, er hatte die gleichen Zweifel über die Qualitäten von Chico wie ich, aber er war entschlossen, vor mir die rechte Unvoreingenommenheit den Untergebenen gegenüber zu demonstrieren.

Dawlish kam um 8 Uhr 37 an, in einem schwarzen Wolseley, der von einem unserer altgedienten Polizisten gefahren wurde. Begleitet wurde er von Bernard, einem der aufgeschlosseneren und intelligenteren Volontäre, die wir kürzlich eingestellt hatten, und von einem Mann namens Harriman.

Harriman war ein großer, etwas eckiger Typ, den man eher für einen Türsteher gehalten hätte als für einen Oberstleutnant der Special Field Intelligence. Ich vermutete, daß wir eine Festnahme planten, weil Harriman mit von der Partie war, der am ehesten einen Haftbefehl erwirken konnte.

Da niemand einen Drink wollte, schlüpfte ich also in meinen Regenmantel. Es ging Richtung Fluß, zu den Docks.

Dawlish sagte plötzlich: »Der junge Chico hat da ganz gute Arbeit geleistet.«

Ich nickte. Harriman und ich tauschten einen Blick. Über Sprechfunk kam die Aufforderung: »Okay, schalten Sie um auf Kanal sechs für Themse fünf.«

Bernard, der vorne neben dem Fahrer saß, nahm das Mikrophon. »Hören Sie mich, Themse fünf?« Das Polizeiboot bestätigte. Bernard bat um Positionsmeldung. Sie kam prompt: »Tower Bridge, Seite Pickle Herring.«

Bernard beorderte das Boot zur Wapping Police Station. »Sie müssen dort Passagiere aufnehmen.«

Themse fünf gab Bescheid, daß ein kleines Boot, auf das die Beschreibung paßte, nicht gesichtet worden sei. Man wolle auf dem Rückweg noch einmal an der Lavender Werft vorbeischauen. Die Zentrale wollte wissen, ob unser Gespräch mit Themse fünf beendet sei. Dann das Angebot: »Verkehr mit Themse fünf kann jederzeit fortgesetzt werden!«

»Was treiben die Brüder draußen auf dem Fluß? Unzucht?« brummte Dawlish. Er fuhr unbeirrt fort: »Unser Objekt bummelte in Finchley herum. Chico blieb ihm auf den Fersen, und dann, um halb sieben, tauchte der Bursche im *Prospect of Whitby* auf. Chico hat ihn dort gestellt. Jetzt fahren wir ihn uns mal ansehen.«

»Mit diesem Riesenaufgebot? Ich dachte schon, Sie wollten einen Kordon um das Viertel legen.«

Dawlish deutete ein Grinsen an. »Bernard ist der Offizier vom Nachtdienst. Harriman hat den Verkehr auf dem Fluß zu regeln. Wir haben also alle unseren guten Grund, zur Zeit hier zu sein.«

»Und für mich gibt's viele Gründe, zur Zeit zu Hause zu sitzen. Aber kein Mensch will ja auf mich hören.«

Als wir über die Tower-Brücke fuhren, sah ich das Polizeiboot stromabwärts das schmutzige Wasser pflügen. Wir passierten den Tower und bogen nach rechts in die Einbahnstraße Richtung Mint und Thomas Moore Street ein. An der Wapping High Street und dem Wapping Wall stachen die Kräne und Gestänge der Werften düster und schweigend in den Nachthimmel. Die Scheinwerfer reflektierten in den glimmenden Augen streunender Katzen und auf feucht glänzenden Pflastersteinen. Wir luden Bernard am Polizeirevier Wapping ab. Zwei Beamte in Regenmänteln warteten bereits auf ihn. Chico stand draußen auf der Straße neben einer Eckkneipe. Das *Prospect of Whitby* war eine stadtbekannte Attraktion. Im Sommer wimmelte es hier von Touristen wie von Hafenratten, aber wir hatten Winter, die Fenster waren jetzt beschlagen und die Tür gegen die Kälte dicht gemacht. Wir kletterten aus dem Wagen. Chico schien aufgeregt, das Haar klebte ihm in der Stirn. Er grüßte jeden von uns reihum mit: »Hello, Sir!« und führte uns in die Gaststätte, wo er für alle eine Runde bestellte. Das brachte ihn so aus dem Häuschen, daß er auch den Mann hinter der Theke dabei mit ›Sir‹ ansprach.

Ich durchquerte das Lokal und fand auf der Rückseite des Hauses einen Balkon, von dem aus man ein Stück Themse und die Hafenbecken überblicken konnte, dunkle, schmutzige Tümpel inmitten von London. Die Quais lagen still und verlassen da. Ich hörte, wie Dawlish sich drin in der Gaststätte vergebens bemühte, Chico davon abzuhalten, daß er genau den Sherry aus dem Keller holen ließ, den Dawlish mochte. Die drei andern kamen schließlich auch auf den Balkon. Hier standen wir im Kreis wie Druiden, hielten feierlich unsere schäumenden Gläser, und Chico sagte: »Er ist über den Fluß entkommen.«

Harriman und ich schwiegen, deshalb meinte Dawlish schließlich: »Berichten Sie, woraus Sie das schließen.«

Chico begann: »Ich verhielt mich ganz wie angewiesen...«

»Berichten Sie lediglich!«

»Also, ich sah ihn hineingehen und folgte ihm bis hierher auf den Balkon. Aber er war schon hier diese Eisenleiter hinuntergeklettert zu einem Ruderboot. Vermutlich wollte er zum andern Ufer. Ich habe die Dienststelle angerufen und gebeten, sie möchten die Flußpolizei alarmieren. Mein Informant sagt, er sei hinübergerudert zu einem großen grauen Boot, das am Lavender Quai liegt. Ich habe es inzwischen als polnisches Schiff identifiziert.«

Dawlish und Harriman sahen mich abwartend an, aber ich hatte keine Lust, einen Narren aus mir zu machen, so betrachtete ich Chico nur und überlegte, warum er wohl einen Schlips mit Fuchsköpfen trug.

Die zwei andern schauten übers Wasser zu dem Polen hinüber, dann eröffnete mir Dawlish, daß er mich jetzt mit Chico allein lassen werde; sie nahmen den Wagen und statteten der Londoner Hafenpolizei einen Besuch ab.

Chico zog ein ledernes Zigarrenetui. »Haben Sie etwas dagegen, wenn ich rauche?«

»Solange Sie mir nicht auch noch von dem famosen kleinen Rotwein vorschwärmen, den Sie bestimmt gestern irgendwo entdeckt haben – nein.«

»Bestimmt nicht, Sir«, erwiderte Chico.

Der Himmel glühte rot wie ein umgekippter Kessel, gestützt von einem schwarzen Wald aus Kränen. Vom Lavender Quai kam der Ölmief, nach dem die Lotsen an Nebeltagen angeblich navigieren.

»Sie glauben mir wohl nicht«, sagte Chico.

»Das hat mit mir persönlich nichts zu tun«, sagte ich. »Opa ist mitgekommen, um uns zu zeigen, wie man dieses Kind schaukelt. Also überlassen wir alles ihm.«

Wir tranken unser Bier und starrten auf das ölige Wasser. Eine Polizei-Barkasse kam stromaufwärts und verschwand in Richtung Rotherhite Quai. Auf dem Achterdeck konnte ich Bernard, Dawlish und Harriman erkennen. Sie sprachen auf einen Polizisten ein und bemühten sich dabei, nicht zu dem polnischen Frachter hinüberzudeuten.

»Was halten Sie davon?« fragte Chico.

»Fangen wir ganz von vorne an«, sagte ich. »Sie haben den Mann bis hierher verfolgt. Und wie?«

»Jeder in einem Taxi.«

»Und der Mann hat die Bar durch diese Tür betreten?« Chico bejahte. »Wie weit waren Sie hinter ihm?«

»Mein Taxi ließ seinem etwas Platz zum Wenden. Ich bezahlte, sagte dem Fahrer aber, er solle warten. Ich war vielleicht eine Minute hinter ihm.«

»Eine volle Minute?«

»Mindestens«, antwortete Chico.

»Dann gingen Sie hinter ihm her, durch das Lokal, bis zum Balkon?«

»Da ich ihn nicht an der Theke sah, war der Balkon die einzige Alternative.«

»Dachten Sie?«

»Na ja, ich war meiner Sache nicht ganz sicher, bis ich diesen Zeugen auf dem Balkon gesprochen hatte.«

»Und was sagte der?«

»Daß hier ein Mann in aller Eile vorbeigerannt, die Leiter hinuntergestiegen und davongerudert sei.«

»Jetzt berichten Sie mal, was er wörtlich gesagt hat.«

»Na, eben das.«

»Was haben Sie ihn gefragt?« versuchte ich es noch einmal.

Chico antwortete: »Ich fragte ihn, ob er einen Mann habe rauskommen und wegrudern sehen. Er sagte: ›Ja, da ist er. Da draußen.‹«

»Konnten Sie ihn sehen?«

»Nein, es war schon zu dunkel.«

»Suchen Sie mir den Mann, der das alles gesehen haben will.«

Chico verschwand und kam mit einem dickbauchigen Kerl in brauner Cordjacke und -mütze zurück. Er hatte eine breite Nase und wulstige Lippen, seine Haut war großporig, das Gesicht rosig angelaufen. Ich hielt ihn für einen Buchmacher, speziell für Pferderennen, weil Cordsamt tierisches Haar abstößt. Er streckte mir eine wuchtige Hand entgegen und schüttelte die meine mit übertriebener Herzlichkeit.

»Also erzählen Sie mir noch mal, was Sie ihm schon gesagt haben.«

»Von dem Burschen, der die Leiter hinunterkletterte und über den Fluß davonruderte?« Er hatte eine überlaute, biergeschwängerte Stimme und schien sich ihrer nur zu gern zu bedienen. »Hab' mir doch gleich gedacht, daß der Kerl nichts Gutes im Schild führte...«

»Hören Sie, auf mich wartet ein warmes Essen. Machen Sie's kurz. Dieser Mann ist in den Uferschlamm gesprungen. Wie tief ist er eingesunken?«

Der Dicke stutzte einen Moment. »Nein, er hatte das Boot direkt unter der Leiter.«

»Also machte er sich die Schuhe nicht schmutzig?«

»Nein, gar nicht«, strahlte er.

»Und durchquerte die zwanzig Fuß Schlamm im Boot? Wären Sie so freundlich, mir das näher zu erklären?«

Er grinste mit seinem Lückengebiß. »Tja, Sir...«

»Hören Sie mal, sich mit dem kleinen Lord Fauntleroy hier ein Späßchen zu machen, ist eine Sache. Einen Polizei-Offizier irrezuführen, aber eine andere. Das ist strafbar nach Paragraph...« Ich machte eine Pause. Er schniefte, deutete dann mit einem dicken Daumen auf Chico. »Sie meinen...«

Ich nickte. Wahrscheinlich hatte er eine Lizenz zu verlieren, wenn er sich mit der Polizei anlegte. Im übrigen war ich froh, daß er beeindruckt schien, denn genau wußte ich auch nicht, nach welchem Paragraph das nun strafbar war.

»Es war nicht bös gemeint, Sir, ich wollte ihn nur ein bißchen hochnehmen.« Er wandte sich an Chico. »Nichts für ungut, Sir.«

Ich tippte Chico mit dem Finger an. »Dieser junge Mann hier wird Ihnen gleich ein paar Bierchen spendieren. Er ist gleich wieder da. In Kürze sollten noch ein paar Leute hier eintreffen, Sie sind dann so gütig und erzählen den Herren die Sache noch einmal.«

»Aber gewiß, gewiß«, sagte Großnase.

Ich ging durch die Gaststube auf die Straße. Chico fragte mich: »Was, denken Sie, hat sich da zugetragen?«

»Mit denken hat das nichts zu tun. Sie sind diesem Mann ins Lokal gefolgt, er ist aber nicht mehr da. Also ist er entweder nach oben gegangen, das ist aber unwahrscheinlich, oder wieder hinaus verschwunden. Es gibt keinen Anhaltspunkt dafür, daß er über den Balkon geklettert ist, wie Ihr seltsamer Freund behauptet. Viel wahrscheinlicher ist, daß er hinten in der Gaststube kehrt machte, durch den Gang da lief und durch eine Seitentür auf die Straße gelangte. Ich an seiner Stelle hätte mein Taxi draußen warten lassen; Sie sagen doch, es hätte vor dem Lokal gewendet. Und bevor ich abgefahren wäre, hätte ich noch dem Fahrer des anderen Wagens gesagt, daß er nicht mehr benötigt würde.«

»Stimmt«, sagte Chico, »mein Taxi war weg, als ich rauskam. Mir kam das gleich komisch vor.«

»Gut«, meinte ich, »wenn Mr. Dawlish und Mr. Harriman zurückkommen, erzählen Sie ihnen diese Details am besten selbst.«

Ich winkte den Fahrer des Wolseley heran und stieg ein. »Zurück in meine Wohnung«, sagte ich.

»Wie kommen dann Mr. Dawlish und der Rest von uns nach Hause?« protestierte Chico.

»Sie müssen wissen, Chico«, erklärte ich, »Mr. Dawlish liebt diese kleinen Exkursionen, sie erhöhen sein Lebensgefühl. Ich dagegen ziehe meinen häuslichen Kamin vor. Wenn Sie also das nächste Mal den Drang bekommen, einen kleinen internationalen Konflikt mit polnischen Schiffen und nächtlichen Ruderbootpartien heraufzubeschwören, dann geben Sie mir rechtzeitig Bescheid. Wenn Sie aber wieder einen Überwachungsauftrag bekommen...« was Gott verhüten möge, dachte ich, »...dann gehen Sie lieber ins Kino.«

»Sehr wohl, Sir«, sagte Chico. Der Wagen rollte langsam an. »Es war aber trotzdem eine gute Übung für mich«, setzte er hinzu.

»Sie kriegen auch 'ne Eins in Fleiß.« Damit fuhr ich heim.

6

Samstag. Dr. Pike war vor mir im St. James Park. Er saß auf einer Bank und las die *Financial Times*, genau wie es ausgemacht war. So fragte ich, um kein Spielverderber zu sein, nach den letzten Börsennachrichten, und er gab mir das Blatt. Er war übrigens noch sorgfältiger gekleidet als seinerzeit in der Praxis. Als er mir die Zeitung reichte, gab der Rockärmel eine goldene Armbanduhr frei.

»Es ist unglaublich kalt heute.«

»Ich bin keine tausend Meilen geflogen, um über das Wetter zu reden. Wo ist das Paket?«

»Nur die Ruhe«, sagte Pike, »es wird wahrscheinlich noch heute fertig. Keine Bange.«

»Haben Sie mich gestern beschatten lassen, Pike?« fragte ich.

»Nigel, bleib mit Deinen neuen Schuhen aus der Pfütze, sei ein braves Kind. Nein«, wandte er sich mir zu, »natürlich nicht. Warum auch?«

Nigel ließ das Wassertreten sein und piekte dafür einen großen Labrador mit seinem Pfeifchen.

»Irgend jemand ist mir gefolgt.«

»Ich nicht. Nigel, laß das, der Hund mag das nicht.«

»Also macht es Ihnen auch nichts aus, wenn ich ihn auffliegen lasse?«

»Hören Sie, Mr. Dempsey oder wie Sie heißen mögen, ich besorge mein Geschäft und halte mir die Nase sauber. Wenn die Leute, für die wir arbeiten, es für gut befinden, jemanden hinter Ihnen herzuschicken, und Sie beschließen, diesem Jemand den Schädel einzuschlagen – bitte, viel Glück. Nigel, der Hund meint, du läßt ihm die Pfeife zum Spielen. Braves Hundchen, gib Nigel die Pfeife zurück, so ist's brav. Machen Sie ihn kalt, wie und wo Sie wollen. Es liegt dann bei den Leuten an der Spitze, ob sie mich darüber informieren oder nicht.«

»Wo ist das Paket jetzt?«

»Bei meinem Bruder.« Er sah auf seine Uhr und schien über etwas nachzudenken. »Wenigstens glaube ich das. Es ist Teer, Nigel. Ich habe dir ja gesagt, du sollst das nicht anfassen.«

»Wie weit ist es bis dahin?«

»So ist es brav, Nigel, was bist du für ein sauberer Junge! Wir wohnen in Besterton, einem Dorf in der Nähe von Buckingham.«

»Also gehen wir«, sagte ich.

»Ich würde Klein-Nigel gern vorher absetzen«, sagte Pike.

Ich auch, dachte ich ingrimmig, am besten mitten in den See.

Dr. Felix Pike und sein Bruder Ralph wohnten in einem kleinen Dorf. Dort draußen gab es scharfe Unterschiede zwischen den Häusern der Ansässigen und denen der Zugezogenen: hier Gartenzwerge, Nylonvorhänge, Metallfensterrahmen und Wellblechgaragen, dort moderne Skulpturen, weißer Kalk, Schmiedeeisen und antike Uhren. Pike bewohnte die moderne Version eines Hauses im georgianischen Stil. In der Auffahrt stand ein silbergrauer Porsche. »Gehört meinem Bruder Ralph.« Pike selbst fuhr einen roten Jaguar. »Er ist nicht verheiratet, wohnt dort drüben.« Felix Pike zeigte auf das Nachbargebäude aus hellgekalkten Steinen. Pikes Auffahrt war eine Allee aus bronzenen Urnen und Schalen, das Haus eine Orgie in Regency-Streifen, beleuchteten Nischen, Wand-zu-Wand-Teppichen und Troddelmobiliar. Wir durchquerten ein paar Räume und gelangten schließlich in ein Zimmer, das Mrs. Pike, eine schmalgliedrige Frau mit malvenfarbenem Haar, den ›kleinen Salon‹ nannte. Vier Queen-Anne-Sessel waren um einen spätmittelalterlichen Kamin – elektrisch beheizt – gruppiert; wir ließen uns nieder. Durch die hohen französischen Fenster sah man hinaus auf den Rasen, etwa von der Größe einer mittleren Landebahn. Im Hintergrund brannten ein paar Laubfeuer. Die Frau mit dem Malvenhaar winkte zu einem der brennenden Haufen hin, der Mann dort warf eine letzte Schaufel voll ins Feuer, trat seine Schuhe auf der Matte vor der Tür ab und kam zu uns herein. Er trug jene Art abgetragener lässiger Kleidung, mit der sich die Engländer der oberen Klassen gern von der Masse unterscheiden, die am Sonntag ja doch nur die besten Sachen anzieht.

»Mein jüngerer Bruder Ralph«, stellte Dr. Pike vor. »Von nebenan.«

»Hello«, sagte ich. Wir schüttelten uns die Hand, und nur für den Fall, daß mich der schäbige Aufzug irregeführt haben sollte, reichte er ein Lederetui mit sechs Cristo Nr. 2 herum. Ich dankte und blieb bei meinen Gauloises. Dieser Pike war um etliches jünger als der erste, knapp vierzig, trotz seines fast weißen Haares. Er war ein schlanker Typ, wog aber trotzdem gute zwanzig Pfund mehr als sein Bruder, allerdings wohltrainierte Pfunde. Man hatte den Eindruck, daß er vor dem Frühstück zwei Dutzend Liegestütze absolvierte, um fit zu bleiben. Er hatte das gleiche durchtriebene Lächeln wie sein Bruder Felix.

Nun holte er einen goldenen Zigarrenabschneider aus seinem Overall. »Wie geht's in der Praxis?«

»Gut«, sagte Felix. »Und ich hoffe, dein...« Er ließ den Satz in der Luft hängen.

»Auch gut. Soll ich den Gastgeber...« Er machte für uns alle Brandy mit Soda in riesigen Kristallgläsern.

Felix begann: »Unsere Corrugated Holdings hat also ein ganzes Paket verkauft?«

Ralph exhalierte geruhsam. »Ja, Donnerstag. Man verkauft, wenn die Aktien steigen, hab' ich dir das nicht schon immer gesagt? Certum voto pete finem. Horaz.« Er wandte sich an mich. »Certum voto pete finem – setze deinen Wünschen eine Grenze.« Ich nickte brav, Dr. Felix Pike nickte auch, und Ralph lächelte freundlich. »Ich will mich gern um deine Papiere kümmern, Felix«, setzte er hinzu. »Mach nicht wieder dieses Theater wie damals mit den Waldner-Aktien. Wenn ich dir raten darf: Stoß Kupfer und Zinn ab, die fallen demnächst ins Uferlose. Ins Uferlose, denk an mich.«

Dr. Felix Pike liebte es nicht, von seinem jüngeren Bruder Ratschläge entgegenzunehmen. Er starrte ihn an, seine Zunge fuhr langsam über die Lippen.

Ralph lächelte. »Warst du wieder mal unten auf dem Boot?«

Felix sagte: »Ich wollte heute hin«, er puffte mich in die Rippen, »kurz bevor dieser Herr hier erschien.«

»Pech.« Ralph grinste. Er tippte gegen mein leeres Glas. »Noch einen?«

»Nein, danke.«

»Felix?«

»Nein.«

»Hat sich Nigel über die Maschinenpistole gefreut?«

»Närrisch. Er weckt uns jeden Morgen damit auf. Ich soll dir nicht danken, er will dir selbst schreiben, mit Kreide auf braunem Papier.«

Ralph lachte. »Arma virumque cano.« Wieder wandte er sich zu mir. »Ich singe von Männern und Waffen. Virgil.«

Ich sagte: »Adeo in teneris consuescere multum est. Was ein Häkchen wird, krümmt sich beizeiten. Auch Virgil.« Es folgte ein

Schweigen, dann sagte Ralph: »Mr. Dempsey möchte jetzt wohl gern das Paket haben«, als ob ich gar nicht vorhanden wäre.

»Stimmt«, sagte ich, um das Gegenteil zu beweisen.

»Ganz recht, der Mann«, meinte Ralph, seine Zigarre betrachtend, als wolle sie gleich explodieren. »Ich habe es heute gebracht, es ist eingeschaltet.«

»Fein«, sagte ich, griff in meine Gesäßtasche und holte die halbierte Fünf-Mark-Note heraus. Dr. Felix Pike ging durchs Zimmer zu einer der erleuchteten Nischen, rückte zwei Porträts seiner Frau weg und fand schließlich unter einer Porzellanplastik seine Hälfte der Note. Er gab sie seinem Bruder, der die beiden Hälften mit der gleichen lässigen Sorgfalt aneinanderhielt, wie er seine Zigarre anzündete oder den Spaten handhabte.

»Stimmt«, sagte er und ging mein halbes Dutzend Eier für Helsinki holen. Das Paket war in das diskret grüne Papier eingeschlagen, wie es Harrods benutzt, und hatte eine kleine Trageschlaufe. Bevor wir uns verabschiedeten, erinnerte Ralph noch einmal an die drohende Kupfer-Zinn-Baisse.

Mr. Pike bedauerte sehr, daß er mich nicht mit in die Stadt zurücknehmen könne, aber ich verstünde sicher... Ich verstand und nahm den Bus.

Nebel war inzwischen aufgekommen und wurde immer dichter, bis er zu jenem grünen Brei geworden war, den sie Erbsensuppe nennen. Ich saß im Bus, das Paket auf den Knien, und entwickelte die felsenfeste Überzeugung, daß es tickte. Schließlich hatte der jüngere Pike gesagt, es sei eingeschaltet. Das beschäftigte mich sehr, aber eine Probe aufs Exempel hatte ich nicht vor.

In der Charlotte Street erwartete mich einer unserer Feuerwerker.

»Da ist es. Gehen Sie zart damit um, ich möchte es in einem Stück abliefern.«

»Heute hab' ich meinen vorsichtigen Tag«, sagte der Feuerwerker vom Dienst. »Zu Hause wartet nämlich ein Steak-and-Kidney-Pudding auf mich.«

»Lassen Sie sich nur Zeit«, meinte ich. »Aufgewärmt hat er ein besseres Aroma.«

»Sie sind gestern etwas deutlich geworden«, sagte Dawlish.

»Tut mir leid, Sir.«

»Braucht's aber nicht, Sie hatten nämlich recht. Sie haben den Instinkt, der auf langjähriger Übung und Erfahrung beruht. Ich werde mich nicht mehr einmischen.« Ich gab Geräusche von mir wie ein Mann, der Komplimente verabscheut. Dawlish lächelte. »Das heißt nicht, daß ich Sie nicht rauswerfen oder versetzen lasse. Aber ich mische mich nicht mehr ein.« Er spielte mit seinem Füller, als wüßte er nicht, wie er's mir beibringen sollte. »Es gefällt ihnen gar nicht«, meinte er endlich. »Der Bericht ist heute morgen an den Minister gegangen.«

»Was steht drin?«

»Herzlich wenig. Ein Blatt voll doppelzeiligem Stuß, aber präzise formuliert.« Er lächelte wieder. »Wir kannten Midwinter's Organisation zwar, aber daß sie auch Kontakte nach Großbritannien hat, das war neu. Diese beiden Pike-Brüder sind Letten, beides rechtsradikale Nationalisten, und der eine, Ralph, ist außerdem ein bekannter Biochemiker. Das etwa steht in dem Bericht, und der Minister ist fast krank vor Sorge. Ich bin heute schon zweimal hinbeordert worden, und ich mußte beide Male höchstens drei Minuten warten, bis ich vorgelassen wurde. Das ist ein sicheres, aber bedenkliches Zeichen. Wie gesagt, fast krank vor Sorge.« Dawlish wiegte bedauernd den Kopf. »Bleiben Sie ja an Freund Newbegin dran. Schleusen Sie sich in diese Midwinter-Organisation ein und halten Sie die Augen offen. Ich hoffe nur, die Geschichte von heute nacht macht die Sache nicht gefährlich für Sie.«

»Wahrscheinlich nicht«, meinte ich. »Die Amerikaner sind nicht nachtragend, auch wenn sie sonst ihre Fehler haben.«

»Na fein.« Dawlish goß mir ein Glas Rotwein ein und begann über den Satz von sechs Stilgläsern zu plaudern, die er in der Portebello Road gekauft hatte. »Stammen wahrscheinlich aus dem 18. Jahrhundert. Man nennt das eine Trompetenschale, schauen Sie her.«

»Sehr schön«, sagte ich. »Aber sind es nicht nur fünf Stück?«

»Ah. Eben ein Sechsersatz minus eins.«

»Ah...«

In dem Moment meldete sich die Sprechanlage. Der Feuerwerker fragte: »Kann ich sprechen, Mr. D.?«

»Reden Sie.«

»Ich habe das Paket durchleuchtet. Es sind so viele Drähte drin, daß ich lieber langsam mache.«

»Aber sicher, Mann«, sagte Dawlish. »Ich will doch das Haus hier nicht in die Luft jagen...«

»Zwei Seelen, ein Gedanke«, lachte der Feuerwerker, lachte nochmals und wiederholte: »Ein Gedanke.«

Das Metallkästchen der Gebrüder Pike enthielt sechs angebrütete Hühnereier und eine elektrische Heizanlage, die sie konstant auf 37 Grad hielt. Jede Eierschale trug eine Wachsnummer und einen kaum sichtbaren Einstich. Durch die Glashaut des Eiweißes hatte man mit einer feinen Injektionsnadel einen Virus eingespritzt. Die Eier stammten aus dem mikrobiologischen Forschungsinstitut in Porton, und der Fahrer vom Dienst brachte sie zurück in dieses malerische und idyllische Fleckchen England, und zwar mit Decken und Wärmflasche, damit die Viren nicht umkamen.

Für meinen Trip nach Helsinki packten Dawlish und ich sechs mittelgroße frische Eier in den Kasten. Wir besorgten sie uns aus der Kantine, aber es machte uns verteufelte Mühe, die Stempel auszulöschen.

7

Der Air Terminal für Westlondon besteht ganz aus Stahl und Glas, wie eine neuzeitliche Corned-Beef-Fabrik. Die Passagiere werden gehäutet, weißgeblutet, ausgenommen, und fest in Busse verpackt, wobei sie überwacht werden von Männern mit Stapelladern und schmutzigen Schuhen und von übernächtigten Mädchen, die ständig ihre Frisur betasten und kleine bunte Papierschnipsel zerreißen.

Eine volltönende Frauenstimme begann das Countdown für meinen Bus, und Jean entschloß sich im letzten Moment, mich hinaus auf den Flugplatz zu begleiten. Im Zubringer saßen der Fahrer, Jean, ich selbst und noch neun Passagiere, mit einer Ausnahme alle männlichen Geschlechts. Im Gepäckraum lagen zwölf Koffer mittlerer Größe, eine Hutschachtel, ein Aktenkoffer, drei Pakete, ein Geschenkkarton, eine Mappe und drei Paar Ski.

Es war eine fette Beute für den Dieb, der das ganze Gepäck mitgehen ließ. In meinem Koffer war das elektrisch-beheizte Eierpaket gewesen. Die Vormittagsmaschine nach Stockholm und Helsinki konnte erst mit 97 Minuten Verspätung starten. Bis zu dieser Zeit waren die Skier und zwei Koffer wiedergefunden, aber nicht meiner. Da ich mit einigem Grund annehmen konnte, daß ich von irgendeiner Seite beschattet wurde, verhörte die Spezialabteilung der Airport Police den einzigen Zeugen des Diebstahls, der aufzutreiben war – einen Constabler namens Blair. Man reichte mir eine Kopie des Protokolls ins Flugzeug.

Spezialabteilung — Vertraulich
Airport London — II, Kopie 2

Reinschrift des Tonbands. Police Constabler Blair, vernommen durch Det. Sgt. Smith, PK, LAP.
Det.Sgt.Smith: Wir interessieren uns besonders für den Mann, den Sie heute vormittag beobachtet haben, deshalb wird unser Gespräch auf Tonband aufgenommen, für die Akten. Reden Sie freiweg, versuchen Sie nicht, sich besonders gewählt auszudrükken. Sie können sich auch korrigieren, wenn Sie glauben, daß es nötig ist. Und lassen Sie sich Zeit, das Tonband ist lang genug. Sagen Sie mir als erstes, warum Ihnen der Mann aufgefallen ist.
P.C.Blair: Er kam mir so kräftig vor. Er hat schwerer geschuftet, als ich's bei einem Gepäckträger je erlebt habe (Lachen). Er hat die Koffer in den Karren umgeladen wie nichts, einen in jeder Hand. Ist insgesamt nur sechsmal hin- und hergegangen.
Det.Sgt.Smith: Als er sah, daß Sie ihn beobachteten, was sagte er da?
P.C.Blair: Also, ich kann mich, äh, an die Worte nicht mehr recht erinnern, äh, aber er sagte sowas wie: ›Das müßte unsereins auch können, in Wintersport fahr'n.‹ Aber es klang mehr amerikanisch, nicht direkt englisch.
Det.Sgt.Smith: Hielten Sie ihn also für einen Amerikaner?
P.C.Blair: Nein, nicht direkt, das hab' ich Ihnen doch schon gesagt.
(Vier Sek. Pause)
Det.Sgt.Smith, verschwommen: ...für das Band...
P.C.Blair: Also, er hatte einen Cockney-Akzent, wollte aber unbedingt wie'n Amerikaner reden.
Det.Sgt.Smith: Schlossen Sie das aus der Wahl der Worte?
P.C.Blair: Ja, das waren so amerikanische Ausdrücke. Aber...

Ich kann mich nicht...
Det.Sgt.Smith: Schon gut. Wie sah er aus?
P.C.Blair: So mittelgroß, etwa fünf Fuß neun.
Det.Sgt.Smith: Kleidung?
P.C.Blair: Er hatte einen weißen Overall an, mit'm roten Abzeichen da.
Det.Sgt.Smith: (undeutlich)
P.C.Blair: Ein weißer Overall mit einem roten Abzeichen auf der linken Brusttasche. Der Overall war schmuddelig, genau wie seine anderen Kleider.
Det.Sgt.Smith: Beschreiben Sie die bitte.
P.C.Blair: Also er, äh, hatte 'ne gestreifte Krawatte, mit so'm billigen, äh, Dingsda, äh, Nadel. Und...
(Vier Sek. Pause)
Det.Sgt.Smith: Lassen Sie sich nur Zeit.
P.C.Blair: Und dann sein Haar, das war komisch, äh, so stumpf...
Det.Sgt.Smith: Was meinen Sie mit komisch?
P.C.Blair: Na, 's war keine Perücke oder so, aber es sah komisch aus, und manchmal faßte er danach, wie Frauen vorm Spiegel.
Det.Sgt.Smith: Woher wissen Sie, daß es keine Perücke war?
P.C.Blair: Na ja, vom Stammtisch, da kenne ich so einen, der hat 'ne Perücke (Lachen), und da kann man doch vorn sehen, wo's durchguckt (Lachen).
Det.Sgt.Smith: Also, Sie kamen zu dem Schluß, daß er keine Perücke trug, und zwar sahen Sie sich den Haaransatz daraufhin an.
P.C.Blair: Ja. (Pause) Glaub' ich wenigstens. Vielleicht war er halt nur eitel, mein' ich.
Det.Sgt.Smith: Würden Sie mir noch einmal sein Gesicht beschreiben?
P.C.Blair: Na ja, er war ziemlich blaß, und dann hatte er so, äh, so ganz schlechte Zähne. Und 'ne schwarze Krankenkassenbrille.
Det.Sgt.Smith: Vorhin erwähnten Sie noch etwas.
P.C.Blair: Sie meinen, daß er aus dem Mund roch?
Det.Sgt.Smith: Ja.
P.C.Blair: Na ja, er roch also aus dem Mund. Bei so schwarzen Zähnen...
(Sieben Sek. Pause)

Det.Sgt.Smith: Möchten Sie noch etwas hinzufügen? Lassen Sie sich Zeit.
P.C.Blair: Nee, das wär' alles. Mir fällt nichts mehr ein, das heißt... (drei Sek. Pause), ich meine, er war nichts Besonderes, äh, sah so ganz normal aus. Ich meine, nehmen Sie das nicht so wörtlich, was ich Ihnen da erzählt hab'. Er war nur so'n ganz gewöhnlicher Kerl.
Ende der Reinschrift.
Original gez. Det.Sgt.Smith und P.C.Blair.

Ich las die Kopie an Bord der Maschine nach Helsinki. Sie war nur um eine Idee interessanter als die Anweisung für Notfälle.

III Helsinki

8

In der Achselhöhle von Skandinavien sitzt Finnland wie ein zerfressenes Schweißblatt. Die Risse sind die Seen. Viele und große Seen, mit Inseln darin, auf denen es wiederum Seen mit Inseln gibt, und das so weiter, bis die zerfledderte Küste ganz in die kalte graue See übergeht. Aber zu dieser Jahreszeit gab es keine See, nur Meile nach Meile kompaktes, glitzerndes Eis, über das der Schatten des Flugzeugs glitt. Erst wenn ein Fleck Wald dunkel aus dem Schnee lugte, konnte man sicher sein, die Küstenlinie überflogen zu haben.

Ich sah Signe schon beim Niedergehen zwischen den roten Dächern der Flughafenbaracken stehen, und als wir ausrollten, kam sie winkend angerannt, ihr Breitwandlächeln im Gesicht. Wir gingen zu einem alten VW, und sie nahm meinen Arm, hängte sich schwer daran und fragte, ob ich ihr etwas aus London mitgebracht hätte.

»Nur Ärger«, sagte ich. Sie wollte, daß ich fuhr, und wir blieben den ganzen Weg in die Stadt hinter einem Wolga-Streifenwagen, sorgsam bemüht, die vorgeschriebene Geschwindigkeit nicht zu überschreiten.

»Hat Harvey Sie geschickt?« wollte ich wissen.

»Keine Idee. Meine Freunde hole ich auch ohne Befehl ab, und außerdem ist er in den Staaten. Zu einer Konferenz.«

»Worüber?«

»Weiß ich nicht. Konferenz, hat er gesagt.« Sie grinste. »Jetzt links ab und dann stop.«

Wir betraten die komfortable Wohnung an der Siltasaarenk, in der ich vor einer Woche Harvey Newbegin getroffen hatte. Signe half mit aus dem Mantel.

»Ist das eigentlich Harveys Wohnung?« wollte ich wissen.

»Mein Vater hat das Haus gekauft, um seine Freundin hier zu etablieren. Sie war eine Weißrussin aus altem Adel. Mein Vater liebte meine Mutter sehr, aber er war verrückt nach diesem Mädchen. Und Katja liebte ihn auch. Im letzten Jahr hat er...«

»Wie viele Väter haben Sie eigentlich? Ich dachte, Ihr Vater sei vor Enttäuschung gestorben, als die Russen die Lange Brücke bombardierten?«

»Das war geschwindelt. Daß er gestorben ist, meine ich.« Sie fuhr sich mit der Zunge über die Oberlippe, als denke sie angestrengt nach. »Er bat mich vor einem Jahr, die Nachricht von seinem Tod zu verbreiten. In Wirklichkeit lebt er mit Katja... Aber Sie hören ja überhaupt nicht zu.«

»Ich kann eben zuhören und zur gleichen Zeit ein Glas einschenken.«

»Also, mein Vater und Katja, die übrigens sehr schön ist, leben an einem Ort, den nur ich kenne. Auch meine Mutter glaubt, sie seien tot. Bei einem Eisenbahnunglück, verstehen Sie...«

»Es ist noch zu früh am Tag für Eisenbahnunglücke«, sagte ich. »Warum legen Sie nicht ab?«

»Sie glauben mir wohl nicht?«

»Jedes Wort. Ich hänge förmlich an Ihren Lippen. Aber wie wär's mit einer Tasse Kaffee?«

Sie brachte ihn in eleganten kleinen Tassen auf gesticktem Tablettdeckchen und kniete vor dem niedrigen Couchtisch nieder. Sie trug einen Herrensweater verkehrt herum, und in ihrem Nacken, unter dem jetzt kürzer geschnittenen Haar, leuchtete ein helles Dreieck, so weich und weiß wie frisches Brot. Ich widerstand der Versuchung, sie dort zu küssen.

»Sie haben einen reizenden Trapezmuskel«, sagte ich.

»Wirklich? Freut mich.« Sie antwortete mechanisch, goß dabei Kaffee ein. »Ich habe eine Wohnung in New York, viel netter als die. Ich war lange dort.«

»So?«

»Na ja, die Wohnung gehört mir eigentlich nicht.«

»Nein, denn wenn Ihr Vater und Katja wiederkommen...«

»Nein, nein...«

»Vorsicht, der Kaffee!«

»Sie sind gemein.«

»Tut mir leid.«

»Also gut«, entschied sie, »wenn wir flunkern, dann flunkern wir. Aber wenn wir nicht flunkern, sagen wir die Wahrheit.«

»Abgemacht.«

»Glauben Sie, daß eine Frau imstand sein sollte, nur mit den Augen zu lächeln?«

»Keine Ahnung. Darüber habe ich noch nie nachgedacht.«

»Ich glaube, sie sollte.« Signe verdeckte ihren Mund mit der Hand. »Jetzt sagen Sie mir, wann ich lächle. Aber nur in die Augen schauen.«

Es ist nicht einfach, Signe zu beschreiben, weil sie einen Eindruck hinterließ, der mit ihrer wirklichen Erscheinung nicht viel zu tun hatte. Zweifellos war sie ein hübsches Mädchen, aber ihr Gesicht zeigte Unregelmäßigkeiten. So war ihr Nase ein wenig zu klein für die stark modellierten Backenknochen, und ihr Mund schien für ein doppelt so großes Gesicht gemacht. Wenn sie lachte oder kicherte, spannte er sich von Ohr zu Ohr, aber eine halbe Stunde, nachdem man sich von ihr verabschiedet hatte, mußte man wieder an Harveys Behauptung denken, daß sie das schönste Mädchen der Welt sei.

»Jetzt?« fragte sie.

»Was, jetzt?«

»Lächle ich jetzt mit den Augen?«

»Wenn es bei diesem Spiel wirklich fair zugehen soll, brauchen Sie eine Hand, die größer ist als Ihr Mund.«

»Pfui!« schrie sie, »Spielverderber!«

»Au! Sie verschütten meinen Kaffee.«

Zwei Tage warteten Signe und ich auf Harvey Newbegins Rückkehr. Während dieser Zeit sahen wir einen Gangsterfilm aus Manhattan, bei dem Signe dauernd schrie: ›Da um die Ecke wohne ich!‹, wir aßen in dem Dachrestaurant eines Wolkenkratzers in Tapiola zu Abend und ich lernte auf Kosten meines Jacketts und des linken Ellenbogens beinahe Skilaufen.

Am Abend des zweiten Tages saßen wir wieder in der Wohnung an der Langen Brücke, und Signe kochte Fisch. Als Nachtisch brachte sie einen Teller Petits fours und eine Flasche Schnaps.

»Kennst du Harvey schon lange?« fragte sie.

»Ich bin ihm im Lauf der Jahre ab und zu begegnet.«

»Er ist hier der Chef, wußtest du das?«

»Nein.«

»Ja, er hat diesen ganzen Abschnitt von Europa unter sich. Deshalb mußte er auch nach New York zu einer Konferenz.«

»Das sagtest du schon.«

»Ich glaube aber nicht, daß er der rechte Mann ist, ein ganzes . . .«

»Netz?«

»...ja, ein ganzes Netz zu leiten. Er ist zu impulsiv.«

»Wirklich?«

»Ja.« Sie biß in einen der kleinen Kuchen. »Er liebt mich furchtbar. Ob das gut ist?«

»Ich für meinen Teil finde nichts dabei.«

»Er will mich heiraten.«

Ich dachte an die vielen Mädchen, die Harvey schon hatte heiraten wollen. »Na ja, du bist ja noch jung. Wahrscheinlich willst du dir das noch mal überlegen.«

»Er läßt sich meinetwegen von seiner jetzigen Frau scheiden.«

»Hat er das gesagt?«

»Nein, das hat mir sein Psychiater bei einer Party in New York erzählt.«

»Und dann will er dich heiraten?«

»Ich weiß nicht. Es gibt noch eine Menge Männer, die in mich verliebt sind. Aber ein Mädchen sollte sich nicht vom Erstbesten ins Nest scheuchen lassen.«

»Manchmal doch.«

»Du bist verdorben.« Sie stülpte das Silberpapierhütchen über ihren Zeigefinger und drohte mir damit. »Er ist verdorben«, sagte sie ihrem Finger. »Und Harveys Frau ist ein Alptraum.«

»Wahrscheinlich bist du da voreingenommen.«

»Nein, ich kenne sie. Wir waren damals alle zusammen auf einer Party bei Mr. Midwinter. Du kennst doch Mr. Midwinter, oder?«

»Nein.«

»Er ist süß. Du wirst ihn schon noch kennenlernen. Er ist Harveys Boß.«

Sie betastete einen Kaffeefleck auf meinem Hemd. »Oh, laß mich das waschen. Du kannst dir ein Hemd von Harvey leihen.«

»Okay.«

»Auf dieser Party damals, da waren alle wirklich toll angezogen. Mit Schmuck und Juwelen und Diadem im Haar – und mit Schuhen, die waren einfach Klasse.« Sie zog ihren Schuh aus und stellte ihn auf den Tisch. »So was kriegt man in Helsinki, aber in New York... ich hatte damals nicht viel Gepäck dabei, und dann kam diese Party. Es war schrecklich. Ich hatte einfach gar nichts anzuziehen.«

»Ja, das ist wirklich ein Problem.«

»Nein, nicht für einen Mann. Männer kommen den ganzen Tag mit einem dunklen Anzug aus, das fällt niemandem auf. Aber eine Frau soll immer anders aussehen, morgens im Büro und abends...«

»Du wolltest mir von der Party erzählen.«

»Richtig. Also, ich ging hin, und es war ein wundervolles Haus, mit vielen Dienern. Ich trug einfach die Sachen, die ich auch in Helsinki zu einer kleinen Party angezogen hätte. Und da stand ich dann, unter diesen Frauen in ihren Dreihundertdollar-Kleidern und den Männern im Frack...«

»Hat Harvey dir denn nicht gesagt, was die anderen Leute so anziehen würden?«

»Nein, du kennst ihn doch. Er wagt sich nicht in meine Nähe, wenn seine Frau dabei ist. Und so stand ich denn da wie ein Mondkalb, in meinem Tupfenkleid. Tupfen – kannst du dir das vorstellen?«

»Doch, kann ich.«

»Und dann kam Mrs. Newbegin zu mir herüber. Sie sieht ungefähr so aus.« Signe zog die Augen zu schmalen Schlitzen zusammen und saugte die Wangen nach innen – die perfekte Karikatur eines Mannequins aus einem Modejournal. »Sie trug ein sagenhaftes schwarzes Kaftankleid und schwarze Satinschuhe. *Satin.* Also, sie sieht mich von oben bis unten an und sagt: ›Ich bin Mrs. Newbegin.‹ *Mrs. Newbegin.* Dann wendet sie sich an die Umstehenden: ›Zu schade, daß Harvey ihr nicht gesagt hat, daß es offiziell ist. Ich bin ganz sicher, daß sie zu Hause eine ganze Menge offizieller Kleidchen hat.‹ Sie ist so überheblich, wie man sich's gar nicht vorstellen kann. Ein Alptraum.« Signe holte eine kleine Schachtel hervor und begann, Lidschatten aufzulegen. Dann schenkte sie mir einen türkisgrünen, lidflatternden Blick und schmiegte die Wange an mein Bein. »Einfach entsetzlich«, wiederholte sie.

»Sie hört sich wirklich ein bißchen aggressiv an«, steuerte ich bei.

»Dafür ist sie ja auch ein Löwe. Herrschsüchtig, energisch, aggressiv. Es ist das Tierkreiszeichen maskuliner Durchschlagskraft. Männliche Löwen sind okay, aber Frauen... Die haben immer die Hosen an. Harvey hat dasselbe Sternbild wie ich: Zwilling. Uneins mit sich, leidenschaftlich, dramatisch, bösartig, intelligent. Viel Unrast, immer auf Achse zwischen den Unbilden des Lebens. Verträgt sich überhaupt nicht mit einem Löwen. Die beiden sind eine ganz schlechte Kombination.«

»Aber *du* verstehst dich gut mit Harvey?«

»Wunderbar. So hübsche braune Arme hast du da. Du bist ein Wassermann.«

»Haben die alle braune Arme?«

»Aber Geist und Stolz. Sie sind rätselhaft, zurückhaltend, tiefsinnig und intellektuell. Einzelgänger. Wassermann ist mir am liebsten, er verträgt sich gut mit Zwillingen.« Sie streichelte meinen nackten Arm mit schlanken, sanften Fingern, daß mich ein Schauer überlief. Dann hob sie meine Hand an, nahm meine Fingerspitzen zwischen die Zähne, drehte die Hand schließlich um und küßte geräuschvoll die Innenfläche.

»Magst du das?« Ich schwieg.

Lächelnd ließ sie meine Hand sinken. »Wenn ich heirate, will ich meinen Namen behalten. Wie heißt du noch? Ich vergeß es immer.«

»Dempsey.«

»Also, wenn ich dich heiraten würde, müßte ich mich Signe Laine-Dempsey nennen.«

»Du wolltest mir doch erzählen, wie fürchterlich Mrs. Newbegin ist.«

Signe verzog das Gesicht. »Sie gibt sich nur mit großen Tieren ab. Mit Frauen, die dauernd über die Autos ihrer Männer reden. Ganz große Tiere. Aber die Alten selber sind noch erträglich, nur die Frauen dazu kann ich nicht ausstehen.«

»Dann kann ich ja noch hoffen«, meinte ich. »Ich bin alt genug, um dein Vater zu sein.«

»Nein, das bist du nicht.« Mit dem Daumennagel zog sie tiefe Linien in den Stoff meines Hosenbeins.

»Sei lieb und laß das, ja?«

»Warum?«

»Einmal ist das einer meiner besten Anzüge…«

»Und außerdem regt es dich auf?«

»Ja, und außerdem regt es mich auf.«

»Na bitte, Wassermänner sprechen auf Zwillinge an.«

»Ich könnte dein Vaer sein, so alt bin ich«, sagte ich – vor allem mir.

»Du wiederholst dich. Ich bin außerdem schon achtzehn.« Sie zog mir das Unterhemd aus dem Gürtel. »Du hast einen schönen Rükken.« Genießerisch fuhr sie mir mit einem Finger das Rückgrat hinauf. »Einen sehr schönen Rücken. Das ist bei einem Mann wichtig.«

»Ich denke, du willst mir den Kaffeefleck aus dem Hemd waschen? Deshalb sitze ich nämlich hier im Unterhemd, weißt du noch?«

»Schön, sehr schön«, wiederholte sie. »Ich kann das beurteilen, mein Vater war nämlich einer der berühmtesten Orthopäden von Schweden.«

»Es ist ein modernes Hemd«, sinnierte ich, »du mußt es gar nicht waschen, laß es nur tüchtig weichen.«

»Aber dann wurde er ans Krankenlager der Königin von Dänemark gerufen«, flüsterte sie. »Und so hat alles angefangen.«

Sie preßte sich an mich, und plötzlich waren wir ins Küssen vertieft. Ihre Lippen reagierten unbeholfen und täppisch wie die eines Kindes beim Gutenachtkuß, und als sie sprach, füllten die Worte meinen Mund: »Leidenschaftlich, dramatisch, bösartig... Zwilling und Wassermann konjugieren gut.« Dabei küßte sie mich noch immer und massierte geschickt mein Bein.

Also gut, dachte ich mir, schließlich kann man ja mal sehen, ob an der Astrologie wirklich was dran ist.

9

Harvey landete am nächsten Tag. Signe und ich holten ihn vom Flugplatz ab. Signe fiel ihm um den Hals, beteuerte, wie sehr sie ihn vermißt und daß sie alle seine Lieblingsspeisen gekocht hätte, aber es sei ein dringender Anruf von einer schwer erkrankten Verwandten gekommen, und deshalb sei alles angebrannt und ungenießbar; wir müßten nun im Restaurant essen. Die ganze Geschichte war natürlich pure Fantasie, aber ich beneidete Harvey dennoch um diesen Empfang.

Das erste, was ich Harvey erzählte, war die Geschichte mit den gestohlenen Eiern und meinem Gepäck. Harvey war in einer seiner generösen Launen und nahm die Sache anscheinend nicht sehr dramatisch. Trotzdem mimte er den Beeindruckten. »Das Ding war hochbrisant; der Dieb weiß ja gar nicht, worauf er sich da eingelassen hat.«

»Besten Dank«, erwiderte ich. »Und was wäre passiert, wenn ich das Paket hätte beim Zoll öffnen müssen?«

Harvey sah mich unter schweren Lidern hervor an: »Der Zoll war bestochen.« Dann verschwand er türenknallend in seinem Büro. Jeden Raum, in dem Harvey seine Schreibmaschine aufstellte, nannte er Büro. Fast die ganze Zeit machte er sich mit irgendwelchen Dingen zu schaffen, und nur einmal fragte er mich, ob ich mich in London mit Dawlish in Verbindung gesetzt hätte, was ich kühl verneinte. Viel sprachen wir in den nächsten Tagen nicht miteinander – bis zum Morgen des dritten Tages, einem Dienstag. Da nahm Harvey mich in eine Sauna außerhalb der Stadt mit. Er war ein großer Sauna-Enthusiast. Das Haus lag auf einer kleinen Insel, und man erreichte es auf einem Fußpfad über das Eis.

Das niedrige Gebäude aus rotem und braunem Naturholz duckte sich unter einer Fichtengruppe. Wir kleideten uns aus und gingen schnell durch den weißgekachelten Duschraum, wo eine Angestellte gerade einen Gast mit einem Luffaschwamm schrubbte; durch eine schwere Tür gelangten wir in das eigentliche Bad.

»Der Dampfraum«, sagte Harvey, »typisch finnisch.«

Der Kern der Sauna erinnerte in Ausmaß und Einrichtung an einen Viehwagen. Zwei Bänke standen an den Wänden, so hoch unter der Balkendecke, daß man gebückt sitzen mußte oder sich Beulen am Kopf holte. Rauch und Qualm hatten das Holz geschwärzt, die Hitze entlockte den Stämmen einen würzigen Duft.

Wir saßen auf der dem winzigen Fenster gegenüberliegenden Bank. Das Thermometer näherte sich dem Hundert-Grad-Strich, aber Harvey hantierte am Ofen herum und versprach, gleich würde es heiß. »Wie schön«, sagte ich, und dabei war mir zumute, als bügle jemand meine Lungen mit einem Dämpfeisen. Draußen beugten sich die Bäume unter der Schneelast und schienen auszuatmen, wenn der Wind kleine Schneewolken aufwirbelte. Harvey sagte: »Du mußt berücksichtigen, daß wir eine sehr spezielle kleine Organisation sind. Deshalb wollte ich mich vergewissern, daß du auf keinen Fall Dawlish informiert hast.«

Ich nickte.

»Hast du ihm bestimmt nichts erzählt? Ehrenwort?«

Was hast du doch für mittelalterliche Ansichten, dachte ich. Das Ehrenwort sollte mich jetzt die Nerven verlieren und alles gestehen lassen.

»Ehrenwort«, sagte ich.

»Gut«, sagte Harvey. »In New York hat man mir nämlich die

Hölle heiß gemacht, weil ich dich hereingenommen habe. Besonders, weil wir morgen einen Sondereinsatz vorhaben.«

Es wurde sehr heiß im Raum. Sogar Harveys dunkle Haut hatte die Farbe gesottener Hummern angenommen. Draußen im Schnee stiegen zwei Männer aus einem Renault und gingen mit Säge und Seil zu einem markierten Baum.

»Ich wollte es ursprünglich gar nicht machen«, fuhr Harvey fort. »Wird es zu heiß für dich?«

»Nein«, sagte ich. »Warum nicht?«

»Einmal ist es die falsche Jahreszeit dafür.« Harvey peitschte seine Beine mit dünnen Ruten, und es duftete plötzlich intensiv nach Birken. »Ach, und außerdem gibt es tausend Gründe, weshalb sie besser noch abgewartet hätten. Aber sie wollen nicht und haben natürlich auch ihre Argumente. Der Mann muß innerhalb eines Monats drin und wieder draußen sein. Er ist ein Wissenschaftler und soll sich etwas Bestimmtes ansehen. Übrigens der Bruder von Pike, du kennst ihn doch?«

»Aha.« Die Männer draußen warfen ihr Seil über einen Ast des Baumes, und der eine kletterte hoch, um es am Stamm festzuzurren.

»Es ist gefährlich.«

Sogar Harvey schien die Hitze jetzt zuzusetzen, er saß ganz still und atmete flach. »Diese Absprünge, ich kann sie nicht ausstehen.«

»Ein Absprung?« fragte ich. In meinem Magen machte sich ein seltsames Gefühl breit, das mit der Hitze und dem Dampf nichts zu tun hatte; ich hoffte sehr, daß Harvey nicht das gemeint hatte, an was ich dachte. Er stand auf und goß einen Kübel Wasser über die heißen Steine am Feuer. Dann sah er mich an.

»Ja, vom Flugzeug aus.«

»Also Fallschirmabsprünge über sowjetischem Territorium?« Der eine Mann draußen hatte die Säge angesetzt, noch ehe sein Kollege sich an den Abstieg gemacht hatte.

»Nein, ohne Fallschirm. Die Leute springen aus kleinen, leichten Flugzeugen direkt in Schneewehen hinein.«

»Also, einen Moment lang hab' ich wirklich...«

»Es ist kein Witz.« Ich konnte Harvey ansehen, daß er es tatsächlich ernst meinte. Das untere Seilende war jetzt am Renault befestigt; er fuhr an, um den Baum für die Säge zurechtzubiegen. Mit einem Mal spürte ich den Temperaturanstieg im Raum. Der brodelnde Dampf stach wie mit Nadeln in die Haut; ich öffnete den Mund, aber da drang das Stechen bis in die Kehle vor; ich schloß ihn wieder und glaubte, mit Stacheldraht gegurgelt zu haben. Harvey ließ mich nicht aus den Augen. »Rußland ist nur fünfzig Meilen entfernt«, sagte er. »Wenn wir so hoch fliegen, daß es für Fallschirmsprünge reicht, haben sie uns sofort auf den Radarschirmen.«

Es war immer noch höllisch heiß im Raum, meine Haut brannte. Ich vermied es, auf das Thermometer zu sehen.

»Was macht das schon für einen Unterschied? Wenn ihr an dieser Küste wirklich Leute absetzt, gebe ich ihnen höchstens 48 Stunden, bis sie ihr öffentliches Schuldbekenntnis unterschreiben. Die Ecke gehört zum Baltischen Militärdistrikt, einem der empfindlichsten Punkte der Welt. Es wimmelt von Raketenstellungen, Flugplätzen, U-Boot-Stützpunkten und vor allem von Streifen und Kontrollsystemen.«

Harvey wischte sich den Schweiß aus dem Gesicht und betrachtete dann seine Hand. Er stand auf. »Wahrscheinlich hast du recht. Ich bin schon zu lange bei diesem verrückten Haufen, allmählich glaube ich selber den Stuß, den sie uns da in New York vorsetzen. Komm, wir wollen hier raus.«

Aber keiner von uns regte sich. Draußen zog der Wagen an, und der Baum dehnte und streckte sich wie nach langem tiefen Schlaf; die Arme schüttelten ein letztes Mal verächtlich den Schnee ab, und dann begann das Ganze zu wanken. Der Fall war langsam, anmutig und lautlos, denn durch das Doppelfenster drang kein Geräusch. Als der Baum auf den Boden schlug, stieg eine Wolke von Pulverschnee hoch. »Genauso«, sagte Harvey, »du hast recht. Ganz genauso.« Jetzt wußte ich, daß auch er dem Sterben des Baumes zugesehen hatte.

Harvey stieß die schwere Saunatür auf, und ich folgte ihm hinaus in den Schnee. Nackt liefen wir über den Pfad, der die zugefrorene See überquerte, Harvey in einer Wolke aus Dampf; wahrscheinlich war es bei mir genauso, denn ich spürte nicht einmal ein Frösteln. Harvey sprang in ein großes Loch, das man ins Eis gehackt hatte, und ich folgte ihm in die leicht salzig schmeckende baltische See. Unter Wasser öffnete ich die Augen und sah über mir schemenhaft Harveys Körper schimmern. Eine fürchterliche Sekunde lang vergegenwärtigte ich mir, was mit dem geschehen würde, den eine

Strömung jetzt unter die Eisdecke trieb. Wo war das nächste Loch – hundert oder zweihundert Meilen weiter?

Mein Kopf stieß wieder an die kalte, trockene Luft; neben mir tauchte Harvey auf, das Haar platt an den Schädel geklebt, und mir fiel eine kleine kahle Stelle an seinem Hinterkopf auf. Immer noch fror ich nicht.

»Du hast recht«, sagte Harvey. »Du hast recht, was den Kerl betrifft, den wir morgen absetzen. Der arme Teufel ist bereits abgeschrieben.«

»Könntest du nicht...«

»Nein, unmöglich. Auch nicht, wenn ich wollte. Ich kann nur dafür sorgen, daß er mich nicht so genau zu Gesicht bekommt, das ist alles. Aus Selbsterhaltungstrieb – Regel Nr. 1 aller Intelligenzler.«

Harvey schwamm zur Leiter, und an Land warf der eine Holzfäller das Seil über den nächsten Baum.

Ich brannte darauf, Harvey bei seinen Vorbereitungen für den Start des Agenten zu beobachten, aber er verließ die Wohung schon in aller Frühe. Signe brachte mir den Kaffee unter einem Filzwärmer, der Augen und Ohren hatte. Während ich frühstückte, saß sie am Fußende des Betts und improvisierte eine Unterhaltung mit dem Filzgesicht.

»Harvey hat mir etwas aufgetragen«, sagte sie dann plötzlich.

»Wirklich?« Ich kämpfte noch mit dem Schlaf.

»Er ist eifersüchtig«, meinte sie.

»Weiß er, daß...«

»Nein, das nicht; es ist seine slawische Schwermut.«

Harveys Familie stammte tatsächlich aus Rußland, aber es war nichts Russisches an ihm zu entdecken, es sei denn, man hatte Signes Fantasie.

»Hat Harvey dir gesagt, daß er Slawe ist?«

»Nein, das brauchte er gar nicht, bei diesem Muschik-Gesicht. Ein Finne riecht einen Russen auf tausend Meter. Schau dir seine Augen an, diesen orange-braunen Ton; bierfarben, sagen wir. Wenn du mich dagegen vergleichst – ich bin der tavastinische Typ, breites Gesicht, runder Schädel, blonde, helle Haut, blaugraue Augen und diese alberne Sattelnase.« Sie stand auf. »Und wie ich gebaut bin, auch typisch: grobe Knochen, breite Hüften. Die Tavastiner stammen aus Süd- und Zentralfinnland. So einen wie Harvey wirst du nie unter uns finden.«

»Ein ganz großartiger Bau allerdings.«

»Sag nicht so was, oder Harvey errät alles.«

»Es ist mir verdammt egal, was er errät.«

Signe goß mir eine zweite Tasse Kaffee ein. »Er hat mich heute beauftragt, ein Paket abzugeben, und ich sollte dir nichts davon sagen. Puh! Er behandelt mich wie ein Kind. Ich sage dir, was ich will. Wenn du dich fertig gemacht hast, liefern wir das Paket zusammen ab.«

Signe fuhr den alten Volkswagen sehr vorsichtig – sie war eine ausgezeichnete Fahrerin – und bestand darauf, den malerischsten Weg nach Inkeroinen einzuschlagen. In den Dörfern begegneten wir zuweilen Gruppen von Kindern, die auf Skiern zur Schule fuhren. Sie winkten uns zu.

Ich hatte das Gefühl, daß Signe Harveys Worte nicht so ganz bedenkenlos in den Wind schlug, wie sie vorgab, und hielt es daher für klüger, sie zunächst nicht nach dem Paket zu fragen. In der Nähe von Kouvola gabelte sich die Straße. Wir folgten dem südlichen Zweig, der sich parallel zur Bahnlinie hielt. Ein langer Güterzug mit Holz und Ölfässern wurde umrangiert, und die schwarzen Rauchwolken der Lokomotive legten sich wie Lava über die weiße Landschaft.

Signe fragte: »Was, glaubst du, ist in dem Paket? Es liegt im Handschuhfach.«

»Herrgottnochmal«, antwortete ich, »müssen wir an diesem wundervollen Tag vom Dienst reden?«

»Ich möchte es aber wissen. Sag mir, was du denkst.«

Ich holte das kleine braune Päckchen aus dem Handschuhfach. »Ist es das?«

»Ja. Sicher Geld, was?«

»Dafür hat es nicht die Form.«

»Und wenn ich dir erzählte, daß Harvey sich gestern zwei Taschenbücher von mir geliehen hat?«

»Verstehe.« Wenn man die Form zweier Taschenbücher berücksichtigte, dann konnte die zwei Zoll dicke Lage dazwischen durchaus ein Paket Geldnoten sein.

»Wohl Dollarnoten.«

»Möglich.«

»Was heißt hier ›möglich‹? Du weißt doch, daß es stimmt.«

»Ja.«

»Ich soll sie in Inkeroinen in einem Taxi lassen.«

Inkeroinen ist ein buntes Gewürfel von Häusern und Läden, die sich um einen bescheidenen Bahnhof scharen. In den Schaufenstern stehen Kühlschränke aus Deutschland, Schallplatten und Waschmittel. Gegenüber der Stelle, wo wir hielten, stand ein Zigaretten-Kiosk, dessen Rückseite als Taxistand ausgebaut war. Signe schaltete den Motor aus. »Gib das Paket her.«

»Und was bekomme ich dafür?«

Zum viertenmal in zwei Minuten sah sie auf die Uhr. »Meine Unschuld.«

»Die hat keiner mehr von uns.«

Sie lächelte nervös und griff nach dem Päckchen. Ich beobachtete sie, wie sie die Straße überquerte und auf ein Ford-Taxi zuging. Sie öffnete eine Tür und blickte suchend in den Wagen, als hätte sie etwas im Fond vergessen. Als sie die Wagentür wieder zuschlug, war ihre Hand leer. In diesem Augenblick kam ein weißer Porsche aus Richtung Kothka schnell die Dorfstraße herauf. Mit quietschenden Bremsen stoppte er auf der Höhe des Kiosk. Ich erinnerte mich, daß die finnische Straßenpolizei mit weißen Porsches ausgerüstet war.

Ich ruschte hinter das Steuer und startete den Motor. Er war noch warm und sprang sofort an. Ich sah einen Polizisten aus dem Porsche steigen und seine Mütze aufstülpen. Signe entdeckte ihn, als ich mich vom Bordstein löste. Er tippte leicht an die Mütze und sagte etwas zu ihr. Auf der Straße hinter mir kam der Linienbus näher, der die Strecke Helsinki–Kouvola befuhr. Ich zog zwanzig Meter vor, damit er mir nicht den Weg versperrte, dann hielt ich und sah zurück. Am Taxistand wischte eine Hand ein Guckloch in die dunstbeschlagene Scheibe.

Der Porschefahrer stieg jetzt aus und trat um Signe herum an den Kiosk. Signe hatte noch keinen Blick in meine Richtung geworfen. Alle Regeln verlangten, daß ich spätestens jetzt davonfuhr, aber wenn die Straße frei war, konnte ich die Dinge sich noch etwas zuspitzen lassen; wenn sie die Straße andererseits blockiert hatten, war es ohnehin zu spät. Eine vertraute Figur sprang aus dem Bus und steuerte geradewegs auf den Taxistand zu. Ohne Zweifel wollte er das Päckchen holen. Er ging an Signe und den beiden Polizisten vorbei und öffnete die rechte hintere Wagentür. Der Fahrer des Polizeiwagens hatte sich inzwischen am Kiosk zwei Schachteln Kent gekauft und warf eine davon seinem Kollegen zu, der sie auffing, ohne sein Gespräch mit Signe zu unterbrechen, jetzt salutierte und mit dem Fahrer wieder in den Porsche stieg. Der Mann im Taxi verriet durch nichts, ob er das Päckchen gefunden hatte, aber er beugte sich jetzt vor und hupte kurz. Der Porsche stieß zurück und dröhnte davon. Ich wendete und fuhr zu Signe hinüber. Sie stieg ein.

»Na, stolz auf deine Nerven?« stichelte sie.

»Nein. Es war leichtsinnig und gegen alle Regeln. Ich hätte sofort verschwinden müssen.«

»Feigling.« Sie stieg ein.

»Stimmt«, antwortete ich. »Wenn je ein Weltkongreß der Feiglinge einberufen werden sollte, werde ich als Vertreter Englands hingeschickt.«

»Ja«, sagte Signe. Sie war noch in dem Alter, in dem Ehre, Tapferkeit und Treue wichtiger sind als Resultate. Ich ärgerte mich, daß ich England gesagt hatte, denn ich lief ja unter irischem Paß, aber Signe schien nichts bemerkt zu haben.

Ich fuhr langsam zurück und vermied dabei, den weißen Porsche vor mir zu überholen. Im Rückspiegel sah ich das Ford-Taxi schnell näherkommen. Am Straßenrand türmte sich der Schnee, aber ich fuhr so scharf rechts ran, wie ich konnte, um es vorbeizulassen. Der Mann im Fond trug einen Homburg und rauchte eine Zigarre. Er lehnte bequem in der Ecke und blätterte in den unverwechselbaren, rosafarbenen Seiten einer *Financial Times*. Es war Ralph Pike, und wahrscheinlich brütete er über dem Kupfersturz. Ich fragte mich, warum er sein Eierpaket nicht selber nach Helsinki gebracht hatte und ob er sich morgen um diese Zeit nicht über eine andere Art Sturz den Kopf zerbrechen würde.

In Helsinki verließ ich Signe und den VW am Stockmann-Warenhaus. Ich wollte ein paar Socken und Rasierklingen kaufen und auf keinen Fall wollte ich zu gleicher Zeit mit Signe in der Wohnung ankommen – nur für den Fall, daß Harvey über Signes Ungehorsam aufgebracht war.

Harvey war bereits zu Hause. Er kniete mitten im Zimmer und montierte kleine Glühbirnen auf das Schiebedach von Signes VW.

»Es ist verdammt kalt«, sagte ich zu ihm. »Wie wär's mit einer Tasse Kaffee?«

»Mit ein bißchen Glück wird's bis Mitternacht noch kälter. Wir brauchen alle Minusgrade, die wir nur kriegen können, wenn das Eis für die Maschine stark genug sein soll.« Harvey schaute mich dabei erwartungsvoll an, aber ich tat, als ob mich das Ganze nichts anginge, ging in die Küche und begann Kaffee zu kochen.

»Es schneit doch nicht?« rief Harvey mir nach.

»Nein, noch nicht.«

»Das würde uns gerade noch fehlen.«

»Wegen der Verzögerung?«

»Bei *dem* Piloten gibt es keine Verzögerung; der fliegt auch, wenn's Buletten hagelt. Aber vor einer Bruchlandung da draußen auf dem Eis hab' ich Manschetten. So eine Reparatur mit dem Morgengrauen um die Wette...«

»Du brauchst mir nichts auszumalen«, sagte ich. »Ich glaub' dir auch so.«

»Der Passagier ist... au!« Harvey war der Schraubenzieher ausgerutscht und in den Finger gegangen. Er lutschte daran. »Wollte sich ein bißchen bei uns ausruhen.«

»Was hast du ihm gesagt?«

»Was ich ihm gesagt habe? Hör mal, du hast mir gestern ein Licht aufgesteckt, was dem Kerl innerhalb der nächsten 24 Stunden blüht. Ich hab' ihm gesagt, er soll bis Sonnenuntergang auf Achse bleiben.«

»Dann ist er müde, wenn die Maschine eintrifft.«

»Was sollte ich denn sonst machen, deiner Ansicht nach?«

Ich verzog das Gesicht.

»Jetzt werd mir bloß nicht patzig, Alter«, sagte Harvey. »Du bist mein großer weißer Bruder, ich brauche dich, damit du mir den Ernst des Lebens klarmachst.«

»Vielen Dank. Aber sabotiere jetzt nicht alles, bloß damit ich recht behalte.«

»Herrgott, der Kerl hat doch genug Geld, um sich ein Hotelzimmer zum Ausschlafen zu kaufen.«

»Wann kommt er hier vorbei?«

»Hast du Watte in den Ohren? Er kommt überhaupt nicht her. Wenn ihn die Russkis morgen aus dem Schnee buddeln, muß er sagen, daß er von unseren Operationen in Helsinki keine Ahnung hat, und ich werde dafür sorgen, daß er dabei nicht lügt. Wir treffen uns am anderen Ende der Stadt um 9.30 Uhr.«

»Angenommen, er hat die Sache bis dahin satt? Angenommen, er haut ab?«

»Na und? Darüber würde ich keine Träne vergießen, Mann. Wäre mir nur lieb.« Er montierte die letzte Birnenfassung auf dem Schiebedach und überprüfte die Verbindungsdrähte. »Hilf mir, das hinaustragen. Dann setzen wir uns hin und sehen fern bis neun.«

»Prima«, sagte ich. »So ein bißchen Aufregung fehlt mir direkt.«

10

Es ist ein seltsames Gefühl, zwischen sich und dem Meer nur eine dünne Schicht Eis zu haben. Sogar Signe fuhr den VW nur widerstrebend auf die See hinaus, zumal wir vier Personen waren und das Eis bald aufbrechen mußte. Sie und Harvey hatten vorher Sprünge und Drift am Ufer genau studiert und erklärt, es könne nichts passieren.

Wir waren zu viert, weil Ralph Pike jetzt zu uns gestoßen war. Er hatte kaum ein Wort gesprochen, seit wir ihn an einer Straßenecke in einem der Außenbezirke Helsinkis aufgelesen hatten. Er trug eine braune Ledermütze und einen langen schwarzen Mantel. Als er in den Wagen stieg, lockerte er das Halstuch, und ich konnte darunter den Kragen eines Overalls sehen.

Nachdem wir etwa zehn Minuten über die zugefrorene See gefahren waren, sagte Harvey: »Licht aus.« Die Nacht war sehr dunkel, nur das Eis glühte milchig, und die Luft roch schon nach Fäulnis.

Harvey schloß zwei Batterien ans Dach an, und die Lämpchen oben leuchteten auf; kleine Blendschirme verhinderten, daß sie vom Land aus gesehen werden konnten. Ich bildete mir ein, im Südwesten die Lichter von Porkkala ausmachen zu können, aber Signe widersprach, die Entfernung sei zu groß. Harvey maß die Windstärke und stellte den VW dann so, daß der Pilot an den Lampen die Windrichtung erkennen konnte; zwei Birnen drehte er aus, um ihm auch die Windstärke zu signalisieren.

Ralph Pike fragte Harvey, ob er rauchen dürfe. Ich wußte, wie ihm zumute war: Bei Operationen dieser Art besteht man nur noch aus Nerven und verläßt sich so ausschließlich auf die Tüchtigkeit des Einsatzleiters, daß man am liebsten erst seine Einwilligung zum Atmen einholen möchte.

»Eine letzte gute Zigarre«, sagte Ralph Pike, zu niemandem im besonderen, und niemand antwortete ihm. Harvey sah auf die Uhr. »Es wird Zeit.« Ich merkte, daß er seine Vorsätze vergessen hatte, wonach Pike ihm aus Sicherheitsgründen nicht hätte nahe kommen sollen; er blieb die ganze Zeit neben ihm. Jetzt holte er eine Zeltbahn aus dem vorderen Gepäckraum, sie schlugen Pikes Mantel ein, vertäuten sein Gepäck und befestigten das lange Ende der Leine an Pikes Gürtel. Der Overall war ein sehr kompliziertes Ding mit einer Menge Reißverschlüsse und einer ledernen Scheide unterm Arm, in der ein langer Dolch steckte. Pike nahm die Ledermütze ab und steckte sie irgendwo unter den Overall, den er danach bis zum Hals zuzog. Harvey reichte ihm einen Übungshelm der Fallschirmjäger und umrundete ihn dann mehrfach, klopfte und zupfte an ihm herum und wiederholte fortwährend: »Tadellos, tadellos«, als müsse er sich selbst überzeugen. Zuletzt holte er noch eine Pan-Am-Tasche aus dem Wagen und wühlte darin herum. »Ich habe Befehl, Ihnen diese Dinge zu übergeben«, sagte er, als ginge es ihm gegen den Strich; aber ich wußte, er war nur allzu bemüht, jedes Detail buchstabengetreu auszuführen.

Als erstes reichte er Pike ein Bündel russischer Banknoten; Kleingeld klingelte, und ich hörte Harvey sagen: »Das sind Goldlouis, knobeln Sie nicht damit.«

»Ich denke nicht daran«, erwiderte Pike wütend.

Harvey nickte nur und hielt ihm ein Halstuch umgekehrt hin, damit er die innen aufgedruckte Generalstabskarte sah. Als nächstes kam ein Prismenkompaß in Form einer altmodischen Taschenuhr, komplett mit Uhrkette, die aber ein Entfernungsmesser war. Dann veranstalteten sie einen Countdown seiner Ausweise: »Soldbuch« ... »Vorhanden« ... »Paß« ... »Vorhanden« ... »Aufenthaltsgenehmigung« ... »Arbeitsgenehmigung« ... Alles war vorhanden. Zum Schluß holte Harvey noch zwei Gegenstände aus seiner eigenen Tasche. Der erste war ein Plastik-Kugelschreiber. Er hielt ihn hoch. »Sie wissen, was das ist?«

»Die Giftnadel«, erwiderte Pike.

»Ja«, sagte Harvey kurz und gab sie ihm, bevor er die 6.35 mm Tula-Korovin aushändigte, die die Russen ›Schwestern-Waffe‹ getauft hatten.

Signe rief plötzlich: »Ich höre ihn.« Wir horchten alle angestrengt ins Dunkel, aber es vergingen noch zwei Minuten, bevor wir von Westen her ganz schwach Motorengeräusch vernahmen, das sehr rasch lauter wurde. Die Navigationslichter waren ausgeschaltet, aber als die Cessna das erste Mal tief über uns hinwegflog, konnte ich schemenhaft das weiße Gesicht des Piloten über den glimmenden Lichtern des Instrumenbretts erkennen. Er wackelte zur Begrüßung. Im Näherkommen stieg er etwas, um die Positionslichter auf dem Dach des VW besser sehen zu können, dann kippte er einfach über die eine Tragfläche ab und setzte auf. Die langen Gleitski glitten übers Eis, der Pilot stellte den Motor ab, und die Maschine rutschte mit einem seltsamen Zischen auf uns zu. Harvey meinte zu mir: »Ich hab' mich wohl erkältet«, und band sein Halstuch fester. Es war praktisch das erste Wort, das er während des ganzen Abends an mich richtete. Er sah mich trotzig an, wischte sich die Nase und gab Pike einen leichten Schlag auf die Schulter.

»Los.«

Noch ehe die Cessna ganz zum Stillstand gekommen war, sprang der Pilot aus der Tür und winkte Pike, er solle sich beeilen. »Ist er fertig?« fragte er Harvey, als ob er Pike nicht zutraute, für sich selber sprechen zu können.

»Startbereit«, bestätigte Harvey. Pike warf seine letzte Zigarre halbgeraucht weg. Der Pilot sagte: »Er könnte praktisch zu Fuß rüber. Eis, wohin man schaut.«

»Da wäre er nicht der erste«, meinte Harvey. »Nur für die Fahrrinnen braucht man ein Schlauchboot.«

»So einem Gummiding kann doch kein Mensch trauen«, meinte der Pilot und schnallte Pike fest.

»Die Rinnen sind nur dreißig Fuß breit.«

»Stimmt, aber eine Meile tief.« Dann gab er dem Propeller einen Klaps. »Auf geht's. Nächste Haltestelle Moskau.«

Wir traten etwas zurück, und der Motor startete mit einem Funkenregen. Harvey hob indigniert den Zigarrenstummel auf. »Los, ab mit uns«, sagte er. Wir stiegen in den Wagen, aber ich sah weiterhin dem Flugzeug nach. Es klebte immer noch am Eis – ein häßlicher, überdimensionaler Wasserreiter, fürs Fliegen allem Anschein nach völlig ungeeignet. Es bewegte sich von uns weg, immer schneller verschwanden die beiden gelben Flämmchen des Auspuffs im Dunst; dann änderte die Maschine plötzlich ihren Winkel zum

Horizont, und sie verschwanden. Die Cessna war in der Luft. Ein plötzlicher Windstoß packte sie und drückte ihre Nase eiswärts, aber nur für zwei Sekunden. Dann richtete der Pilot sie aus und kroch unter Radarhöhe davon.

Auch Harvey beobachtete die Maschine. »Nächste Haltestelle Moskau«, wiederholte er spöttisch.

»Möglich«, meinte ich. »Schließlich steht dort die Ljubjanka.«

»Hast du Wut auf mich?« fragte Harvey.

»Nein, warum?«

»Wenn dir unser Beruf sauer aufstößt, neigst du nämlich dazu, dich beim nächstbesten abzureagieren. Und das bin heute ich.«

»Ich reagiere mich nicht ab.«

»Gut«, sagte Harvey. »Denn auch wenn du jetzt abhaust, müssen wir weiterhin zusammenarbeiten.«

»Abhauen?«

»Tut mir leid«, sagte Harvey, »ich dachte, du weißt Bescheid. In New York hat man dir einen kleinen Ausflug zugedacht.«

»Wirklich?« meinte ich. »Dazu gehören aber zwei.«

»Mach keinen Ärger.«

»Harvey, ich weiß noch nicht einmal, für wen wir eigentlich arbeiten.«

»Darüber reden wir später«, entgegnete Harvey. »Auf jeden Fall gibst du mir morgen erst mal eine Spesenaufstellung, damit du Geld in die Hand bekommst. Dürften 550 Dollar soweit genügen?«

»Durchaus.« Ich fragte mich, ob Dawlish mir die lassen würde.

Vor dem *Hotel Kämp* an der Esplanade hielt Harvey und stieg aus. »Ihr zwei könnt jetzt nach Hause fahren«, sagte er durchs Fenster.

»Und wohin willst du?« fragte Signe vom Rücksitz.

»Das spielt keine Rolle. Macht, was ich euch sage.«

Ich setzte mich hinters Steuer, und wir fuhren los. Signe machte sich mit ihrer Handtasche zu schaffen.

»Was wühlst du da?«

»Ich creme mir die Hände ein«, sagte Signe. »Dieser eisige Wind hat sie ganz aufgerauht. Ich wette übrigens, du errätst nie, wen ich heute nachmittag gesehen habe. Hier, fühl mal, sie sind schon ganz weich.«

»Sei lieb und halt mir nicht die Augen zu, wenn ich fahre.«

»Den Mann vom Flugzeug nämlich. Ich hab' mich von ihm im

Marski auflesen lassen. Ich dachte, ich könnte ihm genausogut mal beibringen, wie er hier sein Geld am nettesten los wird.«

»Diese Creme«, sagte ich. »Hast du sie dir zufällig auch aufs Gehirn geschmiert?«

Signe lachte. »Weißt du, daß er für jede Zigarre fünf Mark ausgibt und sie wegwirft, wenn er sie erst zur Hälfte aufgeraucht hat?«

»Meinst du Harvey?«

»Nein, diesen Mann. Er behauptet, sie schmeckt sonst bitter. Aber das Geld, das ich im Taxi deponiert hab', war nicht für ihn. Er soll es auf ein Sperrkonto einzahlen. Man muß schon Ausländer dazu sein, ich hätte das nicht gekonnt.«

»Tatsächlich?« Ich machte einen Schlenker, um einem einsamen Laster auszuweichen, der die Straße träumerisch im Rückwärtsgang überquerte.

»Dieser Mann, der gerade mit dem Flugzeug weggeflogen ist«, plauderte Signe weiter. »Er hat mir Latein beigebracht. Möchtest du es hören?«

»Unbedingt.«

»Amo ut invenio. Das heißt: Ich nehme die Liebe, wo ich sie finde. Der Mann sagt, alle wichtigen Dinge im Leben sind in Latein festgehalten. Stimmt das? Sagen alle Engländer Dinge, die ihnen wichtig erscheinen, auf lateinisch?«

»Nein. Nur solche Engländer, die Fünf-Mark-Zigarren halb geraucht wegwerfen.«

»Amo ut invenio. Von jetzt an sage ich alles Wichtige nur noch lateinisch.«

»Wenn Harvey dahinterkommt, dann lern lieber: ›Bitte Harvey, reg dich ab‹ auf lateinisch zu sagen. Du hättest dir niemals anmerken lassen dürfen, daß du den Mann kennst.«

»Harvey ist neuerdings ein schrecklicher alter Bär. Ich kann ihn nicht ausstehen. Er versucht jetzt, mir Russisch beizubringen. Wenn ich dann Fehler mache mit diesen fürchterlichen Eigenschaftswörtern, wird er wütend. Ein fieser Bär.«

»Harvey ist schon in Ordnung«, meinte ich. »Er ist weder ein Bär noch ein Heiliger. Er hat eben seine Launen.«

»Dann sag mir jemand, der solche Launen hat wie Harvey. So was gibt's nicht noch mal. Wer wäscht ihm? Wer kocht für ihn, wer kümmert sich um ihn? Und wer holt ihn aus dem Schlamassel, wenn die in New York sein Blut sehen wollen?«

»Das bist du, Signe«, sagte ich gehorsam.

»Jawohl«, sagte sie, »ich.« Ihre Stimme wurde um drei Tonlagen höher, sie schniefte laut, und ich hörte ihre Handtasche klicken. »Aber das ganze Geld, das schickt er seiner Frau.« Wieder schniefte sie.

»Tatsächlich?« fragte ich interessiert.

Sie suchte in ihrer Handtasche nach Taschentuch, Lippenstift und Augenbrauenstift, den unentbehrlichen Attributen des weiblichen Kummers. »Ja«, bekräftigte sie, »diese dreizehntausend Dollar...«

»Dreizehntausend Dollar!« Meine Überraschung gab ihr neue Energie.

»Ja, das Geld, das ich heute morgen in das Taxi gelegt habe. Der Mann hat es übernommen und auf Mrs. Newbegins Konto in San Antonio, Texas, überwiesen. Harvey hat keine Ahnung, daß ich das weiß, es ist sein Geheimnis. Ich hab's aber herausgebracht. Das New Yorker Büro würde es sehr interessant finden, wetten?«

»Vielleicht«, meinte ich. Wir waren vor der Wohnung angekommen. Ich schaltete den Motor aus und drehte mich zu Signe um. Sie saß weit vorgebeugt, und ihr offenes Haar hing um ihr Gesicht wie goldene Portieren. Sie hatte den weißen Mantel mit den vielen Knöpfen und Schnallen an, den sie auch getragen hatte, als wir uns vor Kaarnas Wohnung zum erstenmal trafen.

»Bestimmt findet New York das interessant.« Die Worte kamen aus dem goldblonden Haarknäuel. »Es ist auch nicht das erste Geld, das Harvey unterschlagen hat.«

»Moment mal«, sagte ich langsam, »du kannst hier nicht mit solchen Beschuldigungen um dich werfen, wenn du nicht felsenfeste Beweise hast.« Ich machte eine Pause, in der Hoffnung, daß diese Bemerkung sie zu weiteren Enthüllungen verleiten würde.

»Wer spricht hier von Beschuldigungen?« schluchzte Signe. »Ich denke nicht an so etwas. Ich liebe Harvey.« Sie weinte leise vor sich hin.

»Hör auf. Kein Mann auf der Welt ist es wert, daß man um ihn weint.«

Sie sah auf und lächelte gehorsam. Ich gab ihr ein großes Taschentuch. »Schneuz dich.«

»Ich liebe ihn. Er ist ein Narr, aber ich könnte für ihn sterben.«

»Sicher«, sagte ich, und sie schneuzte sich herzhaft.

Am nächsten Morgen frühstückten wir zu dritt. Signe hatte alles aufgeboten, um Harvey das Gefühl zu geben, er sei noch zu Hause in Amerika. Sie ließ Grapefruit auffahren, Schinken, Waffeln, Sirup, Zimttoast und schwachen Kaffee.

Harvey war glänzender Laune, er jonglierte mit Tellern und alberte mit Signe herum. Als er sie zuletzt an sich drückte, sagte sie: »Mach dein Gesicht sauber, du hast Erdnußbutter am Kinn.«

»Romantisch, die Biene, was?« sagte Harvey zu mir.

»Nenn mich nicht Biene.« Signe gab ihm eine spielerische Ohrfeige, aber er fing ihre Hand ab, und als sie mit der anderen ausholte, begann er mit ihr ein blitzschnelles Pitsche-Patsche-Spiel; so oft Signe auch das Tempo wechselte, Harveys Hände waren immer da, bis er sie zuletzt überraschend wegriß, so daß Signe in seine Arme purzelte.

»Hör mal, Kleines«, sagte er, »wir müssen jetzt was Dienstliches besprechen. Warum fährst du nicht in die Stadt und kaufst dir diese Schuhe, die du brauchst?« Er schälte hundert Mark von einer dikken Notenrolle, Signe schnappte sie ausgelassen, rief: »Solche Winke kannst du mir öfter geben«, und rannte lachend aus dem Zimmer.

Harvey studierte sein Geld, steckte es dann weg und goß uns Kaffee ein. »Bis jetzt warst du mehr oder weniger Zuschauer. Aber nun wirst du unter die Krieger aufgenommen.«

»Was bedeutet das für mich? Beschneidung?«

Harvey fuhr fort: »Unsere Operationen werden alle von Computern programmiert. Jede Phase ist auf Band festgehalten, der Agent spricht die Vollzugsmeldung, und der Computer gibt dann – vorausgesetzt, alle Agenten der betreffenden Operation haben ihre Aufträge erledigt – die nächste Anweisung heraus.«

»Willst du damit sagen, daß du für eine Rechenmaschine arbeitest?«

»Wir sprechen vom ›Gehirn‹. Das Elektronengehirn garantiert uns, daß keine Pannen unterlaufen. Es verarbeitet die Berichte aller Agenten, stimmt sie aufeinander ab und leitet daraus neue Instruktionen ab. Jeder Agent hat eine Telefonnummer. Er ruft diese Nummer an und befolgt die Instruktionen, die er dann bekommt. Wenn die Order zum Beispiel das Wort ›sicher‹ enthält, bedeutet das, daß die folgenden Worte das Kennwort für einen neuen Kontaktmann sind, der ihm Befehle überbringen wird. Beispiel: Du wählst deine

Nummer, und das Band sagt: ›Nehmen Sie die nächste Maschine nach Leningrad. Sicher. Die Stadt hat sich ziemlich verändert.‹ Das bedeutet, du fliegst nach Leningrad und wartest dort auf Befehle von einem, der sich dir mit dem Satz: ›Die Stadt hat sich ziemlich verändert‹ vorstellt.«

»Verstehe.«

»Gut«, sagte Harvey, »denn genau diese Instruktion habe ich heut früh für uns beide erhalten. Wir fliegen zusammen. In der nächsten Phase rufst du alleine an und holst dir deine Instruktionen selbst. Erzähl mir nichts davon. Mir nicht und keinem anderen.«

Harvey gab mir zwei New Yorker Nummern aus dem Hanover-Netz. »Merk sie dir, dann verbrenn den Zettel. Die zweite Nummer ist für den Notfall. Und zwar wirkliche Notfälle – nicht, wenn dir die Kleenex ausgehen. Und ruf immer per R-Gespräch an; Telefonspesen werden nicht ersetzt.«

IV Leningrad und Riga

11

Leningrad ist der goldene Schnitt auf dem Weg von Asien zur Arktis. Normalerweise braucht man mindestens acht Tage, um die Formalitäten für einen Besuch der Stadt hinter sich zu bringen; Harvey schien jedoch die richtigen Hebel zu kennen, denn wir saßen genau zwei Tage später in der Iljuschin 18 B der Aeroflot, die Helsinki abends Richtung Leningrad verläßt. Ein großer Sim brachte uns vom Flugplatz zum Hotel Europa am Newskij-Prospekt, der prächtigen Hauptstraße von Leningrad. Innerhalb des Hotels sah es allerdings aus, als sei die große, neunhunderttägige Belagerung des zweiten Weltkriegs noch im Gange: Risse in den Türen, gesprungenes Parkett, abblätternder Plafond. Harvey, der angeblich Fieber hatte, wollte noch etwas essen, bevor er zu Bett ging. Der Portier, ein versorgter grauhaariger Mann mit Nickelbrille und einem Orden an der Brust, wies uns in die Imbißstube, wo uns das Büffetmädchen Wodka und roten Kaviar brachte und uns auf die neugierige, aber nicht unhöfliche Art vieler Russen anstarrte.

Von der Theke konnten wir ins Restaurant des Hotels sehen. Eine zehnköpfige Tanzkapelle spielte den Mambo Italiano, und etwa dreißig Paare imitierten den westlichen Tanz, jedes auf andere Art, je nachdem ob sie aus Leningrad, Peking oder Ost-Berlin kamen, wo man Westfernsehen empfangen kann. Harvey verlangte hartnäckig einen Kaffee zum Schnaps, und obwohl die riesige Kaffeemaschine schon geputzt war, besorgte das dralle Büffetfräulein ihm noch eine Tasse.

Harvey lamentierte darüber, daß er kein Fieberthermometer im Koffer hätte, um mir beweisen zu können, wie schlecht es um ihn stand, und ich nahm mir mehr von dem Kaviar und dem wunderbar gesäuerten Schwarzbrot. Zwei Kellner kamen streitend heran, merkten, daß die Imbißstube nicht leer war und verschwanden wieder. Dann erschien ein hochgewachsener Mann in schwerem Mantel und Pelzmütze. Er steuerte unseren Tisch an. »Ich habe gehört, daß Sie den Optimismus besitzen, zu so später Stunde noch etwas zu essen zu verlangen«, sagte er in tadellosem Englisch. »Haben Sie eine Konferenz, oder darf ich mich zu Ihnen setzen?«

»Nehmen Sie Platz«, sagte Harvey. »Dies ist Mr. Dempsey aus Irland, und mein Name ist Newbegin. Ich bin Amerikaner.«

»Angenehm«, sagte der andere mit der beflissenen Höflichkeit des Südländers. »Ich heiße Fragolli und bin Italiener.« Beim Büffetfräulein, das eben für Harvey den Kaffee brachte, bestellte er eine neue Runde Wodka. »Aber Stolitschnaja«, rief er hinter ihr her. Und zu uns gewandt: »Das ist der einzige Wodka, den ich trinke.« Leise summte er mit: »He Mambo, Mambo italiano...«

»Sind Sie in Geschäften hier?« fragte Harvey.

»Ganz recht. Ich komme gerade aus einer Gegend, rund zweihundert Meilen südlich von Moskau... Sie meinen wohl, hier ist Winter. Aber dort unten, mein Lieber, dort unten gibt es dutzendweise eingeschneite Dörfer. Sie haben keine Vorstellung! Ich verhandle mit den Einkaufszentralen, vier Tage brauche ich pro Abschluß, jedesmal. Man verliert viel Zeit. Ich mache ein Angebot, sie sagen, der Preis sei zu hoch. Ich sage, ein niedrigerer Preis wäre reine Ausbeutung der Arbeiter. Sie lassen sich neue Unterlagen geben. Am vierten Tag werden wir uns dann einig. Aber sie halten sich exakt an die Abmachungen, zahlen prompt zu den Terminen; es macht richtig Spaß, wenn man den Vertrag erst in der Tasche hat.«

Das Mädchen brachte die Wodkaflasche und noch mehr Kaviar. Signor Fragolli war ein Hüne mit gefurchten Zügen und der Adlernase eines römischen Imperators. Er schenkte uns ein breites Lächeln, strahlend weiß im sonnengebräunten Gesicht, und klopfte den Takt mit einem Silbermesser.

»Und was haben Sie zu verkaufen?« fragte Harvey.

Fragolli legte das Messer weg und griff in seinen schwarzen Koffer. »Das hier.« Er hatte einen Hüftgürtel in der Hand und schwenkte ihn wie im Bauchtanz. Die Strumpfhalter klingelten leise.

»Sehr nett«, sagte Harvey.

Wir verabredeten uns für den nächsten Tag zum Mittagessen. Signor Fragolli sollte uns um halb zwei Uhr am Marine-Museum erwarten, das er beharrlich ›die Börse‹ nannte. Das Museum liegt auf der östlichen Landzunge einer der vielen Inseln, über die sich die Innenstadt von Leningrad verteilt. Die Newa hat hier ihre volle, unglaubliche Breite erreicht, und der Wind fegte mit voller Gewalt übers Eis zur Peter-und-Paul-Festung hin. Der Italiener kam etwas zu spät, lächelte Pardon heischend, und lief uns dann voran, die steile Uferböschung hinunter auf den Fluß hinaus.

Wir kamen an einer Frau vorbei, die in einem Eisloch geduldig angelte; neben ihr tollte ein kleiner Junge und machte mit seiner Plastikpistole einen Mordslärm. Die Frau hatte noch nichts gefangen, sie lächelte uns aber fröhlich an, schimpfte dann heftig mit dem Buben. Als wir an ihr vorbei waren, drehte sich Fragolli plötzlich um und sagte mit Betonung: »Die Stadt hat sich ziemlich verändert, finden Sie nicht auch?«

Harvey nickte. Mir fiel auf, daß er den Kopf gesenkt hielt; sogar hier draußen, auf dem Eis der Newa, konnte uns ein Parabol-Reflektor-Mikrophon belauschen.

Fragolli ging jetzt neben Harvey. »Ich hoffe, es sind keine zerbrochen?«

»Nein«, antwortete Harvey. »Ich bin sehr sorgsam damit umgegangen.«

Ich erhielt mit diesen kurzen Bemerkungen endlich die Bestätigung, wo meine sechs Eier geblieben waren, die man mir auf dem Londoner Flughafen gestohlen hatte. Ich schwieg. Es erwartete sie eine ziemliche Überraschung, wenn sie sich diese Kantinen-Eier näher besahen.

Harvey und Fragolli trugen beide die gleichen schwarzen Aktentaschen. »Wir vertauschen sie nach dem Essen«, sagte Fragolli – mit breitem Lachen, um eventuelle Beobachter irrezuführen. »Einer von Ihnen beiden«, sagte er dann, immer noch lächelnd, »muß weiter nach Riga.«

»Dempsey«, sagte Harvey. »Ich muß hierbleiben.«

»Ist mir gleich«, meinte Fragolli und kam an meine Seite. »Sie starten also morgen nach Lettland. Flug Nummer 392 nach Riga, 14 Uhr 50. Sie steigen im *Hotel Riga* ab. Dort wird man mit Ihnen Verbindung aufnehmen.« Er wandte sich an Harvey.

»Haben Sie sein Foto an den Computer gegeben?« Harvey nickte. »Schön«, meinte der Italiener, »der Mann, der mit Ihnen Kontakt aufnimmt, weiß also, wie Sie aussehen.«

»Aber ich weiß nicht, wie er aussieht.«

»Ganz recht«, engegnete Fragolli. »Es ist sicherer so.«

»Aber nicht für mich. Mir gefällt der Gedanke nicht, daß Ihre Gelegenheitsarbeiter mit meinem Foto in der Tasche herumlaufen.«

Harvey beruhigte mich. »Es kursieren keine Fotos von dir. Die Person, mit der du dich in Riga triffst, wird wahrscheinlich der Flugpassagier von neulich sein, verstehst du?«

»Was soll ich denn mit dem? Ihm Gips und Bandagen anlegen?«

»Je früher du begreifst, daß unserer Organisation keine Pannen unterlaufen«, sagte Harvey mit Nachdruck, »desto eher kannst du aufhören, dich an mir zu reiben.« Vielleicht sagte er das Fragollis wegen, deshalb antwortete ich nur: »Okay.«

Fragolli fuhr fort: »Sie müssen sich eine Botschaft für Riga einprägen, etwa zweitausend Worte. Können Sie das?«

»Nicht wörtlich. Aber dem Sinn nach.«

»In Ordnung«, sagte Fragolli. »Nur die Formeln haben Sie auswendig zu lernen. Sie sind übrigens ganz kurz.«

Ich überlegte, wie sie mir ein Visum nach Riga beschaffen wollten, aber ich fragte nicht. Inzwischen waren wir zu dem Restaurant gelangt, das man auf einem stillgelegten Handelsschiff installiert hatte. Es war eines der üblichen russischen Lokale, das Besteck kam aus der gleichen staatlichen Fabrik wie die Bestecks der anderen Speiselokale, trug die gleiche Signatur, die Speisekarte war die gleiche, die Aufmachung der Platten, die Uniform der Kellner.

Wir aßen Piroggen mit Fleischbrühe, und Fragolli plauderte über seine geschäftlichen und menschlichen Erfahrungen mit den Russen. »Gescheite Leute sind sie, und geschäftlich gerissen. Wenn wir die Serie ändern, dann wollen sie, daß wir für sie ein Sondermodell anfertigen. Sie wollen keine Hüftgürtel, die bei uns schon monatelang in den Kaufhäusern gelegen haben, sondern neue Modelle, speziell für Rußland gefertigt. Smarte kapitalistische Methoden. Dabei ist das Land ausgehungert nach Konsumgütern und müßte sich um alles reißen, was der Markt anbietet. Sehen Sie sich zum Beispiel die Kellnerin an.« Fragolli wurde eifrig. »Sie kann sich keine neue, vor allem keine moderne Unterwäsche leisten, keinen anständigen BH oder Hüftgürtel.«

»Ich mag sie so, wie sie ist«, meinte Harvey.

»Nein, nein.« Der Italiener erhitzte sich immer mehr. »Ich möchte jede hübsche Frau in Leningrad in schicker Unterwäsche sehen.«

»Und ich ohne«, grinste Harvey. Fragolli lachte.

Harvey ließ seine Piroggen in die Fleischbrühe fallen und zerkleinerte sie mit dem Löffel.

»Wie ein Russe«, wunderte sich Fragolli. »Sie essen die Piroggen ja wie ein Russe.«

»Mein Vater war Russe.«

»Aber Newbegin ist nicht gerade ein russischer Name.«

Harvey lachte. »Es bedeutet ›Neuer Anfang‹. Mein Vater hat ihn sich ausgedacht, als wir nach Amerika kamen.«

»Verstehe«, sagte Fragolli. Er senkte die Stimme. »Ich kenne die Amerikaner. Übrigens, im Vertrauen, meine Firma ist zu 49 Prozent in amerikanischem Besitz. Aber das wollen die Russen gar nicht wissen. Sie machen nicht gern Geschäfte mit Amerika, und so stellt diese Regelung beide Seiten zufrieden.«

»Sie sind eben Realisten.«

»Das sind sie.« Und auch Fragolli brockte seine Pirogge in die Suppe.

Harvey und ich verabschiedeten uns nach dem Essen von Fragolli.

»Beruhige dich«, sagte mir Harvey, »ich habe dein Foto gar nicht nach Riga geschickt. Ich habe mein eigenes Identifizierungs-System, aber das binde ich Fragolli nicht auf die Nase.«

»Was für eins?«

»Es gibt in diesem verrückten Land vereinzelt Fernsehtelefone, auch hier in Leningrad. Für drei Uhr habe ich ein Gespräch nach Riga angemeldet. Jetzt gehen wir hin und sehen uns den Burschen mal an, mit dem du in Riga Kontakt aufnehmen sollst. Das ist tausendmal besser als kleine miese Fotos.«

Wir fuhren im Taxi zur Pawlowstraße. Das Haus Nummer 12 a, klein, schmalbrüstig, unscheinbar, sah aus wie das Notquartier für einen ungelernten Arbeiter mit großer Familie. In Wirklichkeit war es das Amt für Fernseh-Telefonate. Wir klopften, und eine Frau ließ uns ein. Sie steckte sich einen Federhalter ins dürftige Haar, schaute uns an, sah auf ihre Armbanduhr, verglich diese mit der Wanduhr und fragte uns, wie spät wir es hätten.

Wenige Minuten danach saßen wir vor einem kleinen, altmodischen Bildschirm. Harvey hob den Hörer des danebenstehenden Apparats ab, die Frau drückte ein paar Tasten, der Schirm flimmerte hellblau auf.

Harvey fragte viermal vergeblich: »Hallo?« und plötzlich redete er mit einem glatzköpfigen Mann, der aussah, als trüge er drei Wintermäntel übereinander.

Harvey sagte: »Das ist Mr. Dempsey. Er kommt morgen nach Riga, wird sich mit Ihnen treffen und wohnt im *Hotel Riga.*«

Der Mann auf dem Bildschirm sagte: »Hier ist es sehr kalt. Bringen Sie genügend Pullover mit.« Dann meinte er, ich solle ein wenig nach rechts rücken, der Bildrand sei bei ihm unscharf. Er fragte, ob es in Leningrad auch so kalt sei, wir bejahten, und er beruhigte mich, mein Hotel sei ganz modern und gut geheizt. Harvey schwärmte von seinem letzten Besuch in Riga, er bedauerte sehr, daß er diesmal nicht selbst kommen könne, und der Kahlkopf erwiderte das Kompliment für Leningrad. Harvey ergänzte, man nenne Leningrad schließlich das Venedig des Nordens. Ich versicherte ebenfalls, wie schön Leningrad sei, daß aber leider niemand Venedig das Leningrad des Südens nenne. Danach war Stille; ich hatte irgendwie die Weihe des Augenblicks zerstört. Plötzlich erschien auch wieder die griesgrämige Frau mit dem Federhalter im Haar und erklärte, die Zeit wäre abgelaufen und ob wir eine Verlängerung wünschten. Wir wünschten nicht. Der Mann in Riga sagte: »Auf Wiedersehn«, und wir sagten es auch, und der Glatzkopf aus Riga sagte es immer noch, bis er schmolz.

An diesem letzten Abend in Leningrad war ich allein. Ich besuchte die Oper und sah mir ›Othello‹ an. Die Themen noch im Ohr, beschloß ich, mit der U-Bahn unter dem Newskij-Prospekt durchzufahren und im *Astoria* noch etwas zu trinken. In mein Abteil stieg im letzten Moment ein Mann mit Pelzmütze, langem schwarzem Ledermantel und Silberkrawatte. Ich fragte mich, ob er die Oper wohl genossen hatte, lächelte ihm zu, und er nickte zurück, ohne mein Lächeln zu erwidern. Ich zog ein Päckchen Gauloises hervor und bot ihm an.

»Nein«, sagte er, »nein, danke.«

»Sind Sie Zigarrenraucher, Genosse Oberst?«

»Schon«, erwiderte er. »Aber in unserer U-Bahn ist...«

»Oh«, sagte ich und steckte die Zigaretten weg. »Entschuldigen Sie.«

Der Zug ratterte dahin, wir standen uns gegenüber, die Hände in den Halteriemen und sahen uns an.

Er war ein schwerer, muskulöser Mann von knapp sechzig. Sein rundes Gesicht hatte in der Jugend wenig gelacht, und die Himmelfahrtsnase war offensichtlich gebrochen und von einem Hufschmied wieder eingerichtet worden. Seine Augen waren schmale schwarze Gardisten, die an mir hinauf und hinunter patrouillierten, und seine Hände zwei dicke Bananenbündel.

Ich teilte ihm mit, daß ich hier aussteigen und im *Astoria* etwa hundert Gramm Portwein trinken und außerdem der Band, die moderne amerikanische Schlager spiele, zuhören wolle. Nach etwa zwanzig Minuten würde ich ins *Hotel Europa* zurückkehren.

Er nickte, und als ich den Zug verließ, folgte er mir nicht.

Ich verhielt mich genau wie angekündigt. Nach einer knappen halben Stunde verließ ich das *Astoria* durch den Haupteingang und ging durch eine fast unbeleuchtete Nebenstraße zum Hotel.

Wenn es Tag ist in Leningrad, wenn die Busse und Lastwagen über den breiten Newskij-Prospekt brausen und im *Astoria* Delegationen aus Afrika sich bei vielgängigen Essen zuprosten, fällt es leicht, in Leningrad die Geburtsstadt des Kommunismus zu sehen. Aber bei Nacht, wenn die Peter-und-Paul-Festung im Mondlicht glimmt, wenn zwei von drei Straßenlampen aus Sparsamkeit pausieren und Pfützen oder Schneehaufen nur den unsicheren Fuß ärgern, dann ist es wieder Sankt Petersburg: Dostojewskij humpelt durch die Slums hinter dem Sennaja-Platz, und Puschkin, tödlich getroffen, verabschiedet sich mit den Worten: ›Lebt wohl, ihr meine Freunde‹ von seinen Büchern.

Hinter mir höre ich einen langsam fahrenden Wagen. Es war ein großer Sis, ein Typ, den nur Regierungsbeamte benutzen. Der Fahrer gab ein Lichtsignal und rollte dicht an mich heran. Eine Tür ging auf, blockierte mich von vorn, und aus dem Fond sagte die Stimme des Obersten aus der U-Bahn: »Wollen Sie nicht einsteigen, Engländer?«

Ich ließ mich neben ihm in den Sitz fallen. Der Wagen war voller Zigarrenqualm.

»Also so sehen wir uns wieder, Oberst Stok?« sagte ich wie im Film.

»Oleg.«

»So sehen wir uns wieder, Oleg?«

»Jawohl.« Er befahl dem Chauffeuer, den Motor abzustellen. »Gefällt Ihnen unser russischer Winter?« Er starrte mich an, und sein Schädel erinnerte mich unwillkürlich an den Kopf einer Statue, den ein freundlicher Finder so heimgerollt hatte, daß alle feineren Teile abgebrochen waren.

»Jawohl«, antwortete ich, »der russische Winter gefällt mir. Ihnen auch?«

Stok zupfte sich an seinem fetten Kinn. »Bei uns gibt es ein Sprichwort: Für den oben auf dem Turm ist es immer Winter.«

»Sehr gut«, sagte ich, obwohl mir der Sinn nicht ganz aufging.

»Sie sind dabei, sich mit einer besonders dummen und maulstarken Gruppe von Unruhestiftern einzulassen. Ich glaube, daß Sie ausgenützt werden. Wenn ich gegen sie vorgehe, dann erwarten Sie nicht von mir, daß ich Sie anders behandle als den Rest. Es mag sein, daß Sie dieser bösartigen Bande für Ihre Regierung auf den Zahn fühlen sollen oder daß Sie beauftragt sind, mit ihnen zusammenzuarbeiten. Aber es sind Provokateure, Engländer, und Sie sollen erfahren, daß ich sehr viel perfekter bin im Provozieren als sie.«

»Ich glaube Ihnen, Oberst«, erwiderte ich. »Aber soweit ich es überblicke, sind es kaum bösartige, höchstens irregeleitete, falsch informierte und unwissende Menschen.«

Oberst Stok sagte: »Bei uns ist man nicht uninformiert.«

»Viele Leute«, meinte ich, »glauben, daß Wasser keinen Geschmack hat, bloß weil wir schon mit Wasser im Mund geboren werden.«

Stok antwortete mir nicht. *»Hotel Europa«*, schrie er den Fahrer an. »Wir bringen Sie ins Hotel. Es ist keine gute Nacht zum Spazierengehen.«

Ich erhob keine Einwendungen. Wenn die Nacht nicht gut war, mußte Stok das wissen.

12

Es gibt in der Sowjetunion fünfzehn Republiken. Jede von ihnen umfaßt in der Regel eine Volkseinheit, hat ihre eigene Wirtschaft, eine eigene Flagge, eine mehr oder weniger autonome Regierung, eine Vertretung im Obersten Sowjet und ihren festen Platz in der großen russischen Familie. Die drei baltischen Republiken sind Estland, Litauen und Lettland. Sie drängen sich zusammen mit Schweden und Finnland am großen Trog der Ostsee.

Der Aeroflot-Flug Nr. 392 von Leningrad nach Riga startete pünktlich um 14 Uhr 50 mit einer Menge Passagiere in Wintermänteln und Pelzmützen, die sich nie entscheiden konnten, welches Kleidungsstück sie nun endgültig in der schmalen Garderobe hinter dem Cockpit lassen sollten. Es gab eine Diskussion wegen der Sitzplätze: Zwei Frauen mit den Armen voller Decken und weinender Babys hatten meine Platznummer. Der Streit wurde geschlichtet von einer atemberaubend hübschen Stewardeß, die an alle Betroffenen Bonbons verteilte und einen Genossen tadelte, weil er sich eine Zigarre anzünden wollte.

Die Maschine stieg über den verrußten Vororten von Leningrad und dem Elektrizitätswerk. Ziegelbauten wichen Holzhäusern, die allmählich niedriger und seltener wurden, bis es nur noch die steinhart gefrorene Steppe gab. Der Schnee reichte hier und da nicht, paßte ihr so schlecht wie ein Totenhemd aus zweiter Hand. Unter dem Steuerbordflügel zog langsam der Peipus-See vorbei, der Schauplatz von Alexander Newskijs großer Schlacht mit dem Deutschritterorden, der sich zu weit nach Osten vorgewagt hatte und mit Mann, Pferd und Wagen durchs dünne Eis brach und im schwarzen Wasser versank.

Die adrett uniformierte Stewardeß – entschieden mit westlich formender Unterwäsche – brachte mir einen Plastikbecher Limonade, und als ich sie anlächelte, rammte sie mir eine Prawda in die Hand. Die Landschaft unter uns glänzte braun-weiß-gescheckt wie eine wohlgenährte Holsteinkuh. Wir näherten uns Riga. Im Sitz vor mir erkannten zwei Passagiere ihr Dorf und mußten es mir zeigen; wir nickten lächelnd hinunter, während auf dem Militärflugplatz unter uns ein Düsenjäger in einem Winkel hochzog, der anzeigte, daß hier der Fluglehrer selbst die Knöpfe drückte.

Die Stewardeß fragte: »Sie kommen aus London?« und bot mir auf einem Tablett Süßigkeiten an. »Ich kenne ein Gedicht über London.«

»Und ich einen Limerick über Riga.«

Sie nickte und ging weiter. Die Maschine landete weich mitten unter den Radarantennen.

Das *Hotel Riga* steht auf dem alten Platz des *Hotel Rom*, gegenüber der Oper. Die Straßen wimmelten von schneefegenden Frauen und Soldaten in wattierten Mänteln und schmutzigen Stiefeln. Genauso schnell wie der alte Schnee weggekehrt wurde, fiel neuer vom grauen Himmel. Ich wandte mich vom Fenster ab und sank auf mein Hotelbett.

An diesem Nachmittag schlief ich in den Kleidern ein und erwachte erst abends um dreiviertel acht. Dann machte ich mich frisch, zog mich um und schlenderte durch die Altstadt mit ihren geduckten mittelalterlichen Häusern, die aussahen, als habe man sie für einen Greta-Garbo-Film aufgebaut. Ich ging bis zur Burg, wo die Straßenbahnschienen zum anderen Ufer der Dangawa hinragen, als wollten sie zeigen, wo es die Brücke unter ihnen weggerissen hatte. Ich hatte keinen Schatten. Vielleicht rechnete er damit, daß ich bald ins Warme zurückkehren würde, oder er benützte die Gelegenheit, mein Gepäck zu durchwühlen.

Im Hotelrestaurant intonierte das kleine Orchester gerade ›Lichter von Moskau‹, ein Ober führte mich zu einem Tisch mit dem Schild ›Nur für Intourist‹ und brachte mir die englische Speisekarte.

Das Lokal glich vielen seinesgleichen in ganz Rußland, war aber vielleicht etwas gepflegter. Das Parkett glänzte, die Tischtücher waren gestärkt, und die Kellner trugen saubere Hemden. An einem Tisch am Fenster konferierte eine Abordnung Afrikaner, und an der Tanzfläche saß eine Gruppe von Südostasiaten, die jedesmal nickten, wenn der russische Reiseleiter sprach. Hier und da saßen Offiziere in Reithosen und hohen Stiefeln, viele Orden an der Uniform. Ich bestellte roten Kaviar, schwarzes Brot mit Butter und zweihundert Gramm Wodka. Beim Essen ließ ich mir Zeit, beobachtete die Tanzenden und versuchte zu erraten, welches Frauen der Offiziere und welches Lettenmädchen waren.

Ein ungekämmter Mann mit zerfranstem Hemdkragen und einem Bündel ließ sich an meinem Tisch nieder. Er bat mich um Feuer, ich bot ihm meine Gauloises an. Er studierte sie, bediente sich dankend, und steckte sich eine an. Dann fragte er, ob ich Engländer sei, und ich sagte, Ire. Er meinte, es sei die falsche Jahreszeit für einen Besuch in Riga; Juni sei besser. Er bestellte nochmals zweihundert Gramm Wodka.

Ein Offizier am Nachbartisch rief zu uns herüber: »Kaufmann?«

Mein Tischgenosse beugte sich zu mir. »Sie wollen alle Ananas«, sagte er.

»Tatsächlich?«

»Ja, ich habe die besten in der Stadt.«

Einer der Offiziere, ein untersetzter blonder Mann mit Gold-Epauletten und dem schwarzen Abzeichen der Panzertruppe, erhob sich und steuerte, ohne sich um die Frozzeleien seiner Kameraden zu kümmern, geradewegs auf den Tisch der Asiaten los. Er verbeugte sich hackenklickend vor einer hübschen Eurasierin, und sie absolvierten einen etwas steifen Foxtrott. Nachdem er sie zurückbegleitet hatte, kam er an unseren Tisch, flüsterte mit meinem abgerissenen Tischgenossen, der aus seinem Bündel ein in Zeitungspapier gewickeltes Paket hervorholte: eine große Ananas. Rubelscheine wechselten schnell den Besitzer.

»Sind Ananas bei Ihnen auch so schwer zu bekommen?« wollte mein Gegenüber wissen. Ich beobachtete den Offizier, der die Frucht der Eurasierin überreichte.

»Nicht daß ich wüßte«, meinte ich. »Wieso kriegen Sie die Dinger, wenn sie sonst niemand kriegt?«

Er legte einen Zeigefinger an die Nase. »Ich fliege sie ein, aus Djakarta. Ich bin Pilot der Aeroflot.«

Die Kapelle spielte jetzt ›When the saints go marching in‹, und der Mann sprang beschwingt auf. »Das ist meine Lieblingsmelodie, ich such' mir ein Mädchen zum Tanzen.« Zur Erklärung machte er kleine Kreisbewegungen mit dem Zeigefinger. »Passen Sie gut auf meine Ananas auf«, rief er mir zu.

Lettland – oder zumindest Riga – ist kultivierter als Leningrad oder Moskau. Das zeigt sich daran, daß man hier Frühstück aufs Zimmer bestellen kann und daß die lettischen Kellnerinnen saubere Uniformen mit weißen gestärkten Häubchen tragen, die Leningrader dagegen speckige schwarze Kostüme. Als es also spät in der Nacht, als ich gerade zu Bett gehen wollte, diskret an die Tür klopfte, war ich nicht überrascht, einen Kellner in weißer Jacke mit vollbeladenem Teewagen ins Zimmer treten zu sehen.

»Ich habe nichts bestellt«, sagte ich.

Der breite Rücken schob sich so unbeirrt durch die Tür, als verlege er ein Kabel. Erst als er drinnen war, wandte er sich lächelnd um.

»Daß man hier auch den KGB aufs Zimmer bekommt, ist mir neu«, sagte ich.

»Ich wäre Ihnen verbunden, wenn Sie leiser sprechen würden«, sagte Oberst Stok. Er ging hinüber zum Waschbecken, nahm ein Wasserglas, drückte es mit dem Boden an die Wand und horchte gespannt hinein. Ich hielt eine Flasche Long John, die ich aus Helsinki mitgebracht hatte, in die Höhe. Immer noch an der Wand lauschend, nickte er. Bis ich ihn erreicht hatte, hielt er das Glas wieder in Trinkstellung. Sein schwarzer Abendanzug saß nicht allzu gut, und er sah darin aus wie ein Komparse aus einem Marx-Brothers-Streifen.

Er begann: »Innerhalb der nächsten Stunden bekommen Sie einen Anruf.«

»Ist das die höhere revolutionäre Bewußtseinsebene?« fragte ich.

Stok studierte mich gelassen, versuchte hinter meinen Augen zu lesen. »Ja«, sagte er schließlich. »Höhere revolutionäre Bewußtseinsebene.« Er zupfte an seiner Krawatte, der Knoten löste sich, aber Stok fuhr mit seinen Prophezeiungen fort: »Einen Anruf. Man wird mit Ihnen einen Treffpunkt auf dem Komsomol-Boulevard ausmachen, wahrscheinlich an der Brücke des Roten Oktober. Wenn Sie zu diesem Rendezvous erscheinen, sehe ich mich gezwungen, Sie genauso zu behandeln wie die anderen. Ich rate Ihnen aber dringend fernzubleiben, denn Sie sind dort in Gefahr.«

»Gefahr von welcher Seite?«

Stok war massiv wie ein alter Eichenschrank. Er ging langsam durchs Zimmer, und obgleich man fast nichts hörte, zitterte der Fußboden. »Nicht von mir und meinen Leuten«, sagte er, »das kann ich garantieren.«

»Dann wollen mir also die anderen, von denen Sie sprachen, ans Fell?«

Stok entledigte sich der Kellnerjacke und hängte sie auf einen Bügel. »Jawohl«, sagte er. »Das wollen sie.« Er lockerte den steifen Kragen, und die ganze gestarkte Hemdbrust löste sich knatternd. Stok schleuderte die schwarzen Lackschuhe von den Füßen und grub die Zehen in den Teppich. »Ah, tut das gut. Aber wahrscheinlich kann ein junger Mann wie Sie sich nicht vorstellen, wie wohl es tut, zu enge Schuhe auszuziehen.« Er krümmte den Rist und stöhnte genießerisch.

»Rein subjektives Interesse, mehr nicht.«

Stok schwieg eine Zeitlang, dann sah er über meinen Kopf hinweg und sagte: »Ich habe Lenin berührt. Im Juli 1920 stand ich neben ihm auf dem Wostanjeplatz, beim zweiten Kongreß, und konnte ihn berühren. Zitieren Sie mir nicht Lenin. Subjektives Interesse, ha!« Dabei verschränkte er die Arme über der Brust und zog sich das Hemd über den Kopf, so daß seine Stimme gedämpft unter der weißen Baumwolle hervordrang; unter dem Hemd trug er ein khakifarbenes Trikot. Dann hängte er auch seine Hosen auf den Bügel, und lange Unterhosen mit Sockenhaltern kamen zum Vorschein. »Wollen Sie mir nicht einen zweiten Whisky anbieten?«

Ich goß ihm ein, und er leerte das Glas auf einen Zug. »Schon besser«, sagte er, ging an den Servierwagen und lüftete schwungvoll die gestärkte Serviette. An Stelle von Bestecken und Tellern kam darunter eine komplette russische Offiziersuniform einschließlich polierter Schaftstiefel zum Vorschein. »Wahrscheinlich überlegen Sie jetzt, warum ich Sie warne«, sagte Stok, während er sich neu einkleidete. »Aber wenn ich all diese subversiven Elemente verhafte, wird kein Mensch sagen: ›Schaut her, wie tüchtig Oberst Stok ist, er nimmt all diese Agenten fest, bevor sie uns Schaden zufügen können.‹ Nein, sie werden sagen: ›Sieh mal an, so viele dunkle Elemente konnten direkt unter Stoks Augen ihr Unwesen treiben.‹ Sie verstehen mich, wir haben schon früher zusammengearbeitet. Und deshalb lege ich Wert darauf, daß die Brüder so schnell wie möglich und ohne viel Aufsehen aus meinem Bereich verschwinden und ihre absurden Fantastereien aufgeben.« Er schlüpfte in die Uniformjacke und schüttelte die Arme, bis die Manschetten hervorkamen.

»Welche absurden Fantastereien?« wollte ich wissen.

Stok zupfte sich die Krawatte zurecht und goß sich dann Whisky nach. »Halten Sie mich nicht zum Narren, Engländer.«

»Nein, ich möchte es nur wissen.«

»Sie glauben, die Sowjetunion stehe kurz vor einer Rebellion; daß der Mann von der Straße sich nichts sehnlicher wünsche als wieder unters kapitalistische Joch zu kommen; daß wir nachts alle wach liegen und von Amerika träumen. Sie sind der Überzeugung, man brauche nur Flugblätter und Geld zu verteilen, und schon erwachse ihnen über Nacht eine ungeheure Armee von Monarchisten. *Das* nenne ich absurd und fantastisch. Verstehen Sie?«

»Ja.«

Stok setzte die Mütze auf und schlüpfte in eine wattierte Jacke, so daß seine Rangabzeichen nicht mehr zu erkennen waren. Dann ging er zum Fenster, zog ein Messer, schnitt damit die Papierabdichtung rundum auf und öffnete es. Auf der Feuerleiter drehte er sich noch einmal um. »Vielen Dank für die Gastfreundschaft.« Er hielt noch einmal sein Glas hoch.

»Eine Hand wäscht die andere.«

»Richtig«, sagte Stok. »Also machen Sie, was Sie wollen. Sie haben hier alle Freiheiten.« Er trank aus, und ich nahm ihm das leere Glas ab.

»Glauben Sie nicht alles, was in der Prawda steht«, sagte ich.

Stok stieg ins Dunkle hinunter.

Ich machte mir einen Drink und überlegte, was ich tun sollte. Mit Dawlish Kontakt aufzunehmen, stand außer Diskussion. Um Midwinters Wohlergehen war ich nicht allzu besorgt, und außerdem würde es Ewigkeiten dauern, bis ich New York in der Leitung hatte. Vielleicht war Midwinter Stok auch um Längen voraus, aber den Gedanken verwarf ich wieder. Stok war etwas, das in keinen Computer paßte, und vielleicht gefiel mir gerade das an ihm.

13

Eine Stunde und zehn Minuten nach Stoks Verschwinden läutete das Telefon. Nach dem dritten oder vierten Klingeln hob ich doch ab. Eine Stimme sagte: »Westliche Kleidung – Sicher – zwei Hemden extra – Komsomol Boulevard, Nahe Oktoberbrücke.«

»Ich denke nicht daran«, sagte ich. »Ich bin krank.«

»Das war alles«, sagte die Muschel.

»Wartet nicht auf mich«, sagte ich. Ich legte den Hörer auf und wiederholte den Satz. Dann ging ich zum Tisch und schenkte mir einen monumentalen Whisky ein. Sollten sie sich doch alle zum Teufel scheren! Ein Unternehmen dieser Art war einfach von vornherein zum Scheitern verurteilt, die Chancen standen zu schlecht, als daß es überhaupt den Aufwand lohnte. Aber ich trank den Whisky nicht. Ich schnüffelte daran, flüsterte einen bösen Fluch ins Glas, und dann zog ich meinen Mantel an, schlüpfte in Überschuhe und verließ das Hotel.

Am Polytechnikum standen zwei von den Lasttaxis, die man für zehn Kopeken pro Kilometer mieten kann. Daneben unterhielten sich zwei Männer. Als ich vorbeikam, drehte sich einer von ihnen um und fragte mich auf deutsch: »Haben Sie West-Kleider zu verkaufen?« Es war der kahle Mann vom Fernsehschirm.

»Ich habe noch ein paar Hemden extra«, erwiderte ich. »Aus Wolle. Die könnte ich verkaufen, wenn's erlaubt ist.«

»Gut«, sagte der Mann und öffnete die Tür des einen Wagens. Ich stieg ein. Der Fahrer schaltete animiert, und wir fuhren der Oktoberbrücke zu. Der Himmel glühte rot, denn die Schwerindustrie machte nicht um Mitternacht Feierabend, und auf einem Transparent neben der Straße stand: ›Die Ostsee – ein Meer des Friedens‹.

In dem kleinen Lkw drängten sich fünf Männer in feuchten Mänteln; keiner sagte ein Wort. Die Scheibenwischer begannen zu quietschen, als die Schneeflocken an der Scheibe zu Eis gefroren, und manchmal stampfte einer hinten auf den Boden, um die Blutzirkulation in den Füßen anzuregen. Die Scheinwerfer des nachfolgenden Wagens hüpften auf der unebenen Straße. Der Glatzkopf steckte eine Knoblauchzehe in den Mund.

»Mögen Sie Knoblauch?« fragte er, mir ins Gesicht.

»Nicht aus zweiter Hand.«

»Ich bin erkältet.« Alle Russen glauben, daß Knoblauch gegen Erkältungen hilft. Ich kratzte an der Eisschicht am Fenster herum; die Welt draußen war eine riesige weiße Leinwand, schon auf der Staffelei, aber von Farbe noch völlig unberührt. Nur hier und da deuteten schwache Bleistiftlinien an, wo bei Tag Wälder oder Täler liegen mußten. Und unentwegt schneite es weiter. So fuhren wir eine Stunde durch dunkle Dörfer fast ohne Verkehr. Nur einmal rammten wir fast ein Pferdefuhrwerk und überholten drei Lastwagen. Als wir schließlich hielten, geriet der zweite Wagen ins Rutschen und schleuderte nur um Haaresbreite an uns vorbei. Wir standen auf offener Landstraße.

»Aussteigen«, sagte der Kahle. Ich öffnete die Tür, und sofort begann der Wind die ungeschützte Haut an Gesicht und Händen wie mit Stahlruten zu peitschen. Der Kahle bot mir eine Zigarette an. »Sie sind Amerikaner?«

Es hatte keinen Sinn, ihm Details zu liefern, also nickte ich.

»Ich bin Pole«, fuhr er fort, »mein Sohn auch.« Er deutete auf den Fahrer. In Lettland pflegen sich Katholiken als Polen zu bezeichnen. »Die anderen sind Russen«, sagte er. »Ich mag keine Russen.« Wieder nickte ich nur.

Der Kahle beugte sich vor und flüsterte: »Nur Sie, mein Sohn und ich arbeiten hier für Midwinter. Die andern sind ...« Er kreuzte die Zeigefinger beider Hände, das Zeichen für Gefängnis.

»Sträflinge?« fragte ich mit klappernden Zähnen.

»Na, sagen wir, Geschäftsleute, so war's vereinbart.«

»Was war vereinbart?«

»In wenigen Minuten kommt hier ein Armeelastwagen durch. Wir machen eine Autofalle für ihn, und die anderen kriegen die Ladung, wir die Dokumente.«

»Was hat er geladen?«

»Verpflegungsrationen. Bei uns werden immer nur Lebensmittel gestohlen, weil man sie auch ohne Permit sofort los wird.« Er lachte, und eine Knoblauchwolke hüllte mich ein.

»Was für Dokumente?« fragte ich. »Die Verpflegungslisten?«

»Genau«, sagte der Kahle. »Die beste Methode, um die Truppenstärke festzustellen.« Er warf den Zigarettenstummel in den Schnee und trat auf die Straßenmitte. Ich folgte ihm. Zwei Männer starrten die Fahrbahn an, und der Kahle prüfte mit der Schuhspitze die eisglatte Oberfläche. Sie hatten den Schnee mit etwas Kühlwasser in eine spiegelnde Eisbahn verwandelt. »Darauf ist er völlig hilflos«, sagte der Kahle, und seine Zuversicht begann auf mich abzufärben. Einen kurzen Augenblick lang schien mir das alles durchaus möglich. Die Verpflegungslisten interessierten mich, und vielleicht ging wirklich alles gut. Fröstelnd zog ich das Halstuch fester. Wem machte ich hier eigentlich etwas vor? Von der Anhöhe hinter uns leuchtete eine Taschenlampe zweimal auf.

»Da ist er«, sagte der Kahlkopf. »Das muß reichen.« Wir drückten uns hinter die Bäume am Straßenrand, und ich hörte von weitem einen schweren Lastwagen im kleinen Gang näherkommen.

»Sie glauben, es geht schief«, flüsterte der Kahle neben mir.

»Da haben Sie verdammt recht.«

»Na, wir werden Ihnen das Gegenteil beweisen. Es wird sauber, schnell und ohne einen Schuß über die Bühne gehen.«

Ich nickte. Der Kahle sah sich um, ob auch keiner der ›Geschäftsleute‹ in Hörweite war. »Sagen Sie Mr. Midwinter«, flüsterte er dann, »er soll ihnen keine Waffen schicken. Sie arbeiten jetzt mit uns zusammen, weil ihnen Waffen versprochen sind. Aber wenn sie erst welche haben, dann...« Er grinste; das reflektierte Schneelicht bleuchtete sein Gesicht von unten, und hinter seinem Kopf tanzten die Lkw-Lichter heran.

Dieses langsame Näherkommen des Transporters hatte entschieden etwas von einem Alptraum an sich. Ich stand vor der Wahl, den Hohlköpfen hier zu helfen oder sie in Stoks Sinne zu sabotieren. Aber keine dieser Alternativen sagte mir zu. Mir fielen all die warmen Betten ein, in denen ich jetzt hätte sein können, und ich begann meine Finger durchzukneten, die vor Kälte taub geworden waren. Der Lkw-Fahrer schaltete in den ersten Gang, als er die letzte Steigung nahm. Er mußte die spiegelnde Eisfalle noch gesehen haben, denn plötzlich war das weiße Gesicht ganz dicht an der Scheibe und spähte hinaus. Da begannen aber die Vorderräder schon wegzurutschen, die Hinterräder gerieten aufs Eis und drehten durch. Der Lkw kam zum Stillstand. Der Fahrer gab Gas und verschlimmerte alles noch. Mit der Breitseite schlingerte das Fahrzeug auf den Straßengraben zu, und acht Männer stürzten aus dem Unterholz. Der Fahrer malträtierte den Motor, bis ich dachte, er würde gleich bersten, aber der Wagen kippte unaufhaltsam in den Graben. Mit einem Vorderrad in der Luft blieb er da in Schräglage hängen, der Motor erstarb, und Stille senkte sich herab. Dann kam ein Rattern, als der Fahrer den Schlag öffnete und ausstieg. Er schien nicht überrascht.

Er hob die Hände, aber nicht so hoch, daß die Geste Furcht ausgedrückt hätte. Jemand tastete ihn nach Waffen ab, fand keine und schob ihn beiseite. Die Männer lösten die Verschnürung der Segeltuchplane. Plötzlich brach ein Schneeklumpen donnernd vom Chassis, und ein paar fuhren zusammen. Der Soldat grinste und holte eine halbgerauchte Zigarette unter der Ohrenklappe seiner Pelzmütze hervor. Seine Bewegungen waren langsam, seine Augen flink. Ich warf ihm Streichhölzer zu, und er zündete sich die Zigarette vorsichtig an.

Als die Plane offen war, sprang einer der Männer auf die Ladefläche. »Das ist Iwan«, sagte der Kahle. »Ein gefährlicher Hund.«

Iwan leuchtete die Ladung ab; mit monotoner Stimme registrierte er den Inhalt der Kisten, und der Kahle übersetzte für mich. Ein Schwall Russisch. »Milchpulver«, sagte der Kahle. Noch mehr Russisch. »Tee«, sagte er, und: »Ein Sack Zitronen.« Sehr viel schnelles Russisch. »Scheiße«, sagte der Kahle. »Er hat eine MPi gefunden.« Fluchend sprang er über das Seitenbrett hinauf, und es bedurfte keines Dolmetschers, um zu verstehen, daß der Kahle Dokumente und Maschinenpistole für sich beanspruchte, während Iwan nur die Lebensmittel zustanden. Immer noch streitend, sprangen beide vom Wagen. Iwan hielt die MPi in der Hand und begann, den Kahlen mit dem Lauf zu stoßen. Sie standen einander gegenüber, warfen sich Schimpfworte an den Kopf und waren sich wohl bewußt, daß wir sie beobachteten.

Der Kahle schrie: »Der Amerikaner sieht, was du machst!« Er deutete auf mich. »Wir kriegen nie mehr Geld von ihnen.« Iwan streichelte grinsend die Waffe. Der Kahle wiederholte die Warnung, und ich hätte ihn dafür ohrfeigen können. Er lieferte ihnen ein gutes Motiv, mich zu beseitigen. Der Rest der Gruppe hatte sich etwas zurückgezogen, der Soldat rauchte seine Zigarette zu Ende und steckte die Hände in die Taschen, statt sie wie bisher für alle gut sichtbar zu halten. Der Kahle brüllte Iwan jetzt wütend an. Sie standen sich starr gegenüber, und die Schneeflocken woben einen Spitzenschleier über ihren Köpfen. Einen Augenblick schien es, als ob der Kahle die Oberhand gewinnen sollte. Aber er verdarb alles, als er eine blitzschnelle Bewegung zur MPi hin machte. Sie war nicht schnell genug. Ein Feuerstoß auf Kernschußdistanz schnitt den Kahlen mitten durch und warf ihn kopfüber in den Graben wie von einem Dampfhammer getroffen. Iwan schoß immer weiter, in kurzen, versuchsweisen Stößen, als wollte er einen neuen Heimbohrer vom Weihnachtstisch ausprobieren. Dann ging das Magazin mit einem trockenen Klicken zu Ende. Korditqualm trieb davon, und das Echo der Schüsse dröhnte über die Schneefläche wie Radau aus einem Fußballstadion. Vom Kahlen ragte nur noch ein Fuß aus dem Graben. Iwan hängte sich die MPi um, quer über die Brust wie ein Ordensband. Aus der Tasche holte er ein neues Magazin und setzte es mit Sorgfalt ein.

Niemand sprach. Schweigend entluden die anderen den Lastwagen, wobei ihnen der Soldat helfen mußte. Ich stand abseits, stampfte mir die Füße warm und beobachtete gespannt den Horizont.

Zwei schwere Bomber zogen in etwa viertausend Meter Höhe über den Himmel. Iwan brachte mir eine Blechschachtel aus dem Führerhaus, öffnete den Deckel und zeigte mir einen Stoß zerfranster, gelblicher Stammkarten. Er salutierte spöttisch, ich lächelte, er grinste zurück und stieß mir den Lauf in den Bauch, daß mir die Luft wegblieb. Das Grinsen verschwand nicht aus seinem Gesicht. Seine Kumpane riefen nach ihm, sie hätten fertig umgeladen. Ich sah keinen vernünftigen Grund mehr, weshalb sie mich am Leben lassen sollten. So lächelte ich nervös und schmetterte Iwan die Blechschachtel ins Gesicht, versuchte, ihn in den Bauch zu treten, als er wankte, aber sein schwerer Mantel dämpfte den Tritt. Ich hielt die Kassette fest und schlug mit der Handkante nach ihm, traf aber nur das harte Metall der MPi, und ein paar Schüsse lösten sich, während mir die Haut an der Hand aufplatzte. Die Männer spritzten auseinander, die Kugeln fegten in den Schnee. Iwan sprang zurück, ich trat ihm gegen das Schienbein, verlor aber fast das Gleichgewicht. Iwan grinste. Er hatte Blut am Mund, aber er grinste weiter, denn er hatte auch die MPi. Adieu, Karate-Koryphäe, dachte ich, und: Hoffentlich bekommt meine Schwester die Stereo-Anlage und die Plattensammlung, das Goodman-Album war recht wertvoll.

Und da schlug der Soldat Iwan mit dem Wagenheber nieder. Iwan knickte ein, fiel mir entgegen, und ich rannte. Ich sah mich nicht ein einziges Mal um, sondern kämpfte mich stolpernd durch den dunklen Wald. Der Soldat war knapp vor mir. Von der Straße kam verworrenes Geschrei, dann ein langer Feuerstoß. Der Soldat fiel, ich warf mich flach hin. Sie schossen abermals, und ich hörte Holzsplitter aus den Stämmen spritzen. Ich robbte zu dem Soldaten hinüber; seine Augen waren geschlossen. Wieder ratterte die MPi los, das Feuer schien näher zu kommen. Der Wald lastete tief und dunkel auf mir, und nur die Schüsse gaben mir Orientierungshilfe. Dennoch blieb ich liegen. Mehr Geschrei, und dann hastete in zehn Schritt Entfernung links ein Mann an mir vorbei. Noch ein Feuerstoß, und dann wurde es still. Ich tippte auf den Sohn des Kahlen. Die Hand, die ich mir an der MPi verletzt hatte, blutete nicht stark, aber der kleine Finger stand seltsam gespreizt ab und ließ sich nicht bewegen. Ich wickelte ein Taschentuch darum. Es war schwarz unter den Bäumen, bis auf niedrige Wölkchen aufgestöberten Pulverschnees, und sehr still. Ich wälzte den reglosen Soldaten auf den Rücken, aber er schien mausetot, deshalb stand ich auf und entfernte mich langsam und möglichst lautlos von dem ganzen Lärm und Tumult.

Ich kam bis fast an den Waldrand, und dann hörte ich die Stimme. Irgend etwas bewegte sich vor mir durch die Bäume, etwas, das größer war als ein Mensch. Viel größer. Ich starrte in die Dunkelheit, das Knacken der Äste hörte auf, aber das Schnaufen nicht. Es war kein menschliches Schnaufen. Ich umarmte einen Baumstamm und wurde dünn wie eine blaue Gillette. Das große schnaufende Wesen vor mir begann zu sprechen, mit metallisch hallender Stimme. Es sprach russisch, kam näher, immer noch sprechend und fast schon sichtbar: ein weißgekleideter Kavallerie-Offizier zu Pferde.

»Pirscht euch vorsichtig an«, sagte eine metallische Stimme. »Sie sind bewaffnet.«

»Jawohl, Genosse«, erwiderte der Reiter vor mir. Er sprach in ein Walkie-Talkie.

Durch die Bäume konnte ich eine Mulde sehen, in der eine starke Kavalleriepatrouille vorging. Ich stellte die Metallschachtel mit den Dokumenten vor mich in den Schnee.

Der Reiter beobachtete mich, schaltete das Walkie-Talkie ab und dirigierte sein Pferd näher heran. Leder knarrte, aber die Hufe im Schnee waren fast lautlos. In den Sattel war ein kleiner Radarschirm eingebaut, die Antenne sang oben sanft im Wind, und der Schirm warf ein blaues Licht auf das Gesicht des Reiters. Es war kein angenehmes Gesicht. Er bewegte leicht die Absätze, und das Pferd schob sich seitlich auf mich zu, als hätte es eine randalierende Menge abzudrängen. Ich drückte die Hände gegen die harten Muskeln und spürte, wie die Nerven unter dem glatten Fell zuckten. Das eisige Metall des Steigbügels blieb an meinen Fingern hängen, das Pferd blies mir seinen sauren Atem heiß ins Gesicht. Der Reiter schob die Kartentasche auf seinem Schenkel beiseite und knöpfte seine Pistolentasche auf. Ich kannte ein paar der wichtigsten russischen Vokabeln.

»Nicht schießen!« schrie ich. Das Pferd wollte nicht näher, wollte mich nicht treten, es tänzelte, daß Schneebrocken aufflogen, aber der Reiter zwang es heran, bis die Pistole nur Zentimeter von meinem Gesicht entfernt war. Er hob die Waffe und schlug sie mir ohne sonderliche Hast über den Kopf. Das Pferd scheute etwas dabei, und der Kolben grub sich in meine linke Schädelseite, riß mir fast das Ohr ab. Es wurde mir rot vor den Augen, ich tastete nach dem Steigbügel, blieb kleben, dachte: ›Frostbeulen‹, und dann kam der Kolben wieder, besser gezielt diesmal; die Welt brach entzwei wie ein schlecht montierter Entfernungsmesser, und ich glitt in den schwarzen Schnee.

14

Ich kam nur sehr langsam wieder zu mir, war nicht bei Bewußtsein, sondern in einer Art Delirium. Meine Hand fühlte sich so groß an wie ein Fußball, und ein Schmerz pulsierte darin, der bis ins Schulterblatt ausstrahlte. Es war dunkel um mich bis auf einen schwachen roten Schimmer. Ich versuchte mich zu bewegen, aber der Schmerz wurde übermächtig und drückte mich in die Bewußtlosigkeit zurück. So pendelte ich einige Male hin und her, bis ich die Kraft aufbrachte, mich an den hellen Schimmer zu klammern, ohne wieder in die Schwärze abzurutschen.

Eine schwere kalte Last lag auf mir, und unter mir spürte ich eine weiche, konkave Fläche – wie den Innenboden eines überdimensionalen Reagenzglases. Ich tastete mit der gesunden Hand darüber, die Gewichte kamen ins Rutschen, polterten wie ein kalter Sack Kartoffeln auf mich herab, und ich reckte den Kopf, um Luft zu bekommen. Vor meinem Gesicht bewegte sich eine Hand. Die Hand hing an einem Arm, und der Arm gehörte zu einem der Gewichte über mir. Die Hand bewegte sich allmählich zum Rand der Decke hin, die über uns lag, sehr langsam und fast nicht wahrnehmbar, mit gekrümmtem Zeigefinger und Daumen, als wolle sie gleich den ausgefransten Saum packen. Ich lag in einer Badewanne. Die Hand bewegte sich weiter. In einer großen, fleckigen Badewanne. Die Hand wurde schneller, griff an der Decke vorbei und blieb leise baumelnd wie ein Automaskottchen in der Luft hängen. Es war eine tote Hand, und sie winkte ein schüchternes, posthumes Adieu. Auf mir lagen zwei Leichen. Ich rückte vorsichtig zur Seite und ließ sie abgleiten: den Kahlen und seinen Sohn.

Ich kroch über die beiden Toten hinweg und sah mich in der Waschküche um.

Meine Augen hatten sich mittlerweile an die schwache rote Notbeleuchtung gewöhnt. Es gurgelte und rülpste in irgendwelchen nahen Kanälen, und an der Wand tropfte ein Wasserhahn melodisch in einen halbvollen Eimer. Das plötzliche Rauschen einer Wasserspülung brach über mich herein, eine Kabinentür ging auf und ein Soldat erschien, am Hosengurt hantierend. Starren Blicks näherte er sich. Seine Finger kamen mit der Gürtelschnalle nicht zurecht, aber er wandte die Augen nicht von mir. Ich lag jetzt oben auf den beiden Toten, die verletzte Hand auf den Wannenrand gestützt.

Hätte der Soldat irgendeinen anderen Teil meiner Anatomie gestuppst, ich hätte bestimmt nicht geschrien. Aber so erwischte er meine deformierte, eiternde Hand, und ich brüllte auf. Der Soldat machte einen Satz, murmelte irgendein Gebet, stieß rücklings an die Wand und schob sich daran entlang zur Tür, wobei ihm die Hosen herunterrutschten, er ins Stolpern kam und kopfüber in den Korridor hinausflog. Ich hörte ihn hastig wieder aufspringen und davonrennen.

Sehr langsam verlagerte ich das Gewicht auf die gesunde Hand und stemmte mich aus der Wanne. Muskeln schmerzten mich, von deren Existenz ich nie etwas geahnt hatte. Dann stand ich, schleppte mich zu dem tropfenden Hahn und hielt die Hand unter das kalte Wasser. Auch Kopf und Gesicht wusch ich mir. Im Film wirkt das wahre Wunder, aber bei mir hatte das nur den Effekt, daß ich auch noch fror. Zitternd vor Kälte ging ich zu einem Wandspiegel. Ich weiß nicht, was ich erwartet hatte, aber der Anblick stand in keinem Verhältnis zu den Schmerzen. Ich betastete die geschwollenen Lippen, das verkrustete Ohr, versammelte meine Gliedmaßen zum Appell, konnte aber außer der verletzten Hand, einem blauen Auge und Hautabschürfungen keine Blessuren entdecken.

Ich war krank. Ich hatte Schmerzen. Und ich hatte Angst. Aber all das wurde noch überschattet von der Last des Mißerfolgs. Ich überlegte, ob Harvey das Ganze arrangiert und mich an Stok verraten hatte. Vielleicht hatte Signe ihm erzählt, daß wir miteinander geschlafen hatten? Solch ein Geständnis hätte ihr Spaß gemacht. Aber ob Harvey ihr geglaubt hätte? Wahrscheinlich. Vielleicht hatte mich auch London fallen lassen. Das war schon vorgekommen und wäre auch nicht das letzte Mal gewesen. Wer also war dafür verantwortlich? Ich wollte es wissen; wenn das hier das Ende war, wollte ich es wissen. Die Verantwortung für ein Versagen bleibt am Versager hängen, und ich hatte versagt. Fröstelnd griff ich nach dem Warmwasserhahn, überlegte es mir aber anders. Das Becken hatte frische, hellrote Blutspritzer, ein blutiges Handtuch lag darin. Ein paar Spritzer waren gegen die Wand gegangen, und auch auf dem Fußboden leuchteten drei ovale Kleckse. Sie glänzten hell, sahen sehr frisch und gar nicht wie Tomatenketchup aus.

Ich wollte mich in der Toilette übergeben, aber nicht einmal das schaffte ich. Schaudernd setzte ich mich. Psycho-Schock, sagte ich mir, nur eine Methode von vielen, den Häftling fürs Verhör weich zu machen. Wird erzielt, indem man den Delinquenten unter Leichen wieder zu sich kommen läßt. Nur jetzt nicht kapitulieren. Aber das Zittern in mir hörte nicht auf. Im Korridor ertönten Befehle und einsilbige Bestätigungen. Oberst Stok riß die Tür auf. Er stand da ohne Hemd, eine wuchtige, muskulöse Gestalt mit tiefen Narben auf den Oberarmen. Er drückte sich eine Handvoll Watte an die Wange. »Immer geht das so«, sagte er, »immer schneide ich mich beim Rasieren.« Er sah in den Spiegel und fletschte sein Bild an. »Ein paar eigene Zähne habe ich noch.« Er schnippte mit dem Finger daran. »Das kommt davon, daß ich einen guten Zahnarzt habe. Privat natürlich. Die staatlichen sind nichts wert.« Wieder quoll Blut aus der Haut an seinem Kinn. »Nur die privaten nehmen Anteil am Patienten.«

Stok schien nur mit seinem abenteuerlichen Spiegelbild zu reden, deshalb hielt ich den Mund. Er riß kleine Wattebäusche von dem großen Ball und klebte sie auf die blutenden Schnitte, während er ›Das Vaterland hört, das Vaterland weiß alles‹ in rostigem Baß sang. Als er die Blutungen zu seiner Zufriedenheit gestillt hatte, fuhr er zu mir herum. »Also haben Sie meinen Rat nicht beherzigt.«

Ich schwieg, Stok kam herüber und sah auf mich herab.

»Wee, sleekit, cow'rin', tim'rous beastie,
O what a panic's in thy breastie!
Thou need na start awa' sae hasty,
*Wi' bickering brattle.«**

Stok rezitierte mit tadellosem Highland-Akzent. »Robert Burns«, verkündete er. »An eine Maus.«

Ich schwieg immer noch, aber ich hatte die Augen jetzt offen und betrachtete Stok gelassen.

»Reden Sie nicht mehr mit mir?« höhnte Stok. Ich begann:

»Fair fa' your honest sonsie face,
*Great chieftain o' the puddin'-race.***

Robert Burns. An eine Hexe.«

Stok hatte die letzten drei Worte mitgesprochen und begann dann so laut zu lachen, daß ich für die lockeren Wandkacheln fürchtete.

* Du schlankes, bebend, furchtsam Thier! / welch Zittern füllt das Herzchen dir! / Nein, trolle dich nicht fort von hier / voll Schnelligkeit. / Nähm' dir der Pflug dein Leben, mir / wär's herzlich leid.

** Sinngemäß: Fürchte für dein ehrliches Gesicht, großer Häuptling der Pudding-Rasse.

Er lachte immer noch, als zwei Gardisten hereinkamen, stramm salutierten, mich unter den Armen packten und hinaustrugen.

Stoks provisorisches Dienstzimmer befand sich am Ende eines langen Korridors. Auf dem Glasfenster seiner Tür stand GESUNDHEITSAMT. Dahinter saß Stok an einem einfachen Schreibtisch und telefonierte. Meine Kleider waren inzwischen gereinigt und getrocknet worden. Sie hatten diesen eigentümlichen Seifengeruch, der sich irgendwie mit dem Begriff Rußland verbindet, so wie Gauloises und Knoblauch mit dem Begriff Paris. Ich saß auf einem schmalen, dünnbeinigen Stuhl, in Kleidern, die trotz allem noch die Spuren der vergangenen Nacht zeigten, und in meiner Hand pulste der Schmerz. Stok legte den Hörer auf und sah mich an. Er trug eine tadellos gebügelte Uniform mit glänzenden Knöpfen. Durch das Fenster hinter ihm konnte ich erkennen, wie der Himmel sich langsam verdunkelte. Ich mußte lange bewußtlos gewesen sein. Stok zog einen Stuhl zu sich heran, legte ein gestiefeltes Bein darauf, zündete sich eine Zigarre an und warf mir eine zweite Zigarre und Zündhölzer zu. Die beiden Posten im Zimmer beobachteten das mit Überraschung und wurden zuletzt von Stok aus dem Zimmer gewinkt.

Schweigend rauchten wir gute fünf Minuten. Dann sagte Stok plötzlich: »Lenin mochte keine Zigarren, liebte keine Blumen und duldete keinen weichen Stuhl im Büro. Er aß spartanisch und las gerne Tugenjew. Ich bin da ganz anders. Wenn ich ein neues Büro beziehe, verlange ich zuerst bequeme Stühle für mich und meine Besucher. Ich esse gerne bürgerlich, kann an Turgenjew gar nichts finden und rauche sehr gute Zigarren. Es gab Nächte, da war eine Zigarre für mich Freund, Wärme und Speise zugleich.«

Ich nickte, rauchte und sah ihn an.

»Sie unterhalten aufregende Freundschaften.« Er lächelte. »Übermütige Freunde mit sehr viel Privatinitiative.«

Ich zuckte die Schultern.

Plötzlich sagte Stok: »Man wollte Sie umlegen. Es waren fünfzehn, gestern nacht. Wir konnten zehn aufgreifen, einschließlich der beiden Toten. Warum wollte man Sie umbringen? Haben Sie sich an jemandes Freundin vergriffen?«

»Ich dachte, Sie hätten die letzte Nacht damit verbracht, das aus ihnen herauszuholen?

Stok nickte. »*Ich* weiß auch, warum man Sie kalt machen wollte. Ich frage mich nur, ob auch Sie es wissen.«

»Es ist immer gut, zwei Ansichten zu einer Sache zu hören.«

»Ihr alter Freund Newbegin wollte Sie aus dem Weg räumen. Er wußte, daß Sie ihn beobachten, das hat er Ihnen übelgenommen.«

»Und Sie glauben ihm nicht?«

»Keine meiner Vernehmungen endet ohne eine Story, die ich glauben kann«, bemerkte Stok und öffnete ein Aktendossier auf dem Schreibtisch. »Was uns da gestern nacht in die Finger geriet, ist alles Abschaum, Dreck! Es sind asoziale Elemente, Sträflinge, aber nicht politische. Eben Dreck.« Ein junger Offizier trat ein und legte eine neue Akte auf den Schreibtisch. Er nannte Stok nur beim Dienstgrad, in der Roten Armee ein Symptom für Vertrautheit, und flüsterte ihm ein paar Worte ins Ohr. Stoks Miene blieb unbeweglich, aber ich hatte den Eindruck, daß ihm das schwerfiel. Schließlich nickte er, und der Gardemajor trat zurück neben den Tisch.

Stok öffnete die Akte und holte acht Formulare heraus, unterzeichnete sie, dann noch einmal sechs, die er schnell überflog und ebenfalls unterschrieb. Während er seinen Namen unter die Formulare setzte, führte er eine Art Selbstgespräch.

»Wir setzen zehn Mann fest und müssen dafür 35 Formulare ausfüllen und unterschreiben, die danach wieder von vier verschiedenen Polizeistellen rund dreißigmal unterschrieben werden müssen. Und wenn ich morgen einen von den zehn entlassen sollte, gibt es dreimal so viel Papierkram.«

»Man hat's überall schwer«, sagte ich.

»Sicher«, meinte Stok. Dann drehte er sich zu dem Offizier um, machte eine Handbewegung zu mir hin und stellte vor: »Gardemajor Nogin von der GRU.« Der Major war überrascht, daß man ihn einem Gefangenen vorstellte, aber er machte das Spiel mit.

»Der Major ist soeben Vater eines acht Pfund schweren Jungen geworden«, fuhr Stok, an mich gewandt, fort; danach folgte viel weiches, leises Russisch, was wahrscheinlich für den Major eine Erläuterung meiner Dienststelle und Person war. Dann schenkte Stok auch Major Nogin eine Zigarre, der Major lächelte uns beide nochmals an und verließ das Büro. »Für einen GRU-Offizier ist er ein netter Kerl«, sagte Stok.

Ich lächelte.

Stok fuhr fort: »Die GRU des Baltischen Militärbezirks bearbeitet die ganze Sache. Sie sind mit den NTS-Emigranten fertiggeworden, sie werden auch diese neuen Leute eliminieren.« Er schlug mit der Faust auf den Tisch. »Wir schicken keine Leute in fremde Länder, damit sie sich dort in die internen Angelegenheiten mischen – warum sollte man euch eure Gangster hier einschleusen lassen?«

»Und wie war das mit dem Ungarn-Aufstand?« fragte ich.

Stok schrie: »Und mit der Schweinebucht? Oder Suez? Sei ehrlich, Engländer, euch wurmt nur, daß wir Erfolg haben und ihr nicht.«

»Ja«, sagte ich. »Sie haben Erfolg und wir nicht.«

»Die Siege der Neuzeit werden nicht von Armeen erkämpft, sondern durch eine fast unmerkliche Veränderung in der Molekular-Struktur. Solche Siege finden in den Herzen der Menschen statt.«

»Die Köpfe wären mir lieber.«

»Ach, hören Sie auf, Engländer; Soldaten wie wir sollten nicht politisieren. Unsere Aufgabe ist es, sich die stupiden und unrealistischen Fantasien der Politiker vorzunehmen und sie als Dinge von Fleisch und Blut zum Funktionieren zu bringen.« Stok stand auf, stemmte die Fäuste ins Kreuz und reckte sich. »Ich bin müde«, sagte er.

»Und ich bin halbtot.«

»Natürlich sind Sie das. Mir geht's genauso. Wir wollen uns ein zivilisiertes Lokal suchen und etwas essen.« Er sah auf seine Uhr. »Aber bis halb zehn muß ich zurücksein. Heute abend revanchiert sich Moskau ganz bestimmt.«

»Wovon reden Sie?«

»Fußball«, sagte Stok. »Heute abend im Fernsehen.«

Das Luna-Café am Sowjet-Boulevard geht auf den Park hinaus und die Freiheitsstatue, die mehrere Regime überdauert hat und als Meilenstein kommunalen Pragmatismus' gilt. Schon wartete eine Schlange junger Pärchen vor der Tür, denn es war Samstagabend. Als der massige Offizier vom KGB erschien, begleitet von einem unscheinbaren Zivilisten, machte man respektvoll Platz. Wir bekamen einen kleinen Tisch in der Nähe des Orchesters. Stok studierte die Karte. »Wie wär's mit Portwein?«

»Ich ziehe Wodka vor.« Vielleicht half er gegen die Schmerzen in meiner Hand.

»Tut mir leid«, sagte Stok, »das Luna ist ein vornehmes Lokal, hier gibt's keinen Wodka.« Er hatte sich so gesetzt, daß er die Tür im Auge hatte, und beobachtete die jungen Paare, die hereinkamen. Auf der Tanzfläche hätte keine Stecknadel zu Boden fallen können.

Stok bestellte zwei Gläser Portwein, und die Augen der Kellnerin wanderten von Stoks Uniform zu meinem zerschlagenen Gesicht. Ihr Gesicht war nicht unfreundlich, aber steinern.

Stok philosophierte. »Über Lettland hängt das Verhängnis wie Giftgas«, sagte er. »Sie haben keine Ahnung, welch schreckliche Dinge hier passiert sind. Unter den Letten gab es faschistische Elemente, die waren noch schlimmer als die deutschen Nazis. Im Wald von Bikernieki wurden 46500 Zivilisten umgebracht, im Dreilini-Forst, nur fünf Kilometer von hier, über 13000. Bei Zolotaja hat man 38000 ermordet.«

Während Stok so plauderte, hatte eine vertraute Gestalt das Lokal betreten. Er hatte den Überzieher unten gelassen und war in seinem billigen lettischen Anzug, der so weite Hosenbeine hatte, als käme er aus der Savile Row. Obwohl er sich an einem weit entfernten Tisch in der anderen Ecke niederließ, erhaschte ich einen Blick durch die Tanzenden auf sein Gesicht; es war unzweifelhaft das des immer noch kursierenden Ralph Pike.

»... die Alten, Schwangeren und Kranken«, sagte Stok. »Sie brachten sie alle um, oft nach den gräßlichsten Torturen. Die deutschen Funktionäre waren so angetan davon, daß sie Riga zu einem Umschlagplatz für Todgeweihte machten. Es kamen ganze Züge aus Holland, Belgien, Österreich, Frankreich, auch aus Deutschland selbst, weil die lettischen Nazis die besten Killer stellten.«

Plötzlich entdeckte mich Ralph Pike. Er verriet sich durch nichts, trank nur sein Glas hastig aus.

Stok erzählte weiter. »Man sollte doch annehmen, daß sich solche Verbrecher jetzt still verhalten und ihrem Glück danken, daß sie überlebt haben. Aber nein, sie machen uns immer neuen Ärger – wie Ihr Freund da drüben: Kriegsverbrecher, die auf unser schlechtes Gedächtnis bauen. Aber da irren sie sich.«

Ralph Pike saß jetzt seltsam steif da. Wie beiläufig wandte er den Kopf und sah sich im Saal um. Zwei Tische von ihm entfernt erkannte ich den jungen Major, der mir von Stok vorgestellt worden war.

»Dabei sieht man es ihm gar nicht an«, fuhr Stok fort. »Er wirkt so respektabel, so bourgeois.«

Pike starrte jetzt auf mich und Stoks uniformierten Rücken.

»Er überlegt sich, ob er sich umbringen soll«, meinte Stok.

»Wirklich?«

»Keine Angst, er tut's nicht«, sagte der Oberst. »Leute wie der sind professionelle Überleber. Selbst am Galgen zerbeißen sie ihre Giftpille nicht.«

In den Tanzenden öffnete sich eine Lücke, und ich begegnete Pikes Blick. Er hielt sein Weinglas in der Hand und schluckte schwer. Die Kapelle spielte Victor Herbert.

»Warnen Sie ihn«, sagte Stok. »Warnen Sie Ihren Kumpel vor der Gefahr, die ihm droht. Sie müssen doch irgendein Zeichen vereinbart haben, und ich wüßte gern, wie es funktioniert.«

»Von wem sprechen Sie eigentlich?«

»Sehr gut«, meinte Stok bewundernd. Pike hatte inzwischen auch den Gardemajor entdeckt. Stok winkte der Kellnerin und bestellte zwei neue Gläser Wein für uns.

»Wenn Sie ihn festnehmen wollen, dann tun Sie's doch. Spielen Sie nicht Katz und Maus mit ihm.«

Stok sagte: »Er hat mindestens zweihundert Menschen umgebracht. Sechs meiner Leute wurden 1945 von ihm eigenhändig zu Tode gequält.« Stoks Gesicht war starr geworden. »Glauben Sie, wir sollten ihn laufen lassen?«

»Ich bin nur Ihr Gefangener, wissen Sie noch?«

Stok schüttelte den Kopf. »Sie sind verwundet, nicht gefangen. Beantworten Sie meine Frage.«

Stoks Lippen waren schmal vor Haß, er konnte die Worte nur schwer hindurchpressen.

»Halten Sie an sich, Oberst.«

»Ich könnte hinübergehen und ihn umbringen«, flüsterte Stok. »Ganz langsam, so wie er es bei den anderen gemacht hat.«

Major Nogin sah voll Erwartung zu uns herüber, und Ralph Pike konnte den Blick nicht von dem Major lösen. Er wußte, daß dieser nur noch auf ein Zeichen von Stok wartete.

»Sie sollten sich zusammennehmen«, sagte ich. »Der Major erwartet Ihre Befehle.«

Pike sprach mit einer Kellnerin, wobei er sie fest beim Handgelenk gepackt hielt. Man konnte seine Panik unmöglich mitansehen, ohne sich mit ihm zu identifizieren. Die Kellnerin trat von ihm zurück und entwand ihm ihren Arm gewaltsam. Ralph Pike strahlte nun deutlich Verhängnis aus, und in einem Land wie diesem reagierte man auf solche Schwingungen sehr schnell. Ich fragte mich, ob er auch für diese Situation ein lateinisches Zitat parat hatte. Vielleicht: Bis peccare in bello non licet – im Krieg darf man nicht mehr als einen Fehler machen.

Stok sagte: »Wollen Sie im Ernst behaupten, daß man so einen Mann davonkommen lassen soll? Die Wahrheit jetzt!«

»Was ist schon Wahrheit«, sagte ich. »Lediglich ein universeller Irrtum.«

Stoks Pranke kam über den Tisch und packte mich an der Brust. »Eine Kugel ist zu schade für ihn«, sagte er. Die Kapelle spielte: ›Ruh dich aus in meinen Armen‹.

Ich schob Stoks Hand weg. »Sie haben Ihre Schau abgezogen, und zwar gut. Sie haben dafür gesorgt, daß ich an einem Tisch mit Ihnen sitze, wenn dieser Mann dort öffentlich verhaftet wird. Jetzt werden Sie mich freilassen, um den Schluß nahezulegen, daß ich meine Freiheit auf seine Kosten erkauft habe. Mein Büro wird mich als unzuverlässig abschreiben.«

»Haben Sie Angst?« fragte Stok ohne Amüsement. Vielleicht spielte er den Mitfühlenden.

»Ja, und zwar solche Angst, daß die motorischen Steuerungen überwiegen. Aber wenigstens sind Reflexhandlungen nicht persönlichkeitsfremd, was man von blindem Haß nicht behaupten kann.« Und dann gab ich Major Nogin einen Wink und löste die Verhaftung von Ralph Pike aus.

V New York

15

Das Flugzeug setzte zur Landung an und rollte dann über die Betonpisten des Kennedy Airport.

Der Kennedy Airport ist das Schlüsselloch Amerikas, doch was man sieht, wenn man hindurchschaut, ist nicht Amerika selbst, sondern es sind nur die gut geölten, glatt funktionierenden Metallteile des Schlosses.

Als ich die Maschine der Air India verließ, spie ich eine Betelnuß aus und hielt mir die geschwollene Hand. Überall wimmelte es von hastenden Menschen, und ich ertappte mich dabei, daß ich mich ebenfalls beeilte; bis mir einfiel, daß ich nicht einmal ein Ziel hatte.

Ein Angestellter in der Air-India-Uniform sagte: »Sind Sie Mr. Dempsey? Passagier der Air India?« Ein Transistorradio plärrte so laut, daß er schreien mußte. Ich nickte. Er kontrollierte meinen Paß und reichte mir dann einen dicken Umschlag. Das Kuvert enthielt dreihundert Dollar in Banknoten, einen Plastikbeutel mit der Aufschrift ›Kleingeld‹ – es waren zwei Dollar in Münzen – und einen Stoß politischer Schriften, durchweg antikommunistische Propaganda. Ich stopfte alles in den Umschlag zurück und rief den Computer an. Die metallische Stimme sagte: »Keine Instruktionen. Melden Sie sich morgen um die gleiche Zeit wieder. Haben Sie die Broschüren gelesen? Sprechen Sie die Antwort auf Band und legen Sie auf.«

»Ja, ich habe sie gelesen«, sagte ich. Dawlish hatte leicht reden, ich sollte die Befehle des Computers befolgen – er brauchte sie ja nicht auszuführen!

Ich warf mein Gepäck in ein klappriges Taxi. »Washington Square«, sagte ich.

»Tunnel oder Brücke?« fragte der Fahrer.

»Brücke«, erwiderte ich. »Ich bin lieber über dem Wasser als drunter.«

»Gemacht«, sagte der Fahrer. »Sechs Dollar.«

»Können wir unterwegs irgendwo bei einem Arzt halten?« erkundigte ich mich. »Ich habe mir den Finger gebrochen.«

Das verrostete Taxi ratterte über die Fifth Avenue, die Längsachse Manhattans, während der Fahrer mir erklärte, welche Fehler in Washington gemacht worden waren. Überall herrschte reges Leben. Für die New Yorker nimmt die Nacht niemals ein Ende; als Beweis dafür lassen sie ständig die Lichter brennen.

Von meinem Hotel am Anfang der Fifth Avenue machte ich nur gelegentlich einen kurzen Ausflug in den Neon-Dschungel. Während der übrigen Zeit leckte ich meine Wunden, zählte meine Schrammen und pflegte der Ruhe. Am dritten Abend in New York sah ich mir ein Fernsehprogramm an. Draußen trommelte der Regen auf die Feuertreppe und klatschte gegen die Scheiben. Ich schloß das Fenster und stellte die Heizung an. Dann schenkte ich mir einen Whisky ein.

Auf dem Bildschirm saß ein Mann in einem offenen Kabriolet und verkündete: »Es ist schön warm und sonnig bei uns in Florida. Kommen Sie uns besuchen – am besten sofort. Nur vierundzwanzig Monatsraten.« Mein gebrochener Finger schmerzte teuflisch. Ich badete ihn in heißem Wasser und einem Antiseptikum, und dann trank ich wieder Whisky. Als das Telefon schrillte, war der Pegel bis unter das Etikett gesunken.

»Stage Delicatessen«, sagte die Stimme im Apparat. »Seventh Avenue 834. Sofort. Sicher. Wollen Sie auch hinein?« Ich überlegte, was wohl geschah, wenn ich den Anruf ignorierte oder so tat, als sei ich es nicht; aber ich hatte das sichere Gefühl, sie wußten genau, daß ich es war. Also steckte ich meinen Kopf unter die kalte Brause, zog mich an, nahm meinen Regenmantel und ging. Der Portier pfiff ein Taxi heran, das mich zum Stage Delicatessen brachte. Vor der Tür stand ein Mann in einem blauen Popelinemantel und schwenkte ein Bündel Theaterzeitungen. Von dem Erkennungssatz schien er nichts zu halten.

»Okay, Kumpel«, sagte er, als ich auf ihn zukam. »Gehen wir.«

»Ich denke nicht daran«, protestierte ich. »Zuerst brauche ich ein heißes Pastrami-Sandwich.« Wir drängten uns in den bereits überfüllten Raum und aßen beide ein Sandwich. Nach jedem Bissen sagte der Mann im blauen Regenmantel: »Beeilen Sie sich.« Draußen wartete ein schwarzer Wagen mit Diplomaten-Kennzeichen, wir stiegen ein, und der farbige Chauffeur reihte sich ohne ein Wort in den Verkehr ein. Wir überquerten den Columbus Circle. Der blaue Regenmantel vertiefte sich in einen Zeitungsartikel und kaute auf einem Zahnstocher herum.

»Wohin fahren wir?« fragte ich.

Der blaue Regenmantel antwortete: »Sie befolgen Ihre Befehle, und ich befolge meine. Okay?« Der Fahrer schwieg, aber inzwischen waren wir auf dem Broadway in Höhe der siebziger Straßen und fuhren immer noch nordwärts. Dann bog der Wagen plötzlich links ab und hielt vor einer der alten Villen auf der West Side, die fast wie mittelalterliche Burgen aussehen. Der Fahrer griff nach dem Autotelefon.

»Kommen Sie, Kumpel«, forderte mich der blaue Regenmantel auf. Er stopfte die Zeitungen in die Tasche und zog ein Gesicht, als habe er sich mit dem Zahnstocher verletzt. »Der Alte ist heute geladen«, sagte er.

Die untere Hälfte des Bauwerks bestand aus Türmchen, Balkons und Eisengittern, die obere war eindeutig flämisch. Er klingelte nicht, und so standen wir nur da und stierten die schwere Tür an.

»Worauf warten wir?« fragte ich. »Wann lassen die endlich die Zugbrücke runter?«

Der blaue Regenmantel musterte mich, als wolle er sich den Verlauf meiner Halsschlagader einprägen. Dann rasselte es, und mit einem leisen Summton schwang die Haustür auf. Der blaue Regenmantel deutete stumm hinein und kehrte zum Wagen zurück. Er und der Fahrer warteten, bis ich das Haus betreten hatte, dann erst brausten sie eilig in südlicher Richtung davon. Vermutlich hatten sie auch Appetit auf ein zweites Sandwich.

Die Einrichtung des Hauses war alt, und das kann in Amerika zweierlei bedeuten: entweder, daß man's geschafft hat, oder daß man den Anschluß verpaßt hat. Damit kein Irrtum entstand, waren die antiken Gegenstände hier indirekt beleuchtet.

Die Tür war zwar elektrisch geöffnet worden, direkt dahinter aber standen zwei farbige Diener in grauer Seidenlivrée und grüßten devot. In der Halle empfing mich ein hochgewachsener Mann in der rot-weißen Uniform eines Soldaten aus dem achtzehnten Jahrhundert. Ich folgte ihm durch den marmorverkleideten Korridor. Durch eine offene Tür zu meiner Rechten sah ich zwei weitere Soldaten, die mit ihren Bajonetten eine Kiste Champagner aufstemmten. Ich wurde in einen hohen Raum mit dunkler Eichentäfelung geführt, in dem sieben junge Männer, ebenfalls in der Uniform der Rotröcke, um einen langen Eßtisch saßen und aus Zinnkrügen tranken. Das Haar trugen sie einheitlich weiß, gelockt und lang. Ein junges Mädchen in langem, tief ausgeschnittenem Kleid mit Schärpe und Schürze saß im Hintergrund auf einem Sofa. Die ganze Szene wirkte wie aus einem historischen Film geschnitten. Der Mann, der mich hereingebracht hatte, holte von einem Walliser Schrank einen Zinnkrug, füllte ihn mit Champagner und reichte ihn mir. »Bin gleich wieder da«, sagte er.

»Lassen Sie sich nur Zeit«, erwiderte ich.

Eine Tür in der gegenüberliegenden Wand öffnete sich, und ein Mädchen erschien, das ein ähnliches Kleid wie das erste trug, nur war das ihre aus Seide, und die Schürze war reich bestickt. Sie trug eine kleine Pappschachtel unter dem Arm. Durch die offene Tür drangen gedämpfte Mozart-Klänge. Das Schachtelmädchen fragte: »Hat er schon seine Hand zerbrochen?«

Die erste antwortete: »Noch nicht«, und die zweite kicherte.

Einer der Soldaten deutete mit dem Daumen über die Schulter auf mich und sagte: »Ein Neuer. Will mit dem General sprechen.« Er sagte das, als hätte ich Logenplätze beim Jüngsten Gericht.

Das Mädchen mit der Pappschachtel begrüßte mich. »Herzlich willkommen im Unabhängigkeitskrieg.« Ein paar der Soldaten grinsten. Ich schluckte meinen Champagner wie bittere Medizin.

Gleich darauf kam der erste Soldat zurück und verkündete: »Der General läßt bitten«, wobei er respektvolle Betonung auf das Wort ›General‹ legte. Er nahm einen Dreispitz von dem Walliser Schrank und setzte ihn sorgfältig auf.

Vor mir her ging er durch die Halle und die Treppe hinauf. Hier war die Musik schon lauter, es war der zweite Satz von Mozarts A-Dur-Konzert. Der Soldat hielt beim Gehen seinen Säbel mit der linken Hand fest, damit er nicht gegen die Stufen schlug. Der Korridor oben war mit antiken Öllampen beleuchtet. An drei Türen gingen wir vorüber; die nächste Tür stieß er auf. Sie führte in ein Herrenzimmer. Auf einem eingelegten Schreibtisch waren sorgfältig Silbergegenstände arrangiert. An einer Wand hingen, mit bescheidener Eleganz gerahmt, alte Dokumente – einige davon lediglich Unterschriften –, doch davon abgesehen waren die Wände kahl, falls man Seidentapeten als ›kahl‹ bezeichnen kann. In einer Ecke sah ich eine Verbindungstür, und von dort klang jetzt der dritte Satz des Mozart-Konzerts herüber.

Die Musik endete, und die Tür ging auf. Wieder kam einer der historischen Soldaten herein und meldete: »General Midwinter.« Beide Rotröcke nahmen Haltung an. Der Beifall wollte nicht aufhören.

Dann erschien Midwinter im Türrahmen, drehte sich aber noch einmal um und applaudierte mit weiß behandschuhten Händen. Er sprach mit jemandem, der noch nicht zu sehen war, und ich blickte an ihm vorbei in den von Kronleuchtern strahlend erhellten Raum, wo Damen in weißen Toiletten saßen.

»Hier entlang«, sagte der General. Er war winzig, adrett und gepflegt wie die meisten kleingewachsenen Menschen, und trug die goldstrotzende Uniform eines englischen Generals aus dem achtzehnten Jahrhundert, mit Fangschnur und schenkelhohen Stiefeln. Er hob sein Generalsstöckchen und sagte noch einmal: »Hier entlang, meine Herren.« Seine Stimme war weich, besaß aber trotzdem einen metallisch-harten Unterton, und er sagte ›meine Herren‹, wie seine Freunde ›General‹ sagten.

Als das kleine Orchester durch sein Arbeitszimmer marschierte, klemmte der General das Stöckchen unter den Arm und applaudierte dezent. Nachdem der letzte Geiger verschwunden war, schaltete der General die Lampe an und nahm hinter dem pedantisch aufgeräumten Schreibtisch Platz. Er rückte ein paar silberne Briefbeschwerer zurecht und strich sich mit der Hand über das lange, weiße Haar; ein riesiger Smaragdring schleuderte dabei seine Blitze bis in die hinterste Zimmerecke. Midwinter deutete auf einen Stuhl. »Erzählen Sie mir von sich, junger Mann.«

Ich fragte: »Können wir nicht ohne das Publikum auskommen?«, und er sagte: »Gewiß. Verschwindet, ihr beiden!« Die Wachtposten salutierten und gingen hinaus. General Midwinter erkundigte sich: »Wie ist Ihre Telefonnummer?«

»Spring 7-7000.«

»Das macht fünf Millionen, neunhundertneunundzwanzigtausend«, sagte Midwinter, »im Quadrat. Die Quadratwurzel ist zweihundertsiebenundsiebzig Komma vier neun. Das kann ich mit jeder Zahl machen, die Sie mir nennen«, erklärte er. »Mein Vater konnt das ebenfalls. Es ist wahrscheinlich eine erbliche Begabung.«

»Hat man Sie darum zum General gemacht?« fragte ich.

»Man hat mich zum General gemacht, weil ich alt bin. Wissen Sie, Alter ist unheilbar. Die Leute glauben, sie müßten unbedingt etwas für einen tun; mich haben sie zum General gemacht. Okay?« Er zwinkerte mir zu, runzelte aber sofort die Stirn, als habe er es sich anders überlegt.

»Okay«, stimmte ich zu.

»Gut.« Das Wort enthielt eine gewisse Drohung. Midwinter beugte sich vor, und das grelle Licht machte sein Alter deutlicher. Sein Fleisch war schlaff, die Augen rotgerändert, die Haut gelb, mit braunen Altersflecken.

Seine weiß behandschuhten Hände lagen still auf der Schreibtischplatte wie schlafende Tiere, bis eines der Tiere zu dem Stöckchen hinüberkroch, es aufnahm und mit scharfem Schlag auf die Tischplatte krachen ließ.

»Man hat mir berichtet, daß Sie recht eigensinnig sind«, fuhr Midwinter fort. »Ich erwiderte, daß mich das nicht stört, da ich selber ein wenig eigensinnig bin.«

»Dann werden wir uns wohl beide nicht mehr ändern.«

»In Ihrem Fall bin ich nicht ganz so sicher.« Klappernd ließ er das Stöckchen fallen. »Wenn Sie sehen, was für einen Apparat wir haben – nicht nur hier, sondern auf der ganzen Welt –, dann werden Sie sich uns schon anschließen.« Das weiße Tier nahm den Stock wieder auf.

»Sie absolvieren jetzt Ihre Probezeit. Und das hier ist der Beweis für das Vertrauen, das wir in Sie setzen.« Er nahm einen braunglänzenden Golfball, wie ich ihn auch bei Pike gesehen hatte, und rollte ihn über die Tischplatte auf mich zu. Ich fing ihn auf und betrachtete ihn. »Diese Kugel enthält amerikanische Erde – die Erde der Freiheit. Ich hoffe, Sie werden diese Erde in Ehren halten und ihr die Treue bewahren.« Er klopfte auf den Tisch, als wäre dort alles aufgezeichnet und ich hätte es mir längst einprägen müssen.

»Erst wenn Sie von Ihrer Ausbildung zurückkommen, haben Sie die Probe bestanden – dann haben Sie unser Vertrauen verdient.«

»Und angenommen, Sie kommen zu der Überzeugung, daß Sie mir doch nicht trauen können?«

»Dann kommen Sie nicht mehr zurück«, schniefte Midwinter.

»Dann sollte vielleicht ich es sein, der Ihnen mißtraut.«

»Aber nein«, sagte Midwinter in väterlichem Ton. »Sie gefallen mir. Sie werden feststellen, daß ich der einzige bin, dem Sie stets voll vertrauen können. Einem Finanzmann können Sie immer trauen, denn was der investiert, das zählt. Wenn er etwas anfängt, dann geht es um bunte Scheinchen, die überall auf der Welt hoch im Kurs stehen. Darum sagen Sie nie, man könne einem Finanzmann nicht trauen, denn er ist der einzige, bei dem man es wirklich kann. Kapiert?«

»Ja.« Midwinter nickte und stieß ein keuchendes Lachen aus. Eines der beiden weißen Tiere lag und schlief, das andere kroch hinüber und beschnupperte es.

»Wissen Sie«, begann er von neuem, »ich verstehe Sie auch. Sie halten mich für einen einsamen, alten Mann, der sich einen Platz in der Geschichte erobern will. Aber es ist viel einfacher: Ich liebe. Ich liebe mein Vaterland. Kapiert?« Das eine weiße Tier nahm den Stock und schlug damit im Rhythmus von Midwinters Worten auf das schlafende Tier ein. Im Nebenzimmer hörte ich den perlenden Lauf einer Klarinette und ein paar Probetöne einer Posaune. »Kapiert?« fragte Midwinter noch einmal.

»Jawohl.«

»Nein«, entgegnete Midwinter. Seine Stimme war laut, aber nicht feindselig. Er beugte sich über den Schreibtisch, betrachtete seine Hände, seinen Stock, mich, und als er dann wieder sprach, geschah es in leisem, überredendem Ton. »Sie haben nicht begriffen, wie diese Liebe beschaffen ist, die ich für unser herrliches Land empfinde. Eine Liebe wie diese – wie meine – gibt es heutzutage nicht mehr. Meine Liebe drückt sich aus in dieser großen Gemeinschaft tapferer junger Männer, die ihren Stolz darein setzen, ihr Land stark zu machen. Ich liebe mein Vaterland, und diese Liebe äußert sich so, daß ich mich bemühe, das, was ich liebe, stark zu machen. Verstehen Sie mich jetzt, junger Mann?« Er hatte sich heißgeredet.

»Jawohl, Sir«, antwortete ich laut. Er hob den Stock.

»Stark«, wiederholte Midwinter, und das Tier mit dem Stock traf das schlafende Tier mit solcher Kraft, daß ich das unangenehme Geräusch splitternden Holzes hörte. Ein Bein des schlafenden Tieres zuckte krampfhaft hoch, dann streckte es sich und starb. »Ich habe gewußt, daß Sie mich verstehen würden«, erklärte Midwinter. »Ich hab's gewußt.« Er nahm seine zerbrochene Hand von der Platte und zog den weißen Handschuh herunter. Die Holzfinger der Prothese waren verkrümmt und beschädigt, und als er sie langsam unter der Lampe hin und her drehte, hatte ich das Gefühl, daß meine geschwollene Hand wieder stärker schmerzte.

Es klopfte, dann wurde die Tür geöffnet; das Mädchen mit der Pappschachtel erschien. Nebenan begann die Tanzkapelle zu spielen. Midwinter betrachtete noch immer die Hand. Das Mädchen beugte sich über ihn und küßte ihn auf die Wange. »Du hast mir's doch versprochen«, sagte sie vorwurfsvoll. »Die werden eben nicht stabil genug gemacht«, stellte Midwinter fest. Seine Begeisterung war erloschen, und er wirkte bedrückt. Sie küßte ihn abermals und warnte ihn: »Du darfst dich nicht zu sehr aufregen.« Dann wandte sie sich an mich und erklärte: »Er regt sich immer viel zu sehr auf.« Sie rollte seinen Ärmel zurück, um die Ansatzstelle der Prothese freizulegen. Midwinter winkte mir mit dem Stock. »Sie gefallen mir«, sagte er. »Gehen Sie, amüsieren Sie sich gut auf unserem Kostümfest. Wir können uns morgen noch einmal unterhalten. Wenn Sie sich in Ihrem Straßenanzug unbehaglich fühlen, lassen Sie sich ein Kostüm verpassen.« Er zwinkerte mir zu, als pflege er damit seine Besucher zu entlassen.

»Nein, danke«, lehnte ich ab. »Von Uniformen kriege ich Ausschlag.« Dieses Haus gehörte zu den wenigen Örtlichkeiten, wo ich es vorzog, mich von den anderen zu unterscheiden.

Ich mischte mich also unter die Marketenderinnen und Rotröcke. Der Scotch floß in Strömen. Auch Harvey war da; er steckte ebenfalls in einer Uniform, lächelte unentwegt, führte seine hübschen, kleinen Tanzeinlagen vor, tat, als lasse er Teller fallen, um sie in letzter Sekunde aufzufangen, und alle Mädchen machten »Oh!« und maßen einander mit eifersüchtigen Blicken. Ich ließ Harvey nicht aus den Augen und versuchte, unter den ständig wechselnden Launen den eigentlichen Menschen zu entdecken. Sein Augenmaß war ausgezeichnet: Trotz seiner ungeschickten Bewegungen stieß er kein einziges Mal etwas um. Seine Augen blickten klar, aber seine weiße Perücke saß schief. Ich war überzeugt, daß er mehr als nur einen über den Durst getrunken hatte, aber seine Artikulierung blieb tadellos, und seine Stimme veränderte sich nicht.

Harvey erspähte mich im äußersten Ring seiner Bewunderer. »Na, du alter Gauner!« Er beugte sich vor und packte meinen Arm, wie um sich zu vergewissern, daß ich keine Fata Morgana war. »Wird ja auch Zeit, daß du mal lächelst, du Miesepeter. Du siehst betrunken aus«, stellte er fest. Er winkte einen Diener heran und nahm ihm zwei Drinks vom Silbertablett. Der Diener wollte weitergehen. »Hiergeblieben!« Harvey bestand darauf, daß ich drei überdimensionale Martinis kippte, und trank selber drei zur Gesellschaft mit. »So, und jetzt können wir anfangen«, sagte er dann und zog mich zur Tür. »Das einzig Gute an diesem Ringelpietz ist doch der Schnaps.«

Anscheinend fürchtete Harvey, verdursten zu müssen, denn er schnappte sich noch zwei Drinks und legte dann eine kleine Tanznummer auf das Parkett. Die Band sah ihn und nahm den Rhythmus auf, und das war genau, was ihm noch fehlte: Nicht lange, und die übrigen Tänzer machten ihm Platz, und er gab ihnen, gelassen und wendig, eine gekonnte Gene-Kelly-Show. Gelegentlich trank er dabei aus den zwei Gläsern, die er hielt, um immer schnellere Schritte, immer höhere Sprünge vollführen zu können. Seine Begeisterung griff auf die Musiker über; sie steigerten das Tempo, und Harvey zog mit und zeigte Dinge, die er sonst niemals geschafft hätte. Als die Musiker spürten, daß Harvey müde wurde, leiteten sie zum Finale über, und dann rauschte begeisterter Beifall auf. Harvey stand grinsend und mit gerötetem Gesicht da, während der Diener mit einem großen Silbertablett auf ihn zutrat, auf dem nur zwei Gläser standen. Irgendein Witzbold riß eine grüne Ranke ab, bog sie zu einem Siegerkranz, und die Soldaten zogen die Säbel und bildeten ein Spalier, unter dem Harvey würdevoll hindurchschritt. Auch als er auf den Balkon hinaustrat, hielt im Ballsaal der Beifall noch an.

Harvey sagte: »He, da haben wir aber Eindruck gemacht! Du bist wirklich nicht schlecht.« Doch das war Unsinn, denn ich hatte nur Harveys Schritte kopiert und war stehengeblieben, als es zu schwierig wurde.

Harvey grinste. »Die drei großen Martinis mußten ja wirken. Ich kenne dich doch.«

Es hatte aufgehört zu regnen. Auf dem Balkon war es kühl; die Nacht war dunkel und nur weit hinten am Broadway spiegelte sich buntes Neonlicht in den Fensterscheiben der gegenüberliegenden Häuser. Harvey holte zwei Zigarren heraus, und wir rauchten, während wir das Glühen über der Stadt betrachteten. Bis Harvey sagte: »Das alles ist bloß so'n Riesenspielzeug«, und ich antwortete: »Ja, mit acht Millionen Verschleißteilen.«

»Verschleißteile«, sagte Harvey, »ja.« Die Straße unten war leer bis auf ein junges Liebespaar. »Sie hätten dich nicht umgebracht«, fuhr Harvey fort. »Ein bißchen zusammengeschlagen, ja; aber nicht umgebracht. Daß es gefährlich wurde, hast du nur Stok zu verdanken, weil der ja unbedingt seine Kavallerie schicken und sie verhaften lassen mußte.«

»Besser eine Gefahr, die man kennt, als eine Gefahr, die man nicht kennt«, stellte ich fest.

Hinter uns klappte die Balkontür. Das Mädchen, das die Ersatzhand des Generals in einem Pappkarton mit sich herumgetragen hatte, kam zu uns heraus.

»Harvey, Liebling...« sagte sie in demselben vorwurfsvollen Ton, in dem sie mit General Midwinter gesprochen hatte.

»Was ist, mein Schatz? Will uns der General sein Flugzeug nicht leihen?«

»Ach, Harvey«, klagte das Mädchen. »Ich komme mit dem General aus dem Herrenzimmer, und da bist du und spielst den Clown. Begreifst du denn nicht, wie peinlich mir so etwas ist?«

»Nein«, sagte Harvey.

»Es war mir furchtbar peinlich, Harvey. Ich habe mich richtig geschämt.«

Harvey kniff die Augen zusammen und starrte sie an. »Weißt du was, Liebling?« sagte er. »Alkohol macht dich wunderschön.«

»Ich habe keinen Alkohol getrunken«, widersprach sie geduldig, als hätten sie diesen Dialog schon endlose Male geführt.

»Nein. Aber ich.«

»Wenn unsere Ehe dir schon nichts bedeutet, Harvey, dann solltest du wenigstens ein bißchen Selbstachtung haben. Und jetzt gehen wir. Ich bin in fünfzehn Minuten fertig.« Damit rauschte sie wieder davon und raschelte, um die Wirkung ihres Abgangs noch zu unterstreichen, gekonnt mit den langen Röcken.

»Meine Frau«, sagte Harvey erklärend.

»Ja«, antwortete ich.

»Eines Tages schließe ich ihre elektrische Zahnbürste kurz...« Er brach ab. Es sollte wohl ein Scherz sein, aber er grinste nicht.

»Sie spioniert mir nach, weißt du das? Meine eigene Frau spioniert mir nach. Wenn man sie reden hört, sollte man denken, ich wäre ihr Diener. Wenn man sie reden hört, sollte man denken, dieser Midwinter wäre der liebe Gott.«

»Das kann man immer denken, wenn man jemand von Midwinter reden hört.«

»Genau. Diese Lakaien hier tun, als verkörpere er sämtliche Helden der amerikanischen Geschichte zusammen.«

»Nur du nicht, wie?«

»Das habe ich nicht gesagt. Ich halte ihn für einen großen Mann. Ernsthaft. Für einen wirklich großen und mächtigen Mann. Er wird zwar nicht Präsident der Vereinigten Staaten werden, aber er wird dem Präsidenten sehr nahestehen. Wenn die Front der Konservativen wieder die Macht in diesem Lande ergreift, dann wird Midwinter der Herrscher hinter dem Thron... und möglicherweise stimmt es wirklich, wenn ich ›Thron‹ sage.« Harvey lächelte. »Aber er traut niemandem. Keinem Menschen.«

»Das ist eine Berufskrankheit von unsereinem.«

»Ja, aber unser Freund hier zapft Telefone an, fängt Post ab, läßt Freunde und Verwandte beschatten. Sogar auf seine eigenen Mitarbeiter setzt er Agenten an. Ziemlich schäbig, findest du nicht?«

»Ich finde nur, wir sollten nicht allzu sicher sein, daß auf diesem Balkon kein Mikrofon versteckt ist.«

»Ich bin überhaupt nie sicher, aber jetzt bin ich so betrunken, daß mir das scheißegal ist.« Auf einmal fiel Harvey etwas anderes ein. »Hör mal, du Gauner«, sagte er, »warum hast du eigentlich die Eier in dem Paket vertauscht?«

»Ich habe dir doch erzählt, daß mir das Päckchen auf dem Weg zum Londoner Flughafen mit dem Gepäck gestohlen wurde.«

»Erzähl's mir noch mal.«

»Ich sage dir doch, es war derselbe Mann, der mir von Dr. Pikes Praxis aus nachgegangen ist. Volles Gesicht. Schwarze Hornbrille. Mittelgroß.«

Harvey ergänzte: »Du sagtest, abstehende Ohren, schlechte Zähne, lange Haare, sprach wie ein Engländer, der für einen Yankee gehalten werden wollte, Mundgeruch. Du hast mir eine sehr ausführliche Beschreibung gegeben.«

»Ganz recht. Die Brille war so gebaut, daß sie die Ohren abstehen ließ. Er war Amerikaner, der in sein Amerikanisch etwas Cockney mischte, um wie ein Engländer zu wirken, der den amerikanischen Akzent nachahmt. über die kahle Stelle auf seinem Kopf hatte er ein Toupet gestülpt. Ich konnte seinen Haaransatz nicht genau sehen; wenn er also nicht immer mit der Hand danach getastet hätte, dann hätte ich es gar nicht bemerkt. Zwei Vorderzähne hatte er sich mit Bühnenschminke geschwärzt und außerdem eine Chemikalie benutzt, um den Mundgeruch zu erzeugen – ein uralter Trick, wenn man verhindern will, daß die Leute einem zu nah ins Gesicht sehen. Er stahl mein Gepäck, nachdem es den Zoll passiert hatte.« Ich hielt inne.

Harvey grinste. »Jawohl«, frohlockte er. »Das war ich.«

Ich fuhr fort: »Ich würde sagen, er war ein Transitpassagier, der bei einer Zwischenlandung seine Maschine verließ, in der Toilette einen Overall anzog, mit einem Gepäcktransporter davonfuhr, sich das heraussuchte, worauf er es abgesehen hatte, und pünktlich zum Weiterflug wieder in seiner Maschine saß, ohne überhaupt durch den Zoll zu gehen. Nicht schlecht für einen Mann, der nach dem College nur Schmierenschauspieler war.«

Harvey lachte. »Schuhe mit verdickter Sohle, Haftlinsen, die die Augenfarbe verändern, schmutzige Fingernägel und eine Spur Farbe auf den Lippen, damit das Gesicht blasser wirkt. Das hast du alles vergessen.« Er starrte auf seine Füße und beobachtete sie bei ein paar Tanzschritten.

»Du hältst dich wohl für superschlau, was?« fragte er dann. Er hob den Kopf immer noch nicht und hörte auch nicht auf zu tanzen. Ich schwieg. Da beendete er den Tanz, mit einem Fuß in der Luft, und sah mich an. »Du hast dafür gesorgt, daß deine Prophezeiung über Pike in Erfüllung ging, nicht wahr? Pike springt über die Klinge, und du hast eine freundschaftliche, kleine Konferenz mit Stok.«

Wahrscheinlich wollte Harvey, daß ich ihn schlug. Doch ob er leiden wollte, oder ob er nur einen Grund suchte, um zurückschlagen zu können, konnte ich nicht sagen. Bestimmt aber wollte er, daß ich ihn schlug.

Harvey sagte: »Ein nettes, kleines Gespräch über Turgenjew. Du wußtest, daß Stok dir nichts tun würde. Für ihn bist du ein Repräsentant der englischen Krone. Wenn er dir das Handwerk legte, dann hätte London dafür all den kleinen Leuten, die dort irgendwie mit dem Ring der Sowjets Verbindung haben, das Handwerk gelegt. Nein, wenn du nur einigermaßen diskret bleibst, hast du in Rußland nichts zu befürchten. Und das macht mich so krank: Du lachst und plauderst mit Stok, während unser Mann dasitzt wie ein hypnotisiertes Kaninchen.«

Ich wandte ein: »Stok ist gar nicht so schlecht im Vergleich zu einigen Leuten, mit denen ich arbeiten muß; ganz zu schweigen von manchen, *gegen* die ich arbeite. Stok weiß, auf welcher Seite er steht, und ich weiß es auch. Darum verstehen wir einander so gut.«

»Stok ist ein verdammt blutdürstiges, skrupelloses Schwein.«

»Das sind wir alle«, sagte ich. »Halb skrupellos und halb verdammt.«

»Vielleicht hättest du zu Pike gehen und ihm das sagen sollen. Die eine Hälfte von uns ist skrupellos, die andere Hälfte verdammt. Du hättest Pike sagen sollen, zu welcher Hälfte er gehört.«

»Wir sind alle halb skrupellos und halb verdammt. *Das* wollte ich sagen.«

»Du bist blau«, entschied Harvey. »Sonst wärst du nicht so sentimental.«

Die Balkontür stand offen. Ich steckte den Kopf hindurch, um zu sehen, warum die Musik nicht mehr spielte. Vor der Band stand General Midwinter, lächelte gütig auf die dicht gedrängten Gäste hinab und hob seine behandschuhte Hand, als wolle er sie versteigern. Die Gäste verstummten.

»Wir halten inne in unserem Vergnügen, um ein kurzes Gebet zu sprechen«, verkündete Midwinter; er beugte den Kopf, und mit ihm blickten alle Anwesenden auf ihre Hände hinab. »Vater im Himmel«, begann der General, »hilf uns, unser geliebtes Vaterland vor einer großen Gefahr zu bewahren. Hilf uns, das Vaterland zu säubern und zu befreien von dem gottlosen Wirken der Kommunisten, die es von außen und innen bedrohen. Im Namen Jesu bitten wir dich. Amen.« Die Gäste sprachen ihm nach: »Amen.«

Ich sah zu Harvey hinüber, aber der starrte auf seine Füße, die schon wieder zu tanzen begannen. Während Midwinter vom Podium herunterstieg, drängte ich mich durch die Menge. Mercy Newbegin schob sich an mir vorbei.

»Woher weiß Harvey nur, was ich zu General Midwinter gesagt habe?« fragte sie mich.

Ich zuckte die Achseln. Woher in aller Welt hatte er gewußt, worüber ich mit Oberst Stok gesprochen hatte?

16

Am nächsten Morgen um Viertel vor zehn klingelte das Telefon. Ich hatte Kopfschmerzen. Eine Stimme, die mich mit ›alter Junge‹ anredete, schlug vor, ich solle ›auf einen Sprung rüberkommen‹ nach Greenwich Village; er wollte sich mit mir an der Ecke Bleeker und MacDougal Street treffen – in grünem Tweedmantel und grünem Filzhut.

Und so überquerte ich den Washington Square und schlenderte die MacDougal Street hinunter, in der die Kaffeehäuser für die reichen Nichtstuer liegen. Die schwarzen Stühle und Marmortische waren kahl; Männer in weißen Schürzen fegten den Boden, holten Eis und leerten die Mülleimer. An der Ecke Bleeker Street blieb ich stehen. Es war ein schöner, aber kalter Tag, und ein eisiger Wind blies durch die Querstraßen. Ich konnte niemanden entdecken, der aussah, als könnte er mein Anrufer im Tweedmantel sein. Vor einer kleinen Kirche fand eine altmodische Trauerfeier statt. Ich sah zu, bis die Kondolenzwagen mit eingeschalteten Scheinwerfern abfuhren; gleich darauf bekam ich einen Stoß in die Rippen und hörte eine leise Stimme.

»Nicht umdrehen, alter Junge. Ist ja nicht nötig, daß wir gleich alle beide wissen, wie ich aussehe. Kleiner Liebesbrief von der Firma. Viel Glück und so... Sie wissen schon.« Er hielt inne. »Interessant, wie? Auch 'n Statussymbol, 'ne teure Beerdigung.«

»So?« sagte ich. »Ich werd's mir merken.«

»Das nenne ich Humor. Wird Ihnen gefallen, das Village. Interessant. Ich wohne auch hier. Faszinierende Leute, was?« Wieder stieß er mir etwas in die Rippen – wie sich herausstellte, war es diesmal ein großer Briefumschlag, nicht seine Faust.

»Ja«, gab ich zurück.

Ich nahm den Umschlag. Der Mann machte sich davon, und ich hörte noch das protestierende Gemurmel der Neugierigen, denen er auf die Füße trat. Ich ließ ihm zwei, drei Minuten Vorsprung und ging dann ebenfalls.

In einem Café setzte ich mich ans Fenster und bestellte kanadischen Schinken und ein Kännchen Kaffee. Dann untersuchte ich den Umschlag, den mir der Engländer gegeben hatte. Er enthielt vier Briefe, an meine Londoner Adresse gerichtet. Jean hatte sie aufgemacht. Einer war ein Rundschreiben der Military Historical Society, zwei andere waren Quittungen für Gas- und Telefonrechnungen, die von Jean bezahlt worden waren. Der vierte kam von meinem Hauswirt, der sich darüber beschwerte, daß ich tief in der Nacht Lärm gemacht hätte. Außerdem lag ein Schreiben von Jean dabei. Es lautete:

›Dawlish hat die Spesenabrechnung für Januar wirklich unterschrieben; Du hast also doch recht gehabt, Du Neunmalgescheiter. Deine Putzfrau hat einen Zettel hinterlassen; sie bekommt noch für drei Wochen Lohn und will ihren Bruder in Brighton besuchen. Ich habe sie aus der Kleingeldkasse bezahlt. Du hast vergessen, die Milch abzubestellen. Mr. Dawlish läßt Dir ausrichten, daß es sich bei den Brüdern Pike um Letten mit britischem Paß handelt. Sie waren beide Mitglieder eines ziemlich verdächtigen Heimatvereins, aber sonst ist nichts über sie bekannt.

Die Pikes sind eine sehr gelehrte Familie; sie haben alle den Dr. med., aber Ralph Pike (der jüngere, der, du weißt schon wohin, gefahren ist) hat außerdem Biochemie studiert. Er wurde vermutlich dorthin geschickt, um sich einen biochemischen Apparat anzusehen, denn für einen Experten ist schon ein flüchtiger Blick sehr aufschlußreich, und Ralph Pike ist ein Experte. Wir hier sind überzeugt, daß sich die Pikes niemals dazu hergeben würden, den Virus dorthin zu schaffen, wo Du eben herkommst, oder auch nur im geringsten dabei behilflich sein würden. Im Gegenteil, politisch stehen sie so weit rechts, wie es nur geht, ohne herunterzufallen.

Auf Deine Fragen über Kaarna kann ich Dir keine erschöpfende Auskunft geben. Er wußte, daß eine Gruppe von Leuten daran interessiert war, gestohlene Viren zu verkaufen. Aus einem Grund, der uns bis jetzt unbekannt ist, schloß er, daß es sich um Engländer handeln müsse. Da er irgendwie naturwissenschaftlich ausgebildet war, erbot er sich wohl, die Viren zu untersuchen und festzustellen, ob sie was wert waren – und das alles nur, um an Informationen heranzukommen. Darum trug er den weißen Kittel (wie mir erinnerlich ist, sagtest Du, daß er aussah wie ein Schauspieler, der in einer Zahnpastawerbung den Zahnarzt spielt). Die Leichenöffnung ergab einwandfrei, daß er nicht an einer Kugel starb (das offene Fenster muß ein Täuschungsmanöver gewesen sein). Er wurde von einem nadelähnlichen Instrument getötet (punktförmige Wunde, heißt es in dem Bericht, viereinviertel Zoll tief), das bis in die Niere, die Nierenarterie, das Bauchfell und eine Darmschlinge drang. Das läßt den Schluß zu, daß sich ein ihm unbekannter Angreifer mit dieser Waffe in der Hand von hinten an ihn heranschlich und ihm den linken Arm um den Hals schlang (Stoffasern zwischen den Zähnen), um ihn am Schreien zu hindern. Überaus sicher gezielt, sagt das Pathologische Labor in Helsinki. Der Kriminalpolizei in Helsinki gegenüber haben wir nichts von den Eiern erwähnt, aber die Sicherheitspolizei hat Verdacht geschöpft, und wir müssen uns irgend etwas ausdenken, womit wir das Eigelb auf Kaarnas Leiche erklären können. hast Du Deine saubere Wäsche bekommen? Ich habe ihnen gesagt, daß es dringend ist, aber ich glaube, der Wagen fährt dienstags nicht Deine Tour. Ich habe ein paar von den Akten in Nebenakten unterteilt, und wir haben inzwischen eine ganze Menge aufgearbeitet; Du brauchst also nicht zu befürchten, daß Du am Wochenende arbeiten mußt, wenn Du zurückkommst. Mr. Dawlish hat mich gebeten, Dir einen Bericht über die Viren zu geben; ich lege ihn bei. Er ist zwar ein bißchen sehr biologisch, aber das dürfte Dir ja wohl keine Schwierigkeiten machen. In Liebe,

Deine Jean‹

Auf einem blauen Durchschlagbogen, der an den Brief angeheftet war, stand:

›Hier noch einige Informationen über das Eigelb auf Kaarnas Leiche und die Eier in Pikes Schachtel. Viren haben eine regelmäßige, geometrische Form. Sie sind größer als Protein-Moleküle, aber kleiner als Bakterien. Sie verursachen Polio, Pocken, Maul- und Klauenseuche, Grippe, Rinderkrankheiten, Pflanzenkrankheiten, Halsentzündungen und Krebs. Jede Woche werden neue entdeckt. Sie befallen Menschen, Pflanzen, Tiere und Bakterien. Manche Viren nehmen sich Bakterien vor, andere Körperzellen. Sie dringen in eine Wirtszelle ein, in der sie dann leben. Das medizinische Problem besteht darin, die Viren anzugreifen, ohne die normalen Zellen zu beschädigen. Wenn der Virus eine Zelle befällt, greift er in die Steuerung des Baumusters oder in das Kommandosystem dieser Zelle ein, und wenn die Zelle sich teilt, ist jede neue Zelle von nun an jeweils schon von dem Virus befallen. Übertragung des Virus: Der Virus lebt bei normaler Körpertemperatur – 37 Grad Celsius – und kann in befruchteten Hühnereiern kultiviert werden. Man durchleuchtet das Ei, um zu sehen, wo das Dotter liegt, trepaniert das Ei, injiziert den Virus durch die Glashaut (die feste, weiße Haut) in das Dotter und setzt das Stück Schale wieder ein. Der Virus, um den es hier geht, ist ein Anti-Virus-Virus. Er dringt durch Tröpfcheninfektion – z. B. die Luftwege – in den Körper ein, und stimuliert das retikuloendotheliale System, einen Aminosäurenkomplex wie etwa Interferon zu produzieren. Dieser verhindert das Wachstum weiterer Viren, indem es die fremde Nukleinsäure zerstört, bevor sie in die Zelle gelangt.

Ich hoffe, Du kannst etwas damit anfangen. Diese Auskunft hat mich vier Stunden bei einem Wissenschaftler gekostet und zog sich über zwei Glas Sherry, drei Flaschen Wein, einen Schluck Kognak und einen Heiratsantrag hin. Bring mir ein paar Schallplatten mit. Wie wär's mit Coltrane, Kirk & Rollins? – Jean.‹

Ich trank meinen Kaffee in kleinen Schlucken und überlegte, ob meine Sekretärin Jean wohl zur Arbeit in anderen Abteilungen herangezogen wurde. Ich überlegte, wie viele unerledigte Akten wohl auf mich warteten, wenn ich nach Hause kam, und war tief in Gedanken versunken, als jemand von außen an das Fenster klopfte, an dem ich saß. Es regnete in Strömen, aber direkt vor meiner Nase, auf dem naßglänzenden Pflaster der Eighth Street, stand Signe. Sie stand dort und schien geladen mit Begeisterung und Energie, wie eine Bombe mit extrem kurzer Zündschnur. Ihre Haut war gebräunt und sommersprossig wie ein dunkles Hühnerei. Sie lächelte ihr breites Lächeln und zeigte zu viele sehr weiße Zähne. Ihr Haar klebte naß und strähnig am Kopf. Sie trug einen gelben Ölhautmantel, der ihr um viele Nummern zu groß war, und der durch die Nässe noch glänzender wirkte.

Abermals klopfte sie an das Glas. Mehrere Gäste sahen sich nach ihr um und nickten anerkennend. Ich winkte ihr, hereinzukommen und einen Kaffee zu trinken, aber sie schüttelte den Kopf, klopfte noch einmal an die Scheibe und formte mit dem Mund die Worte: »Komm raus!«

Ich ließ zwei Dollar und ein erst halb gegessenes Schinkensandwich auf dem Tisch zurück und trat auf die Straße. Signe schlang ihre gelben nassen Ölhautarme um meinen Hals und beglückte mich mit einem Kuß. Ihre spitze Nase war eiskalt, und ihr Gesicht tropfnaß vom Regen. Sie redete wie ein Wasserfall, schüttelte mir unaufhörlich die Hand und starrte mir ins Gesicht, als könne sie es nicht fassen, daß ich es wirklich war.

Sie ratterte: »Bist du gestern abend auf General Midwinters Kostümfest gewesen? War es schön? Ich wäre auch so gern gegangen. Hast du General Midwinter gesehen? Ist er nicht fabelhaft? Bist du Harvey begegnet? Mit uns ist es aus, mit Harvey und mir. Seine Frau war auch da, nicht wahr? Hat es Champagner gegeben? Ich liebe Champagner. Kaufst du Champagner, wenn ich heute abend für dich koche? Nur wir beide. Ist diese Mercy Newbegin nicht gräßlich? Ich bin nicht hingegangen, weil ich mit Harvey Schluß gemacht habe. Und weil ich diese Mercy Newbegin nicht sehen wollte. Und außerdem hatte ich keine passenden Schuhe.« Sie hielt inne, sah zu mir auf und sagte: »Das hätte ich nie gedacht, daß ich dich noch einmal wiedersehe. Du haßt mich doch nicht, oder?«

»Warum sollte ich?«

»Na ja, ich benutze dich doch immer als seelischen Abfalleimer. Männer mögen das nicht, vor allem nicht, wenn es um andere Männer geht. Das ist ganz natürlich. Ich möchte auch nichts von deinen Amouren hören.«

»Wirklich nicht? Aber du wirst ganz naß. Soll ich sehen, ob ich ein Taxi bekomme?«

»Nein, nein, nein. Ich wohne in der Eighth Street, und außerdem gehe ich gern im Regen spazieren.«

»Ich auch.«

»Wirklich?«

Signes Wohnung lag in einem Häuserblock, der im Parterre Geschäfte beherbergte. Der Hausflur war trübselig, eine Scheibe der Glastür zerbrochen. Signe wohnte im ersten Stock. Ihre Diele war mit einer Strohtapete beklebt, und die Garderobe bestand aus einer sehr merkwürdigen Garnitur von Geweihen, an die Signe ihre gelbe Ölhaut hängte. Dann forderte sie mich auf: »Komm, häng deinen Mantel hierher. Die Elchgeweihe sind nur aus Plastik.« Sie fuhr sich mit den Fingern durchs Haar und überschüttete mich mit einem Tropfenregen.

»Immer langsam«, warnte ich sie. »Ich hatte mal einen Hund, der tat das auch. Da habe ich ihn verschenkt.«

»Tut mir leid. Ich weiß ja, daß ihr Engländer wasserscheu seid.« Sie zog sich ins Badezimmer zurück, und als sie wieder zum Vorschein kam, hatte sie sich ein riesiges Handtuch um den Kopf gewickelt. »Hier entlang«, lud sie mich ein. Sie führte mich in einen riesigen, atelierähnlichen Raum, der in Weiß und Gold tapeziert war. Blank gewachste Fußbodendielen rahmten weiße Teppiche ein, die Gardinen waren gerüscht, und die weißen Vorhänge hatten kleine Troddeln. Auf dem Fußboden lagen drei Krimis und eine Ausgabe der *Village Voice.* Ein Eisbärfell und zwei riesige Korbsessel, die laut knarrten, wenn man sich hineinsetzte, gehörten ebenfalls zur Einrichtung. Signe sprang durch das Zimmer wie ein Känguruh und landete der Länge nach auf dem Sofa. Sie wippte kräftig und kuschelte sich in ein halbes Dutzend leuchtend bunter Wurfkissen.

»Meine Wohnung!« schrie sie begeistert. »Meine, meine, meine!«

»Ja«, sagte ich.

»Setz dich. Ich mach' Kaffee.«

»Ich mußte ein ausgezeichnetes Sandwich liegen lassen«, protestierte ich.

»Ach, geh doch mit deinem Schinkensandwich! Ich mache dir ganz was Besonderes.«

»Was denn?« erkundigte ich mich mißtrauisch.

»Mal sehen, was im Kühlschrank ist. Setz dich und schau nicht so englisch drein.«

»Wie sehen Engländer denn drein?« fragte ich. Ich hatte es aufgegeben, ihr immer wieder zu erklären, daß ich aus Irland stammte.

»Linkisch«, kicherte sie. »Nichts als Ellbogen und Füße.«

Ich schob eine lange Hose, einen Büstenhalter, einen Morgenrock, einen Brief in finnischer Sprache, einen Topf Coldcream, ein Roll-on-Deodorant und eine halbvolle Tasse kalten Kaffee zur Seite, um mir Platz auf dem Korbsessel zu machen.

»Ach, da ist sie ja!« Signe kam wieder herein und nahm mir die Tasse ab. »Möchtest du Zucker und Milch?«

»Milch, keinen Zucker.« Ich trocknete meine Hosenbeine vor der Heizung, bis Signe mit Schinkentoast und Kaffee zurückkam.

»Mit Harvey bin ich fertig«, erklärte sie. »Mein Gott, du dampfst ja!«

»Ich dampfe immer, wenn ich mit einem hübschen Mädchen allein bin. Was ist denn passiert?«

»Ich konnte ihn nicht mehr ertragen. Immer diese Launen. Erst grinst er übers ganze Gesicht, und im nächsten Moment will er mir den Kopf abreißen.«

»Stimmt. So macht er es auch mit mir.«

»Und sogar mit Midwinter. Die haben ihn auch langsam satt.«

»Wer?«

»Unsere Organisation. Die haben die Nase voll von seinen Launen.«

»Darum ist er aber nicht weniger tüchtig«, wandte ich ein.

»Doch. Wenn nun keiner ihn leiden kann, wie?«

»Ja, vermutlich.«

»Er hat mir gesagt, daß er dich umbringen will. Darum hatte ich solche Angst um dich.«

»Nett von dir. Aber warum sollte Harvey mich umbringen wollen?«

»Das weißt du genau.«

»Weiß ich nicht.«

»Du brauchst mich nicht so anzuschreien.«

»Nein, ich weiß es nicht.«

»Warum nicht gleich so? Er wollte dich umbringen, weil du ihm nachspionierst.«

»Das glaubst du doch selber nicht.«

»Doch, das glaube ich. Du übertreibst deine Rolle. Du tust immer, als wüßtest du nicht, wer General Midwinter ist, und was es mit der Organisation auf sich hat. Kein Mensch kann ein so großer Ignorant sein, wie du es vorgibst.«

Sie wartete auf meine Antwort.

»Dann bin ich anscheinend entweder besonders schlau oder besonders dumm«, sagte ich.

Signe stimmte mir zu.

Ich sagte: »Harvey glaubt also, daß Midwinter mich angewiesen hat, ihn zu bespitzeln?«

Signe spitzte die Lippen. »Küßchen!« forderte sie. Ich ging hinüber und küßte sie.

»Das soll ein Kuß sein?« Sie maulte.

»Für den Augenblick langt's.«

»General Midwinter sagt, du sollst in meine Wohnung ziehen.«

»Signe, jetzt schwindelst du wieder.«

»Nein, ehrlich. Er mag nicht über eine Hotelzentrale telefonieren, wenn er seine Befehle durchgibt. Die Midwinter-Organisation bezahlt die Miete für meine beiden Wohnungen, für die in New York und die in Helsinki; also kann ich schlecht protestieren, wenn sie mir Gäste einquartieren. Ich habe schon alles für dich vorbereitet. Komm, sieh es dir an!«

Ich ging ins Schlafzimmer. Auf dem mit Blümchenwäsche bezogenen Doppelbett waren ein Schlafanzug und ein Nachthemd ausgebreitet.

»Unser Boudoir«, sagte Signe. Sie machte die Schranktür auf und schob die Kleiderbügel beiseite, um Platz für mein nicht existierendes Dutzend Anzüge zu schaffen. Ich öffnete einen anderen Schrank, und mindestens fünfzig Paar Schuhe purzelten heraus. Signe klatschte lachend in die Hände. »Ich liebe Schuhe«, sagte sie. »Ich liebe Schuhe!« Sorgfältig räumte sie alle wieder ein. »Bleibst du hier?« fragte sie dann eifrig. »Ich habe nachst immer so schreckliche Angst. Die Katzen werfen die Mülleimer um, und in der vergangenen Woche ist ein Mann in den Hausflur eingedrungen und hat den Spiegel und die Tür zerschlagen. Du bleibst doch, nicht wahr?« Sie schlang ihre Arme um mich und tastete mit den Fingerspitzen mein Rückgrat ab.

»Ich kann's nicht verantworten, daß du nachts Angst hast«, sagte ich.

Ich kehrte ins Hotel zurück, um mein Gepäck abzuholen. Das Telefon läutete. Es war die bekannte metallische Stimme. »Sie ziehen noch heute in Miß Laines Wohnung um«, sagte sie. »In wenigen Tagen fahren Sie zur Ausbildung in den Süden. Wenn Sie Geld brauchen, sprechen Sie Ihre Antwort auf Band.«

»Ja, natürlich brauche ich Geld«, sagte ich. »Nur Computer brauchen keines.« Diesmal legte ich vor dem Computer auf.

Es war ein idyllisches Wochenende. Midwinter rief nicht an. Harvey machte keinen Versuch, mich umzubringen – jedenfalls nicht, daß ich wüßte –, und ich wanderte mit Signe durch Greenwich Village. Wir staunten und lachten, aßen, kauften und diskutierten freundschaftlich.

Das Abendessen nahmen wir ebenfalls im Village ein: in einem französischen Restaurant, wo die Sauce provençale aus warmem Ketchup besteht und einen Kerzenschimmer und Kellner mit gestreiften Schürzen, gewachsten Schnurrbärten und einem Akzent wie Maurice Chevalier umgeben.

Signe schien sehr glücklich zu sein, und mich freute es, sie so strahlend zu sehen. Sie trug ein weißes Kleid, in dem ihre gebräunte Haut noch brauner wirkte als sonst. Ihr Haar schimmerte wie ein hastig geputzter Kupferkessel. Ihre Augen waren dunkel und mit

Geschick noch dunkler gemacht, aber sie trug keinen Lippenstift und nur einen ganz leichten Hauch Puder.

»Harvey habe ich auch in einem Restaurant kennengelernt«, erzählte sie. »Ich war mit einem sehr netten Jungen dort. Ich brauchte den Zucker, oder vielmehr, ich wollte auf den Kellner warten oder diesen Jungen bitten, ihn mir zu holen, aber dann habe ich Harvey um den Zucker gebeten. Harvey war ganz allein. Ich fragte ihn: ›Kann ich den Zucker haben?‹ Und er nahm ein Messer, tat, als schneide er sich das Herz heraus und legte es auf die Zuckerdose, und gab sie mir. Ich fand das sehr lustig, aber ich achtete nicht weiter auf ihn, vor allem, weil der Junge, mit dem ich da war, ärgerlich wurde. Und dann kam der Kellner und brachte Harvey eine Torte mit sechsundzwanzig brennenden Kerzen. Die stellte er vor Harvey hin, und Harvey sang – ganz allein und ganz laut – ›Happy Birthday to me‹, von vorn bis hinten. Alle klatschten Beifall, und die Leute spendierten ihm Drinks, und so sind wir ins Gespräch gekommen.«

»Und dann?«

»Haben wir uns verliebt. Rasend. In den ersten Wochen ließen wir keinen Blick voneinander. Und ewig mußten wir Händchen halten. Und reden. Wenn wir auf einer Party waren, brauchten wir uns bloß anzusehen, dann sind wir nach Hause gegangen, ins Bett gestiegen und haben geredet. Geredet und uns geliebt. Als müßten wir uns alles erzählen, was wir jemals getan oder gesehen oder gesagt oder gedacht hatten. Es war herrlich. Aber alles geht einmal zu Ende.«

»Wirklich?«

Sie lächelte. »Ja. Besonders, wenn man einen so launischen Clown wie Harvey liebt. Reden wir nicht mehr davon. Reden wir lieber von dir. Sie wollen dich zur Ausbildung schicken, nach San Antonio in Texas. Kann ich dich da besuchen?«

»Das müßtest du besser wissen als ich«, sagte ich. »Aber natürlich, komm du mich nur besuchen.«

»Gut. In genau drei Wochen von heute. Um halb zehn. Ich kenne da einen Club in der Houston Street. Man muß es da unten Club nennen, sonst dürfen sie keinen harten Alkohol ausschenken. Warte, ich schreib's dir auf. Kommst du auch bestimmt hin?«

»Ich komme«, versicherte ich.

»Wunderbar! Und jetzt wollen wir Champagner bestellen. Pol Roger '55. Ich zahle.«

»Kommt nicht in Frage.«

Der Kellner brachte die Flasche und stellte sie in einen Eiskübel, damit wir ihm auch glaubten, daß sie nicht im Kühlschrank gelegen hatte. Es machte ›plop‹, und Signe beugte sich vor, ins Kerzenlicht, so daß alle Gäste ihr Gesicht sehen konnten. Sie nippte an ihrem Champagner und warf mir einen leidenschaftlichen Blick zu, den sie in einem schlechten Film gesehen haben mußte. Ich tat, als kurbele ich an einer uralten Filmkamera, der Kellner fragte: »Ist es so recht, Madame?« und Signe begann zu husten.

VI San Antonio

17

Ich war der einzige Passagier, als ich in Midwinters Jetstar New York verließ. Der Wetterbericht hatte leichten Schneeregen vorausgesagt, doch dreieinhalb Stunden später über San Antonio in Texas, war der Nachthimmel kristallklar. Alles war grün, die Bäume trugen dichtes Laub, und die Luft lag auf der Haut wie ein warmes, feuchtes Tuch. Ich lockerte meinen Hemdkragen. Auf einer Bank saßen ein großer Mann in Jeans und Stetson und eine junge Mexikanerin, die ein Playboy-Heft las.

»Warten Sie auf Colonel Newbegin?« rief der Mann im Stetson, ohne einen Muskel im Gesicht zu verziehen.

»Ja«, antwortete ich. Er reckte sich träge und nahm meinen Koffer. Ein seidenes Stoffabzeichen auf seiner Schulter trug die Aufschrift ›Midwinter. Facts for Freedom‹.

»Kommen Sie«, forderte er mich auf, und ich folgte ihm.

Harvey saß in einem olivfarbenen Kombiwagen. Wir fuhren durch die feuchtwarme Nacht nach Norden – fort von der Stadt. In einem winzigen Dorf namens Bergheim bogen wir auf eine schmale Nebenstraße ein, die eigentlich eher ein Feldweg war. Der Fahrer folgte vorsichtig allen Steigungen und Kurven und lenkte den Wagen geschickt durch seichte Flußfurten. Nach einer Biegung hielt er das Fahrzeug an und blinkte mit der Lichthupe. Eine Taschenlampe blitzte auf. Langsam fuhren wir auf den Wachtposten zu. Er leuchtete mit seiner Handlampe ins Wageninnere und öffnete dann wortlos das Tor zu einer Abzweigung. Im Kegel des Scheinwerfers las ich die Ankündigung: ›Landwirtschaftsministerium. Versuchsstation. Halt, Tierfallen! Lebensgefahr.‹ Dann kam ein Totenschädel mit zwei gekreuzten Knochen und darunter riesengroß das Wort ›Lebensgefahr‹. Die Schilder wiederholten sich alle zehn Meter. Wir fuhren zweihundert Meter weiter, dann drückte der Fahrer auf einen Knopf mit der Markierung ›Garagentür‹, der Radiosignale zum zweiten Tor voraussandte. Der Wachtposten dort kam heraus, leuchtete uns mit der Lampe an, und dann passierten wir einen hohen Maschendrahtzaun und ein Schild mit der Aufschrift: ›Landwirtschaftsministerium. Achtung! Fahren Sie nicht weiter. Rufen Sie einen Wildhüter, es ist immer einer in der Nähe. Achtung! 600 Volt.‹ Die Schilder waren von Scheinwerfern angestrahlt, die den Zaun in beiden Richtungen meilenweit in Licht tauchten.

»Willkommen in Texas«, sagte Harvey.

Das ›Gehirn‹ der Organisation bestand aus drei Gebäuden, die von außen einstöckig aussahen, aber tief in die felsige Bergflanke gesprengt waren. Farbiges Glas filterte das grelle Licht der Morgensonne, und elektrische Jalousien schlossen es je nach Bedarf ganz oder teilweise aus. Harvey trug eine Khakiuniform mit dem Abzeichen eines Colonel. An seinem Ärmel sah ich das rote ›Facts for Freedom‹-Abzeichen.

Ein kalkweißer Fahrweg führte uns an dem Gehirn vorüber. Hier und da auf den Hängen grasten Schafe und Ziegen, hoch oben segelten drei Falken im Aufwind, und der einzige Laut war ds Zirpen der Insekten.

Harvey sagte: »Hier werden alle Midwinter-Leute zu Agenten ausgebildet. Es gibt z. B. Management-Studenten; die sind zwischen achtundzwanzig und sechsunddreißig Jahren und bleiben fünfzehn Wochen. Dann gibt es fortgeschrittene Management-Studenten zwischen siebenunddreißig und fünfzig; die bleiben dreizehn Wochen. Mindestens achtzig Prozent haben Geheimdienst-Erfahrung, aber wir holen sie uns auch direkt aus anderen Handelsorganisationen (vor allem von denen, an denen Midwinter beteiligt ist), und zuweilen sogar vom College. Sie lernen normale Verwaltungsarbeit, angewandt auf das Nachrichtenwesen. Wir zeigen ihnen auch ein paar der gemeinen Tricks, aber nur die einfachsten, weil nämlich keiner von ihnen im Außendienst verwendet wird. Sie erfahren nicht mehr als das, was sie in jedem Krimi nachlesen können, aber sie lernen ein paar von den Problemen kennen, mit denen es die Außendienstler zu tun haben, damit sie ihnen nicht eines Tages vollkommen verständnislos gegenüberstehen. Mein Gott, ist das heiß! Paß auf, wir müssen gleich auf den Hauptweg stoßen. Im Augenblick läuft gerade ein Außendienst-Kursus, dem du dich in ein paar Tagen anschließen wirst.« Harvey kletterte mehrere provisorisch gehauene Stufen empor, hielt sich an einem verkrüppelten Baumstamm fest und reichte mir dann die Hand. Auf den ersten Blick wirkte dies alles wie eine englische Landschaft, doch gar nicht weit von hier, dort, wo die Erde trocken und rissig war, wo abgestorbene Bäume aufragten und gebleichte Steine lagen, während der Birnenkaktus daneben in voller, leuchtend gelber Blüte stand – dort war das Land hart, trocken und grausam.

Harvey half mir herauf und deutete auf eine Betonpiste hinab. »Das ist die Start- und Landebahn. Für große Maschinen reicht sie natürlich nicht aus, aber manchmal ist es recht nützlich, ein eigenes Flugfeld zu haben.« Er sah auf die Uhr. »Sieh mal, da oben«, sagte er dann. Über dem Summen der Insekten, das uns umgab, konnte ich das Brummen eines Flugzeugs ausmachen. Mit dem Blick folgte ich Harveys Finger und sah die Maschine dicht über dem Horizont.

»Gleich, wenn er hier über dem Tal ist, hängt er die Wäsche raus«, erklärte mir Harvey. Und kaum hatte er es gesagt, da entfaltete sich unterhalb der Maschine ein weißer Fallschirm. »Zuerst der Führungsoffizier«, sagte Harvey. »Das gibt den anderen Schülern Vertrauen. Da, jetzt kommen sie.« Sechs Fallschirme tupften den blauen Himmel. »Gut gemacht«, kommentierte Harvey. »Die kommen genau ins Ziel. Wir machen drei Sprünge bei Tag und zwei bei Nacht. Die Ausbilder sind Leute von der US-Schule für Dschungelkrieg in Fort Bragg. Harte Burschen.«

»Wie schön«, sagte ich. Wir sahen zu, wie die Männer ihre Fallschirme falteten und sich mit Macheten einen Pfad durch das Unterholz schlugen. Gelegentlich stieg ein Rauchwölkchen auf, und Handgranatenexplosionen oder Maschinengewehrfeuer klang herüber. Mit einem Blick gab ich Harvey zu verstehen, daß diese Art Training durchaus nicht nach meinem Geschmack sein würde.

Aber: »Es wird dir Spaß machen«, versicherte Harvey. Wir gingen weiter.

»Halt! Keine Bewegung!« rief plötzlich eine schrille Stimme. Beide blieben wir augenblicklich stehen. Es dauerte eine ganze Minute, bis ich den Soldaten im Gebüsch entdeckte. Er trug Tarnjacke und Stetson und ein automatisches Gewehr. Langsam, vorsichtig näherte er sich uns über tote Baumwurzeln und Stämme.

»Newbegin und Schüler Dempsey vom neuen Kontingent«, sagte Harvey.

Der Mann mit dem Gewehr befahl: »Nehmen Sie Ihre Ausweiskarte vom Hemd, aber schön langsam! Legen Sie sie auf die Erde und treten Sie zurück.«

Wir gehorchten. Der Posten nahm unsere Ausweise, musterte die

Fotos und dann unser Gesicht. »Colonel Newbegin, nennen Sie mir Ihre Nummer rückwärts.«

Harvey sagte: 308334003 AS/90.«

Ich sagte: »Keine Ahnung.«

»Er ist heute erst angekommen«, mischte sich Harvey ein.

»Na, ja, dann geht das wohl in Ordnung«, meinte der Posten zögernd. »Ich habe Sie hier schon oft gesehen, Colonel Newbegin, Sir.«

Der Posten gab uns die Ausweise zurück; ich fragte: »Was ist denn das für eine Kanone?«

»Ein A. R.«, erklärte Harvey. »Entwickelt von Fairchild Aviation, aus Aluminium und Plastikschaum. Größte Feuerkraft bei niedrigstem Gewicht.« Er wandte sich an den Posten. »Lassen Sie ihn mal heben.« Der Posten reichte mir die Waffe. »Keine acht Pfund. Phantastisch, was?«

»Toll.«

»Zwanziger Magazine mit 7.6er NATO-Munition. Und diese Art Dämpfer ist neu. Ja, ist schon ein Schmuckstück, das A. R. 10.« Harvey nahm mir das Gewehr aus der Hand und machte damit eine halbe Drehung. Sein Gesicht wurde hart, die Zähne gruben sich in die Unterlippe. »Hände hoch!« schrie er. Wir reagierten nicht schnell genug. »Hoch die Flossen, ihr Lahmärsche!« Er fuhr den Posten an: »Und pumpen, zwanzigmal! Laut mitzählen. Du doch nicht, Idiot«, sagte er zu mir. »Du hast dein Gewehr nicht aus der Hand gegeben.« Der Posten machte ein betretenes Gesicht; er war ein Mexikanerjunge, etwa achtzehn Jahre alt. »Zwanzigmal pumpen«, schrie Harvey ihn an.

»Harvey«, meinte ich, »laß gut sein. Es ist zu heiß für Belsen-Spielchen.«

Er war unschlüssig, ließ aber zu, daß ich ihm das Gewehr abnahm. »Hier, Junge«, sagte ich und warf es ihm zu. Der Posten nützte die Pause und verdrückte sich ins Unterholz.

»Das war falsch von dir«, rügte Harvey.

»Hör auf, Harvey. Du bist der lebenslustige, quietschfidele Sonny-boy, dem die Erfolge in den Schoß fallen. Drill liegt nicht auf deiner Linie.«

»Vielleicht hast du recht.« Dann hob er die Stimme. »Von hier aus kannst du die Gebäude deutlicher sehen. Erkennst du den Bau, um den die anderen herumstehen, den kleinen, flachen, fensterlosen?

Dorthin gehen wir jetzt, es ist das eigentliche Gehirn. In den anderen befinden sich Schulräume und eine Turnhalle. Diese Gänge, die die drei Gebäude verbinden, brauchen wir, weil wir manchmal Schüler haben, deren Gesichter nicht gesehen werden sollen.«

»Der Mann mit der eisernen Maske.«

»Richtig«, erwiderte Harvey. »Nächste Haltestelle: Bastille.«

Das Gebäude, das das Gehirn beherbergte, bestand über der Erde nur aus einem einzigen Raum: der Empfangshalle. Die Außentüren waren so schwer wie die eines Banktresors, und die Luft drinnen war rein, trocken und ziemlich kühl. Links lag eine lange Reihe von Kabinen mit farbigen Türen, die jede mit einer Nummer gekennzeichnet waren. Mitten im Raum saßen in einem Panzerglaskasten zwei Uniformierte vor zwölf kleinen Monitoren, mit denen sie alle Zugänge überwachen und also sehen konnten, wann sie die elektrisch gesteuerten Türen öffnen mußten.

»Okay«, sagte der zweite Wachtposten. Harvey nahm seine Ausweiskarte ab und steckte sie in eine Maschine, die wie eine Personenwaage aussah. Er trat hinauf und erklärte mir: »Die Ausweise werden jede Woche geändert. Der Metallstreifen an einer Seite der Karte ist elektrisch geladen – wie ein Tonband. Die Maschine liest ihn ab, um sich zu vergewissern, ob er das augenblicklich geltende Muster aufweist, und gleichzeitig fotografiert sie mich und die Karte und wiegt mich auch. Wenn eine dieser Informationen nicht mit meiner Beschreibung in der Maschine übereinstimmt, schließen sich automatisch alle Türen und es gibt Alarm – an ungefähr zwanzig Stellen des Geländes zugleich, ebenso in New York.«

Der Posten sagte: »Kabine zwanzig und einundzwanzig.«

»Was kommt jetzt?« fragte ich Harvey.

»Du trittst in die Kabine, ziehst dich aus und gehst unter die Dusche. Dann ziehst du einen weißen Papieroverall an. Alles, was du bei dir hast, läßt du in dem Anzug, den du ausziehst; die Tür schließt sich automatisch hinter dir. Vergiß nicht, auch deine Armbanduhr abzunehmen; die letzte Tür, durch die du gehst, ist ein Zähler. Der kleinste Gegenstand löst Alarm aus, also vergiß bitte nichts. Brille und Schlüsselbund steckst du durch einen Schlitz. Die Vorschriften sind in der Kabine angeschlagen.«

»In drei Sprachen?«

»In acht.«

Als Harvey und ich auf der anderen Seite wieder herauskamen, sahen wir aus wie Gespenster. »Das ganze Gebäude«, erklärte mir Harvey, »ist luftdicht abgeschlossen und absolut staubfrei.« Wir traten in einen Lift und fuhren abwärts. ›STOP!‹ befahl ein Schild gegenüber dem Liftausgang.

Harvey sagte: »Das ist ein TV-Monitor. Die Wache am Eingang kann uns darauf von Stockwerk zu Stockwerk mit den Augen folgen.« Wir blieben stehen. Harvey nahm den Hörer von einem grünen Telefon und sagte: »Besuch 382, Stockwerk rot.« Die Leuchtschrift wechselte zu ›PASSIEREN‹.

Wir gingen durch einen langen Korridor bis zu einer Tür mit der Aufschrift: VERSUCHSPROJEKT LETTLAND. Drinnen machten lange Reihen von Computern ein Geräusch wie Kinderbrummkreisel. »Die hier steuern den Einsatz«, erklärte Harvey. »Riga ist das Versuchsprojekt, darum beobachten wir es auch so genau. Diese Maschinen programmieren unsere Operationen drüben. Alles, was unsere Agenten dort unternehmen, kommt hier aus der Maschine.«

Harvey erklärte mir, daß jeder Teil des Computers nach einem Teil des menschlichen Gehirns benannt war: Medulla, Pons und Mittelhirn. Er zeigte mir, wie die Informationen von den ›Synapsen‹ gefiltert wurden. Ich sagte zu allem ja, aber für mich sahen die Maschinen alle gleich aus. Harvey führte mich in einen Raum, den er mit einem Schlüssel öffnete. Hier bedienten über ein Dutzend Männer Schaltknöpfe und fütterten graue Apparate mit ganzen Rollen von Lochstreifen. Einige der Männer trugen Kopfhörer mit herabhängenden Stöpseln, die sie hin und wieder einsteckten. Dann nickten sie mit gewichtiger Miene wie Ärzte, die einem Kranken die Brust abhorchten.

Harvey deutete auf eine Reihe von acht Türen an der gegenüberliegenden Wand. »Das ist ein Schulungslaboratorium.«

»Nehmen Sie Nummer vier«, sagte einer der Angestellten. »Der ist gleich dran mit dem Drillen.«

Hinter der Tür von Nummer vier lag eine Lichtschleuse, die in eine dunkle Kabine führte. Ein seltsamer Geruch hing im Raum. In einem niedrigen, ledernen Schalensessel saß ein Mann und schaute gebannt auf einen Fernsehschirm. Einige Bilder kamen in Farbe, andere nur in Schwarz-Weiß. Einige waren Standfotos, andere Filme. Da gab es das Bild einer Dorfstraße mit verwitterten Holzhäusern und vielen Pferden. Auf einem anderen Apparat gleich daneben lief eine endlose Folge von Wortassoziationen in kyrillischer Schrift und lettischer Sprache ab: Pferd, Haus, Menschen, Straße. Es waren Denkfolgewörter, wie Harvey mir später erklärte; sie dienten dazu, das Vokabular des Schülers zu vergrößern. Über einen Lautsprecher kam eine Stimme, die Lettisch sprach, doch Harvey reichte mir Kopfhörer, die mir die englische Übersetzung lieferten. »...bis Sie sechzehn waren«, sagte der Schulungsleiter eben. »Dann kam Ihr Onkel Manfred. Er war Soldat.« Ein Foto von Manfred erschien auf dem Schirm. »So sah Onkel Manfred 1933 aus, als Sie sechzehn waren. 1946 sahen Sie ihn wieder; da sah er *so* aus. Zum letztenmal sahen Sie ihn 1959; da sah er *so* aus. Ich werde Ihnen jetzt Onkel Manfreds Lebenslauf zeigen. Aber zunächst einige Fragen.« Der Bildschirm mit dem Wort-Assoziationen wurde dunkel. »Diese beiden Flaschen, die Sie jetzt auf dem Bildschirm sehen – was enthalten die?«

»Grüner Deckel Yoghurt, Silberdeckel Milch«, sagte der Schüler.

»Gut.« Die Flaschen verschwanden, und eine Straßenszene erschien. »Wie heißt dieses Kino, und welcher Film wurde Ostern dort gespielt?«

»Ich gehe nie ins Kino«, sagte der Schüler.

»Nun gut«, entgegnete der Kommentator, »aber Sie haben doch sicher die Plakate gesehen. Warten Sie hier nicht immer auf die Straßenbahn, wenn Sie von der Arbeit nach Hause gehen?«

Lange Pause. »Tut mir leid«, erklärte der Schüler dann.

»Wir müssen Heimatkunde wiederholen«, stellte der Kommentator fest. »Aber für heute wollen wir Schluß machen und uns lieber noch ein bißchen mit Onkel Manfred beschäftigen.«

In rascher Folge erschienen die Fotos eines Mannes auf dem Bildschirm. Sie kamen in chronologischer Ordnung, so daß man praktisch zusehen konnte, wie er älter wurde. Es war richtig unheimlich, und mich schauderte. Harvey bemerkte es und sagte: »Ja, mir geht es genauso. Aber das ist ja nur ein kurzer Abschnitt, der hier gezeigt wird. Die Episoden werden allmählich länger, bis ein ganzes Leben in drei Minuten vorüberrast. Das alles wird natürlich direkt vom Unterbewußtsein aufgenommen. Auswendiglernen ist nicht nötig.«

»Noch einmal«, sagte die Stimme, und wieder jagte die Bildfolge vorbei.

»Innerhalb von fünf Tagen«, fuhr Harvey fort, als wir wieder draußen waren, »können wir einen Mann so drillen, daß sein falscher Lebenslauf ihm vertrauter ist als sein eigener. Wenn dieser Mann nach Riga kommt, kennt er jeden Winkel der Stadt und jede Einzelheit seines Lebens von dem Tag an, als er von seinem Vater einen Teddybären geschenkt bekam, bis zu dem Fernsehprogramm, das er am Vorabend gesehen hat. Er braucht sich Tatsachen und Gesichter nicht einzuprägen – er *sieht* die Dinge und Menschen seines erfundenen Lebens. Wir haben Szenen gestellt und fotografiert: sein Fahrrad, seinen Hund, das Wohnzimmer, in dem er aufwuchs, und in dem Schauspieler seine Verwandten verkörpern. Wir haben ihm Fotos und einen Film seiner Heimatstadt gezeigt, aus der Zeit, als er noch ein Junge war. Wenn er von hier weggeht, kann keiner ihn mehr hereinlegen; er glaubt an seinen erfundenen Lebenslauf; er ist praktisch schizophren. Hast du den Geruch da drin bemerkt? In dem Raum herrscht immer dieselbe Temperatur, dieselbe Luftfeuchtigkeit und derselbe Geruch; dadurch wird bei dem Schüler ein Erkennungsreflex ausgelöst.«

Harvey ging auf eine Tür mit der Aufschrift: AUFENTHALTSRAUM zu. »Wie wär's mit einer kleinen Erholungspause?« fragte er. »Weißt du, wenn diese Schüler mit ihrem Drill fertig sind, dann haben sie eine Pause verdient. Sie bleiben nämlich vierundzwanzig Stunden am Tag hier drin und sprechen nur die Sprache ihres Bestimmungslandes, von dem Augenblick, da sie aufwachen, bis sie wieder zu Bett gehen – in diesen kleinen Kabinen dort drüben. Und selbst im Schlaf haben sie keine Ruhe, denn mitten in der Nacht weckt man sie plötzlich auf und stellt ihnen Fragen in einer Sprache, die sie angeblich nicht beherrschen. Und wenn sie auch nur Miene machen, zu antworten, bekommen sie automatisch zusätzliche zwölf Stunden aufgebrummt. Die lernen schnell, das kannst du mir glauben.«

Im Aufenthaltsraum gab es eine Theke mit Kaffee, Kuchen, eiskalter Milch, heißer Suppe, Alka Seltzer, Brot und einem Toaster. Harvey schenkte uns zwei Glas Milch ein und legte Krapfen auf zwei Pappteller. Wir saßen in Fiberglas-Sesseln. Ein Dutzend Zeitschriften lagen herum, es gab einen Fernseher, vier Telefone – eines davon rot, mit der Aufschrift ›Alarm‹ – und eine beleuchtete Mattscheibe, die ununterbrochen den neuesten Wetterbericht brachte.

»Kompliziert, nicht?« fragte Harvey mich zwischen zwei Bissen.

»Das ist die Untertreibung des Jahres«, gab ich zurück.

»Hat über eine Milliarde Dollar gekostet«, erklärte er. »Über eine

Milliarde. Der Alte – General Midwinter – hat sieben Stock unter der Erde eine Privatwohnung. Ich darf sie dir leider nicht zeigen, aber sie ist umwerfend. Sogar einen Swimmingpool hat er, und die Beleuchtung ist so eingestellt, daß du glaubst, es wäre heller Tag. Wenn er will, kann er die Umgebung oben auf Fernsehschirmen sehen. Wirklich fantastisch. Sechzehn Gästezimmer, jedes mit einem Bad, so groß wie ein Wohnzimmer.«

»Wie schön, daß er auch Gäste zum Überleben des dritten Weltkrieges einlädt.«

»Ich würde lieber verschmoren als überleben. Ich hatte vier Monate Dauerdienst da unten und bin fast übergeschnappt.«

»Ja«, sagte ich.

»Ich will dich nicht langweilen«, fuhr Harvey fort, »aber weißt du, dieses Gewirr von Drahtleitungen kann tatsächlich denken – es ist linear programmiert, und das bedeutet, daß die Computer nicht alle Alternativen durchprobieren, sondern von vornherein ungefähr wissen, welche die richtige ist. Und fast keiner von ihnen arbeitet nach dem Binärsystem – das ist das normale System bei Computern –, weil man damit ausschließlich ja oder nein erzielt. Wenn man nur ja oder nein programmieren kann, braucht man sieben Perforierungen, um die Zahl neunundneunzig aufzuzeichnen. Diese Maschinen aber haben winzige Keramikscheiben, die den Strom speichern. Sie speichern jede beliebige Menge von eins bis neun. Darum ist auch diese ganze Einrichtung so klein, gemessen an dem, was sie kann.«

»Ja«, sagte ich.

Wir tranken unsere Milch. »Dann wollen wir mal weiter«, meinte Harvey und stand auf. »Und wenn du mir einen Gefallen tun willst, dann hör endlich auf, dauernd ja zu sagen.«

Harvey führte mich durch zwei Türen und eine Rolltreppe hinunter. »Das hier nennen wir den Corpus Callosum; es ist im Augenblick der größte Computer, der existiert. Die Entwicklung der Maschinen in diesem Gebäude hat über hundert Millionen Dollar gekostet, und bis alles so dastand, wie du es hier siehst, hat Midwinter ungefähr noch einmal soviel blechen müssen. Die Männer, die diese Maschinen bedienen, sind alles Akademiker – entweder Mathematiker oder aus einem verwandten Fach.«

Wir durchquerten einen kleinen Raum, in dem Männer an Lochmaschinen arbeiteten und die Ergebnisse auf Lochstreifen übertrugen.

»Du hast die Maschinen für die Versuchseinsätze gesehen«, sagte Harvey. »Die arbeiten an unserem Projekt Lettland. Aber erst wenn das erfolgreich ausfällt, wird der Hauptteil des Gehirns eingesetzt.« Er blieb vor einer Tür mit der Aufschrift: HAUPTPROJEKT stehen, vor der reglos wie Schaufensterpuppen, zwei Wachen in Khaki standen. Harvey nannte ein Codewort, dann knöpften alle drei ihr Hemd auf und holten einen kleinen Schlüssel heraus, den sie an einer Kette um den Hals trugen. Die Schlüssel wurden in drei mit Alpha, Beta und Kappa markierte Schlüssellöcher gesteckt, über denen je ein rotes Licht aufleuchtete. Harvey öffnete die Tür. Dieser Raum war gigantisch: Er glich dem Hangardeck eines Flugzeugträgers. Unübersehbar erstreckten sich die Reihen der Computer, aber nur ein paar schwache Lampen brannten. Unsere Schritte hallten laut wider. Die Maschinen tickten im Leerlauf. ›Außer Betrieb‹ hieß es auf einem Plastikschild. Über den Maschinen waren Tafeln angebracht: ›Bezirk 21 einschließlich Odessa‹, ›Bezirk 34 bis Kursk-Außenbezirke‹, ›Moskau-Mitte und Regierungszentren nach jeweiligem Standort‹, ›Küstenzone 40‹.

»Dieses Projekt Lettland« – unwillkürlich flüsterte ich – »was hat das eigentlich für Ziele? Es müssen ja Dinge sein, die ihr später im übrigen Rußland ebenfalls anwenden wollt.«

»Das übliche«, erklärte Harvey. »Störung der Transportwege, Waffenverstecke, Unterweisung im Guerillakrieg, Vorbereitung von Landeplätzen und Absprungzonen, Untergrund-Radiostationen, Küstenausspähung, Unterwassersabotage, Kontakt mit Schiffen und Flugzeugen, und dann G-2-Arbeit (Feindnachrichten und Sicherheit) fürs Militär. Der übliche Kram.«

»Üblich?« entgegnete ich. »Wenn das bei euch üblich ist, dann verschont mich bitte mit euren Überraschungen. Das hier ist totaler Krieg, der nur noch auf einen Schauplatz wartet.«

»Ach was, keine Angst«, beruhigte mich Harvey. »Das ist nur ein Spielzeug für Midwinter. Dreidimensionales Schach – so mußt du das sehen. Dreidimensionales Schach für einen Milliardär.«

»Schach dem König«, murmelte ich.

Harvey wohnte mit seiner Frau und seinen zwei Kindern wenige Meilen außerhalb der Stadt an der Straße, die nach Laredo und zur mexikanischen Grenze führt. Ich nahm nicht die Umgehungsstraße, sondern fuhr durch die Stadt, hielt Ausschau nach der Tankstelle, die Harvey auf seinem Plan eingezeichnet hatte, und bog dann in eine ungepflasterte Straße ein, die kleine Steinchen gegen die Unterseite meines Wagens hochschleuderte und die Windschutzscheibe mit einem Staubfilm überzog. Ich fuhr bis an das Warnzeichen, das den Beginn der Goldfliegenlarvenzone kennzeichnete, bog ab und folgte von nun an der Reifenspur, die die Zufahrt zum Haus markierte.

Der Abhang war über und über mit weißen und gelben Blumen besät, und neben dem Haus standen mehrere Bäume. Das Haus selbst war schmal, fast durchsichtig und erhellt von gelblichem Licht. Das eine Ende stand auf Stahlstützen, das andere bohrte sich in den Fels. Unter der Stelzenseite standen der graue Buick, den Harvey fuhr, und ein langer, schwarzer Lincoln Continental.

Harvey winkte von einem Balkon herunter und warf klingelnd Eiswürfel in ein hohes Glas. Nach einem heißen Tag hing noch der Duft von wilden Blumen und Gras in der Luft. Harveys Kinder tobten in ihren Schlafanzügen unter den Bäumen herum, und Mercy Newbegin rief ihnen zu: »Jetzt kommt aber herein! Ihr müßt ins Bett!« Als Antwort ertönte ein Indianergeheul und die Bitte: »Noch fünf Minuten, Mammi, ja?« Mercy Newbegin sagte: »Na schön, aber keine Sekunde mehr, verstanden?« Dann kam sie ins Wohnzimmer, wo ich mit einem Martini saß. Das Haus war ziemlich kostspielig eingerichtet. Es gab eine Menge Mahagoni, Ebenholz und Zebrafelle, und in der Mitte des Raumes erhob sich ein hoher Spitzkegel aus blankpoliertem Kupfer, der durch Knopfdruck in einen Kamin verwandelt werden konnte. Harvey hatte sich der Länge nach auf die mit Lammfell bezogene Bank geworfen, die um eine Ecke lief. Mercy setzte sich neben ihn.

»Haben Sie sich das Gehirn angesehen?« erkundigte sich Mercy Newbegin bei mir. Sie trug einen dünnen Hausanzug aus Seidenspitze.

»Und ob«, sagte Harvey. »Er hat es mit Fassung ertragen.«

Mercy beschwerte sich: »Ich weiß nicht, warum du immer so alberne Reden führen mußt, Harvey. Du interessierst dich doch auch für die Arbeitsweise des Gehirns. Schließlich ist es dein Job.«

Harvey knurrte etwas.

Mercy rief: »Seid ihr im Bett, Kinder?«

Es gab ein Durcheinander von Kinderstimmen, dann steckte der kleinere Junge den Kopf durch die Tür. »Ist Simon hier, Daddy?«

Harvey sagte: »Nein, ich glaube nicht. Simon ist unsere Katze«, erklärte er mir.

Mercy befahl: »Lauf jetzt, Hank. Ab ins Bad.« Sie brachte ihn hinaus.

Harvey sagte: »Mercy hat einen Narren an dem Alten gefressen – an Midwinter. Sie glaubt, sie muß ihm helfen. Verstehst du, was ich meine?«

»Es sieht aus, als ob er sich ganz auf sie verläßt«, erwiderte ich.

»Ach, du meinst seine Hand. Ja, der weiß sich in Szene zu setzen; das darfst du niemals vergessen. Er hat schon immer gewußt, wie man sich am günstigsten verkauft.«

Mercy Newbegin kam wieder herein und schloß die Schiebetür. »Manchmal könnte ich schreien, wenn ich dich sehe, Harvey.«

»Dann schrei doch, Liebling.«

»Du denkst dir immer neue Methoden aus, um meine Ehe kaputtzumachen, Harvey. Darin bist du jedem anderen Mann auf der Welt überlegen.«

»Worin ich dir nicht widersprechen kann, Schatz. Schließlich bin ich dein Mann. Wonach sehnst du dich denn? Nach Romantik?«

»Danke, davon habe ich viel zuviel.«

Harvey wandte sich an mich. »Frauen sind so unromantisch. Nur wir Männer haben Gefühl.«

Mercy sagte: »Es ist ein bißchen schwierig für eine Frau, die Amouren ihres Mannes nur romantisch aufzufassen.« Sie lächelte und schenkte Harvey noch einmal ein. Die Spannung hatte sich wieder gelöst.

Die Schiebetür glitt zurück. Hank sagte: »Ich bin gewaschen, Mammi.« Mercy erwiderte: »Dann sag schnell gute Nacht.«

Hank gehorchte, und Mercy nahm ihn und warf ihn sich über die Schulter. »Ab, in die Klappe«, sagte sie.

Das Abendessen wurde im Patio serviert. Mercy Newbegin war eine gut aussehende Frau, die jetzt im Kerzenlicht noch hübscher wirkte. Ihr Körper war zierlich, ihre Arme hoben sich schmal und sehr weiß von der Rohseide ihres Kleides ab. Ihre Haut spannte sich glatt im elfenbeinernen Gesicht, und obwohl man ahnte, daß die Glätte einem Schönheitssalon zu verdanken war, störte sie doch nicht die Harmonie der Züge, in denen die braunen Augen größer wirkten als sie es tatsächlich waren.

»Finden Sie nicht auch, daß General Midwinter stilvoll zu leben weiß?« fragte sie mich. »Er hat seinen eigenen Eisenbahnzug. Er hat Häuser in Paris, in London, in Frankfurt und in Hawaii. Man sagt, daß sein Dienstpersonal in jedem dieser Häuser täglich kocht und den Tisch deckt – nur für den Fall, daß er kommt. Ist das nicht fabelhaft? Und dieses Flugzeug – Sie sind ja damit gekommen. Kennen Sie noch jemand, der privat zwei vierdüsige Jets benutzt?«

»Nein«, gab ich zu.

»Man wird richtig ein bißchen neidisch, nicht wahr? Hier sitze ich nun in Texas, Woche um Woche, und die Trockenheit macht das Ungeziefer unerträglich; aber bei Regen kommen die Klapperschlangen und Mokassins...«

»Nimmt dir von dem Huhn, ehe es kalt wird«, sagte Harvey.

Mit eleganten Bewegungen handhabte Mercy Porzellan und Silber und legte Reis und Salate vor.

»Jetzt will ich dir mal was über diesen Burschen hier erzählen.« Mit dem Daumen deutete Harvey auf mich. »Als ich ihn zum erstenmal sah, waren wir in Frankfurt. Er saß in einem neuen, weißen Sportwagen, der von oben bis unten mit Dreck bespritzt war. Neben sich hatte er eine sensationelle Blondine – einfach phänomenal. Er trug uralte Klamotten, rauchte Gauloises und hörte im Autoradio ein Beethoven-Quartett. Und ich dachte: ›Herrgott, auf wie vielen Gebieten gleichzeitig kann man ein Snob sein?‹ Ich wußte es nicht, aber dieser...« er machte eine Pause, weil ihm der Name, den ich hier benutzte, nicht gleich einfiel, »...dieser Dempsey, der wußte es!«

»Ich kann mir Namen auch nie merken«, erklärte Mercy, »ich weiß noch, im College hatte ich nie eine Ahnung, mit wem ich sprach, wenn einer von den Jungens anrief; bis ich ihn fragte: ›Was fährst du für einen Wagen?‹ Dann wußte ich es. Und dann wußte ich auch, ob ich mit ihm ausgehen wollte.«

Mercy lachte klingend.

»Ehemänner sind eben nur ein Nebenprodukt der Ehe«, witzelte Harvey.

»Eher ein Abfallprodukt.«

Mercy lachte und legte ihm die Hand auf den Arm, um zu zeigen, daß sie es nicht ernst gemeint hatte.

»Ich predige Harvey ständig, er soll diesen Buick verkaufen. Was sollen die Leute denken, wenn sie ihn in einem Buick sehen? Besonders, wo General Midwinter soviel von ihm hält. Ein Buick, das paßt einfach nicht zu uns, Harvey.«

»Du meinst, es paßt nicht zu dir.«

»Du könntest in meinem Lincoln zur Arbeit fahren«, schlug Mercy vor.

»Mir ist der Buick aber lieber.«

»Harvey besteht darauf, daß wir von seinem Gehalt leben«, erläuterte Mercy. »So etwas Dummes! Das ist wirklich falscher Stolz. Und ich muß darunter leiden.«

»Du leidest nicht«, widersprach Harvey. »Du kaufst dir immer noch Pariser Modellkleider, du hast immer noch deine Pferde...«

»Ja, auf Long Island«, sagte Mercy. »Aber nicht hier.«

»Einmal im Monat fliegst du sowieso heim nach Long Island«, entgegnete Harvey. »In jedem Februar fährst du nach St. Moritz, im Frühling nach Paris wegen der Frühjahrskollektion, im Juni nach Venedig, im Juli nach Ascot...«

»Von meinem eigenen Geld, Liebling. Dein Haushaltsgeld rühre ich nicht an.« Sie lachte. Dann wandte sie sich an mich. »Sein Haushaltsgeld rühre ich nicht an«, wiederholte sie und lachte abermals.

19

Am nächsten Morgen um sechs Uhr fünfundvierzig begann für mich der Ernst des Lebens. Nach einem Frühstück in der Kantine hatte ich kaum noch Zeit für eine Zigarette, dann wurden wir schon in die Kleiderkammer geführt. Wir bekamen pro Mann sechs Khakihemden und -hosen, einen Gürtel, ein Messer mit Schlagringgriff, Socken, Unterwäsche und einen leichten Stetson. Wir zogen uns um und versammelten uns um sieben Uhr fünfundvierzig in Klasse IB. Jedes Uniformhemd war mit einem großen roten Fleck geschmückt, der drei weiße Fs trug. Harvey hatte dafür gesorgt, daß ein Abzeichen auf meinem Hemd mich außerdem als ›Beobachter‹ kennzeichnete. So war ich in der Lage, eine dringende Verabredung vorzuschützen, wenn es zu anstrengend für mich wurde.

Weder die Lehrer noch die Schüler kannten die Namen ihrer Kollegen, auch nicht die Decknamen: Wir erhielten alle Nummern. Die ersten neun Tage – Feiertage gab es keine (›Der Kommunismus ruht auch am Sonntag nicht‹) – waren der Arbeit am Schreibtisch gewidmet. Geographie mit besonderer Berücksichtigung der Verhältnisse im Ostblock und in der freien Welt; Geschichte der Kommunistischen Partei; Marxismus, Leninismus, Stalinismus, Materialismus in der UdSSR; Klassenstruktur anderer Länder. Stärke der Kommunistischen Partei in den verschiedenen Ländern.

Am zehnten Tag wurden wir aufgeteilt: Acht Männer aus meiner Klasse unterwarfen sich drei Tage lang dem Studium der Fotografie, vier lernten alles über Schlösser und Schlüssel und sieben nahmen Unterricht in römischem Katholizismus. (Es handelte sich um Agenten, die besser arbeiten konnten, wenn sie als Katholiken auftraten.) Wir anderen erhielten Lektionen in russischen und lettischen Bräuchen, Literatur, Architektur, Religion, lernten Uniformen und Fahrzeuge der Sowjetarmee kennen. Dann legten wir ein einfaches Examen ab, das eigentlich nur darin bestand, die dümmsten Antworten auszustreichen.

Am vierzehnten Tag zogen wir um in einen anderen Teil des Schulungsgebäudes; hier sollte das aktive Training beginnen. Ich klagte über meinen verletzten Finger und zeigte ihn jedesmal vor, wenn man mich auffordern wollte, an anstrengenden Übungen teilzunehmen. Jeder Kurs hatte einen ›Führungsoffizier‹, der ihn das ganze Training hindurch begleitete. Das Training schloß Messerkampf, Nachtübungen, Kartenlesen und fünf Fallschirmabsprünge ein – drei bei Tag, zwei bei Nacht. Außer einem Neger und einem Bayern waren alle Schüler unter dreißig.

Ich absolvierte drei Tage aktives Training. Dabei zerrte ich mir einen Muskel im Rücken, infizierte mir eine Zehe, mein Finger verschlimmerte sich, und außerdem bekam ich das sichere Gefühl, daß sich eine meiner Jacketkronen gelockert hatte. Eben tastete ich sie mit der Zunge ab, als das Telefon an meinem Bett klingelte. Es war Signe; sie rief aus San Antonio an.

»Du hast doch nicht vergessen, daß wir heute abend verabredet sind?«

»Natürlich nicht«, sagte ich, obwohl ich es tatsächlich vergessen hatte.

»Um halb zehn im *Burnt Potato Club.* Wir trinken etwas und überlegen dann, wohin wir gehen wollen. Okay?«

»Okay.«

Der *Burnt Potato Club* ist eine Bar in der Houston Street in San Antonio. Draußen verspricht eine Neonschrift: ›Strip-tease. Zwölf Girls‹. Ich stieß die Tür auf. Der langgestreckte Raum war dunkel, nur eine kleine Lampe hinter der Bar zeigte einem den Barkeeper, wie er die Drinks mixte. Ich setzte mich auf einen Hocker, wobei ein Mädchen mit Glitzersternen auf den Brustwarzen mir fast auf die Finger trat. Der Barmann fragte: »Was soll's denn sein?«, und ich bestellte bei ihm einen Jack Daniels. Das Mädchen verbeugte sich und verschwand, und die nächste Tänzerin erschien.

Der Barkeeper reichte mir meinen Drink und eine Mitgliedskarte.

Ich fragte ihn: »War hier eine Blondine – so ungefähr um halb zehn?«

»Ach, heißen Sie vielleicht Dempsey?«

»Ja«, bestätigte ich. Er gab mir einen Zettel, der hinter einer Flasche gesteckt hatte. Ich las: ›Dringend. Sachmeyer.‹ Und dann kam eine Adresse drüben im Mexikanerviertel, in der Nähe der Schnellstraße. Die Nachricht war mit Lippenstift geschrieben.

»Ihre Puppe?« fragte der Barkeeper. Er wartete die Antwort nicht ab. »Dolle Puppe.«

»Ja«, sagte ich. »Aber jetzt muß ich wieder weg.«

»Die ist vielleicht 'ne komische Nummer, Ihre Freundin! Da kam einer rein, den sie kannte, und sagte: ›Flossen hoch!‹ und tat, als ob er 'ne Kanone hätte. Und sie hat mitgemacht. Den Zettel hat sie geschrieben, während sie so tat, als suchte sie was in ihrer Handtasche. Das sind vielleicht verrückte Nudeln, Ihre Freunde. Na, mir soll's recht sein, wenn einer Humor hat. Ohne kommt man nicht aus, besonders in meinem Beruf. Also, neulich... He, Sie haben Ihren Jack Daniels nicht ausgetrunken!«

Die Adresse, die Signe mir hinterlassen hatte, lag südlich des Milam Square. Hier reihten sich schmale Geschäfte und schmierige Cafés aneinander. In den Schaufenstern standen Devotionalien neben Mausefallen, Filmzeitschriften und gezinkten Würfeln. Ich fand den Laden, den ich suchte: eine aufgeschlagene Bibel, und ein Bibelzitat auf Spanisch mit weißer Farbe an die Schaufensterscheibe geschrieben. Ein großes Plastikschild an der Tür verkündete: ›Sachmeyer. Zahnarzt. Erster Stock‹. Ich stieg hinauf. An einer schlichten Holztür stand: ›Herein, ohne zu klopfen.‹ Sie war verschlossen. Ich tastete etwas herum, und tatsächlich, der Schlüssel war da. Ich schloß auf und trat ein. Der erste Raum war ein Wartezeimmer, ein heruntergekommenes Loch mit Möbeln, aus deren aufgeschlitzten Plastikbezügen graue Polsterung quoll. Ich ging weiter, ins Behandlungszimmer. Es war groß, und durch zwei Fenster drang grell das Neonlicht von draußen. In dem abwechselnd roten und blauen Licht erkannte ich Tabletts mit Zangen und Schabern, Mundlampen, Spiegeln und Bohrern, und dann noch zwei Rollwagen mit ähnlichen Instrumenten. Es gab einen Röntgenapparat, Wattepakkungen auf dem Wassererhitzer, Gußformhalter und schmale Glasplatten, von denen Gebisse herabgrinsten. Über einem riesigen Behandlungsstuhl hing eine flache, runde Lampe. In dem Stuhl saß ein Mann, vielmehr hing er darin wie eine zerrissene Stoffpuppe. Sein Kopf war von der Stütze herabgeglitten, seine Hände berührten beinahe den Fußboden. Es war ein großer Mann mit gebogener Nase und tiefen Linien im bekümmerten Gesicht. Aus seinem Mund lief ein langer, schon getrockneter Blutfaden. Er war rot, dann blau, dann wieder rot, und wieder blau. Vorsichtig näherte ich mich dem Toten. Im Revers trug er einen Emailleknopf mit dem FFF-Symbol. Ich weiß nicht, wie lange ich dastand und auf ihn hinabstarrte, doch dann schreckte ich auf, weil im Wartezimmer Stimmen laut wurden. Ich nahm einen Zahnmeißel und beschloß, mein Leben möglichst teuer zu verkaufen.

»Liam, bist du das, Liebling?« ertönte Signes Stimme.

»Ja«, antwortete ich heiser.

»Was machst du denn da im Dunkeln?« fragte sie. Gleich darauf kam sie hereingeschlendert und knipste alle Lichter an. Harvey folgte ihr auf dem Fuß.

»Wir haben unten auf dich gewartet«, sagte er. »Hätte nicht gedacht, daß du dich hier mit Backenzähnen amüsierst.« Er lachte, als sei das ein besonders guter Witz. Hinter Harvey erschien noch ein Mann, der sein Jackett auszog und in einen weißen Kittel schlüpfte. »Ich glaube, ich kann nicht mitkommen«, sagte er mit stark deutschem Akzent. »Dieser Bursche muß jeden Augenblick wieder zu sich kommen.«

»Dr. Sachmeyer kümmert sich um die Zähne der Amerikaner im Gehirn«, erklärte Signe. »Man kann die Nationalität eines Menschen nämlich an seinen Zahnfüllungen erkennen. Dr. Sachmeyer macht ihnen ein europäisches Gebiß.«

»Ich bin halb verhungert«, beschwerte sich Harvey. »Wollen wir chinesisch oder mexikanisch essen? Nun kommt schon!« Er streckte die Finger aus wie Pistolenläufe, und Signe hob beide Hände. »Ich lade euch ein«, sagte Harvey. Ich stellte fest, daß er ein bißchen betrunken sein mußte. Außerdem hatte ich das Gefühl, als hätten die beiden sich gestritten.

Wir waren kaum fünfzig Meter von Sachmeyers Haus entfernt, da gewann Harveys Hunger die Oberhand, und wir folgten ihm zu einem mexikanischen Restaurant, obwohl Signe viel lieber in die Stadt gefahren wäre. Die Speisekarte war auf die Fensterscheibe gepinselt, und Harvey bestellte komplizierte mexikanische Gerichte. Sie kamen sofort.

Harvey spielte noch immer den Clown und tat, als wäre er ein Revolverheld, während Signe sehr zurückhaltend war und sich an meinen Arm klammerte, als hätte sie Angst vor Harvey.

»Was bist du denn so nervös?« fragte Harvey sie.

»Hier ist es so heiß. Was meinst du, ob ich wohl in den Waschraum gehen und meinen Hüftgürtel ausziehen kann?«

»Geh nur«, sagte Harvey. »Und viel Spaß.« Aber Signe rührte sich nicht. Sie starrte mich an.

Das Wort ›Hüftgürtel‹ hatte bei mir die Sperre gelöst. Der Mann im Zahnarztstuhl war der hakennasige Korsettvertreter gewesen, unser Kontaktmann in Leningrad: Fragolli. Er kannte Amerika nicht. Wie kam er da zu amerikanischen Zahnfüllungen? Harvey und Signe hatten mich viel zu schnell hinausgedrängt.

»Ja«, sagte ich schließlich, den Mund voll *frijoles*. »Ihr habt mich reingelegt.« Ich stand auf.

Signe umklammerte meinen Arm. »Geh nicht!« bat sie.

»Ihr habt beide gelogen«, stellte ich fest.

Signe betrachtete mich mit großen, traurigen Augen. »Bleib hier«, sagte sie und streichelte meine Hand.

»Nein«, antwortete ich.

Sie hob meine Hand und steckte meine Fingerspitzen zwischen ihre weichen, halb offenen Lippen. Ich zog sie fort.

Erleuchtete Schaufenster malten gelbe Teiche auf das Pflaster, und überall standen Männer, die diskutierten, gestikulierten und spielten. In der Luft hing der süße Geruch von Kümmel und scharfem Chili. Ich rannte den Weg zurück, den wir gekommen waren. An der Bibel im Schaufenster vorbei bog ich in den Hauseingang ein und hastete die Trepen zu Sachmeyers Praxis empor. Vor der Tür zum Warteraum stand ein Mann in Hemdsärmeln und fächelte sich mit einem Strohhut Kühlung zu. Unter dem Arm trug er eine mächtige Schulterhalfter. Hinter ihm stand ein Polizist in blauem Hemd, Querbinder, weißem Sturzhelm und Breeches im Türrahmen.

»Wohin so eilig?« fragte der hochgewachsene Polizist.

»Was ist denn hier los?« erkundigte ich mich. Für Polizisten ist jede direkte Antwort ein Zeichen von Schuld.

Der andere Mann setzte den Strohhut auf und holte von irgendwo eine brennende Zigarre hervor. Er rauchte. »Leiche im Behandlungsstuhl. Und jetzt beantworten Sie *mir* eine Frage. Wer sind Sie?« Eine Sirene wurde überlaut, dann kreischten Reifen auf der Straße.

»Ich bin ein englischer Reporter«, erklärte ich, »auf der Suche nach Lokalkolorit.«

Mit schußbereiten Pistolen kamen zwei weitere Polizisten die Treppe heraufgerannt. Einer von ihnen nahm mich sofort in den Polizeigriff. Der Kriminalbeamte mit der Zigarre sprach in demselben bedächtigen Tonfall weiter. »Bringt diesen Herrn auf die Wache und zeigt ihm ein bißchen Lokalkolorit. Vielleicht sagt er euch dann, wieso er von einem Mord in der Stadt erfährt, bevor wir davon wissen.«

»He, ich will Lokalkolorit, keine Schläge!« protestierte ich. Der Kriminalbeamte sagte: »Geht vorsichtig mit dem Tommy um. Wir wollen doch nicht, daß sich Scotland Yard einmischt.« Alle Polizisten lachten, der Mann mußte mindestens Captain sein.

Die Streifenbeamten brachten mich hinunter und durchsuchten mich, während ich, wie üblich, die Hände gegen das Wagendach stützen mußte. Ich starrte in das grelle, rotierende Licht auf dem Dach. Hinter mir hörte ich Harveys Stimme. »Hallo, Bernie!« sagte er, und der Kriminalbeamte antwortete: »Hallo, Harv«, sie schienen ziemlich vertraut miteinander zu sein.

Harvey sagte: »Der da ist einer von uns, Bernie. Der General will, daß ich ihn heute abend noch nach New York verfrachte.«

Der Polizist war mit meiner Durchsuchung fertig und sagte: »Los, einsteigen!«

Der Kriminalbeamte zögerte. »Wenn der General die Verantwortung übernimmt... Kann nämlich sein, daß ich ihn noch mal brauche.«

»Na sicher«, erklärte Harvey. »Bernie, ich bin seit fast drei Stunden mit ihm zusammen.«

»Okay«, gab der Kriminalbeamte nach. »Aber allmählich stehen Sie immer höher in meiner Schuld.«

»Ich weiß, Bernie. Ich werde mit dem General darüber sprechen.«

»Tun Sie das«, sagte der Kriminalbeamte. Ich war froh, daß die Wahlen so kurz bevorstanden. Er befahl den beiden Polizisten, mich Harveys Obhut zu übergeben.

»Komm mit zurück. Du hast deine *frijoles* nicht aufgegessen«, schlug Harvey vor. »Davon kriegt man Magenbeschwerden, wenn man mitten im Essen aufspringt und davonläuft.«

»Vor Magenbeschwerden habe ich keine Angst«, erwiderte ich.

VII New York

20

Fünf Uhr morgens; Manhattan war blau vor Frost. In der üppigen Hitze von Texas hatte man das Gefühl gehabt, der Sommer sei nicht mehr weit, doch dreißig Sekunden New York City zerstörten die Illusion.

Ich ließ mich von General Midwinters Chauffeur im Cadillac durch Manhattan fahren. Um fünf Uhr ist diese Riesenstadt tot, eine ganze Stunde lang ohne Leben. Die einzige Bewegung, die man sieht, ist der komprimierte Dampf, der mit dreihundert Stundenmeilen unter den Straßen daherschießt und hin und wieder mit leisem Zischen durch Öffnungen an die Oberfläche dringt, und das Flattern von nassen, liegengebliebenen Zeitungsseiten.

Der Wagen surrte den Broadway bis zur Wall Street hinunter und hielt vor einem riesigen Glaskasten. Ein magerer Mann ohne Hemd, aber mit Pistole, führte uns mit quietschenden Schuhen zu einer Reihe von Lifts. Dreimal drückte er auf den Rufknopf, dann trug uns der Lift mit einer Geschwindigkeit, daß uns die Ohren wehtaten, in den fünfzigsten Stock. Dort erwartete uns ein Mann in weißer Hose und Turnhemd mit der Aufschrift *Midwinter Mining Athletic Team.* »Hier lang, Bruder«, sagte er, und ging voraus. Während er ein weißes Handtuch durch die Luft klatschen ließ. Am Ende des Ganges lag ein Gymnastikraum. Genau in der Mitte saß General Midwinter auf einem Fahrrad und trat eifrig in die Pedale. »Kommen Sie her, junger Mann!« rief er. Er trug unförmige weiße Shorts, ein weißes Trikot und weiße Baumwollhandschuhe. »Sie sind pünktlich.« Er war sichtlich stolz auf die Tüchtigkeit seiner Organisation und Transportmittel. »Wie ich hörte, war Ihnen mein aktiver Trainingskurs zu anstrengend.« Er sah mich an und zwinkerte. »Ich radle gerade von New York nach Houston«, erklärte er dann.

»Fünf dreiviertel Meilen«, verkündete der Trainer. Midwinter radelte eine Weile schweigend weiter. Dann: »Immer fit bleiben, junger Mann. Gesunder Geist in gesundem Körper. Vernachlässigung des eigenen Körpers geht Hand in Hand mit Nervenkitzel und Pornographie. Das macht ein Land schlapp. Das sind die Waffen des Kommunismus.« Auf seiner Stirn glitzerten Schweißtropfen.

»Aber die Russen verabscheuen Pornographie«, warf ich ein.

»Nur für sich selber«, erklärte Midwinter. Er keuchte ein bißchen. »Nur für sich selber«, wiederholte er und hob belehrend den Finger. Jetzt fiel mir auf, daß Midwinters Zwinkern nur ein Nerventic war.

Der Mann im Sporttrikot sagte: »Sechs Meilen genau, General.« Midwinter kletterte von seinem Übungsrad und streckte die Hand aus, ohne sich zu vergewissern, ob auch wirklich ein Frottéetuch da war. Der Mann im Sporttrikot sorgte dafür, daß eines da war. Dann zog er einen Gummihandschuh über den Baumwollhandschuh an Midwinters Holzhand. Midwinter ging in den Umkleideraum und verschwand unter der Brause. Durch das Wasserrauschen kam seine Stimme: »Es gibt heuzutage nur noch zwei Formen des Lebens: Entweder läßt man die Regierung alles für einen tun und lebt wie ein Invalide dahin, oder man glaubt, daß jedermann das Recht hat, für seine Überzeugung zu kämpfen.« Das Wasserrauschen riß ab, doch Midwinters Stimme wurde nicht leiser. »Und daran glaube ich. Gott sei Dank gibt es in diesem Land jetzt ein Erwachen. Viele andere Menschen erklären, daß sie ebenfalls daran glauben.« Nun wurde es still, und als Midwinter wieder erschien, trug er einen weißen Bademantel. Mit klatschendem Geräusch zog er den Gummihandschuh von seiner Holzhand und warf ihn zu Boden.

»Mich interessieren nur Tatsachen«, sagte Midwinter.

»Wirklich? Das findet man heutzutage nicht oft.«

Midwinter senkte seine Stimme zu vertraulichem Freundschaftston. »Eine Gallup-Umfrage hat ergeben, daß einundachtzig Prozent aller Amerikaner lieber den Atomkrieg als den Kommunismus wollen. In Britannien sind es nur einundzwanzig Prozent. Begeisterte Amerikaner scharen sich um antikommunistische Führer; für innenpolitische Reibereien ist da keine Zeit. Wir müssen einen funktionsfähigen militärischen Satelliten starten und die Russkis müssen begreifen, daß wir ihn auch benutzen werden. Wir dürfen unseren Vorteil nicht leichtfertig aufgeben wie bei der Atombombe; unsere Rüstungsausgaben müssen sofort verdoppelt werden.« Er sah mich an und hatte wieder den Nerventic am Auge. »Kapiert?«

»Ja, ich verstehe«, erwiderte ich, »es handelt sich um dasselbe Amerika, das von Georg III. abfiel, weil ihm sechszigtausend Pfund

Unkostenbeitrag für das Militär zuviel waren. Aber selbst wenn Sie recht haben sollten – würden die Russen nicht umgehend ihr Rüstungsbudget ebenfalls erhöhen?«

Midwinter tätschelte meinen Arm. »Mag sein. Aber wir wenden im Augenblick zehn Prozent unseres nationalen Bruttoeinkommens auf. Das können wir ohne Mühe verdoppeln. Die UdSSR sind aber schon jetzt bei zwanzig Prozent. Wenn die das verdoppeln, mein Junge, dann brechen sie zusammen, so wahr ich hier stehe. Europa muß endlich aufhören, sich hinter Uncle Sams Atommacht zu verkriechen. Steckt doch ein paar von diesen Schlappschwänzen in Uniformen. Unnachsichtig! Sie müssen wie gegen eine Mauer anrennen. Kapiert?«

»Von meiner Warte aus hört sich das recht gefährlich an.«

»Ist auch gefährlich«, gab Midwinter zu. »Von 1945 bis 1950 betrug die Expansionsrate der Roten sechzig Quadratmeilen pro Stunde. Aber Rückzug bringt die Kriegsgefahr näher, und eines Tages müssen wir losschlagen, je eher, desto besser.«

Ich sagte: »Ich bin genauso an Tatsachen interessiert wie Sie, aber Tatsachen sind kein Ersatz für Intelligenz. Sie meinen also, daß Sie in einer gefährlichen Situation am besten Ihr Teil beitragen, in dem Sie mit Ihren Einkünften aus Öl- und Bohnenkonserven, gefrorenem Orangensaft und Werbung eine Privatarmee aufstellen und einen eigenen, inoffiziellen Krieg gegen die Russen führen.«

Er wedelte mit seiner gesunden Hand durch die Luft; der große Smaragdring blitzte im kalten Morgenlicht.

»Ganz recht, mein Sohn. Chruschtschow hat einmal gesagt, er würde jeden Bürgerkrieg unterstützen, der sich gegen den Kolonialismus richtet, weil diese Art Bürgerkrieg in die Kategorie des Volksaufstandes gehört. Nun, genau das werde ich in den Territorien tun, die von den Roten besetzt sind. Kapiert?«

»Ich finde, derartige Entscheidungen sollten den Regierungen vorbehalten bleiben.«

»Aber ich bin der Ansicht, daß jedermann das Recht hat, für seine Überzeugung zu kämpfen.« Midwinters Auge zuckte wieder.

»Möglich«, sagte ich. »Nur sind Sie es ja nicht, der kämpft. Kämpfen tun die kleinen, armseligen Schlucker wie Harvey Newbegin.«

»Beruhigen Sie sich, junger Mann«, sagte Midwinter. »Sie sind mir zu hitzig.«

Ich sah Midwinter an und bereute meinen Versuch, mit ihm zu diskutieren. Ich hatte genug vom Krieg, und ich hatte genug vom Haß. Ich war müde und fürchtete mich vor Midwinter, weil er nicht müde war. Er war mutig und mächtig und entschlossen; er verfügte über alle klugen Köpfe, die er mit Geld kaufen konnte, und wußte, daß eine Menge Amerikaner hinter ihm standen. Aber ein guter Agent muß schnell denken und wenig reden, und so riß ich mich zusammen und sagte: »Glauben Sie vielleicht, Sie schützen Amerika, wenn Sie in Riga zweitklassige Gauner engagieren, Gewalt und Verbrechen in der UdSSR unterstützen? All das trägt doch nur dazu bei, die Macht der Polizei und der Regierung drüben zu stärken.«

»Ich spreche von...« begann Midwinter laut, doch diesmal setzte ich mich durch.

»Okay. Hier in Amerika selber helfen Sie den Russen sogar noch mehr. Sie verbreiten falsche Anschuldigungen und unnötige Angst im Land. Sie verleumden den Kongreß; Sie verleumden den Obersten Gerichtshof. Sie verleumden sogar den Präsidenten. Was Ihnen am Kommunismus nicht paßt, ist doch nur, daß Sie dort nichts zu sagen haben. Nun, ich ziehe ein Amerika mit freien Wahlen vor, und ziehe es ebenfalls vor, meine Befehle von einem Gesicht entgegenzunehmen, statt von einem Telefonapparat. Einem Telefon kann man nicht an den Augen ablesen, ob es lügt.«

Entschlossen ging ich zur Tür, und der einzige Überlebende des *Midwinter Mining Athletic Team* starrte hinter mir her.

Midwinter reagierte schnell. Seine gesunde Hand umklammerte meinen Arm. »Sie bleiben hier!« befahl er mit leiser Stimme. »Sie werden mich anhören.« Ich riß mich los, aber der riesige Mann im Trikot schob sich zwischen mich und die Tür. Wir starrten uns schweigend an.

»Okay«, gab ich nach. »Aber lassen Sie meinen Arm los. Sie verderben meinen einzigen guten Anzug.«

»Sie sind müde«, entschied Midwinter. »Sie sind gereizt.« Der Ausdruck auf seinem Gesicht wechselte von Phase eins: Drohung, zu Phase zwei: Versöhnung. »Caroni!« rief er. »Besorgen Sie unserem Freund hier einen warmen Anzug, Schuhe, Hemd und so weiter. Stecken Sie ihn unter meine Brause. Und, Caroni, nehmen Sie ihn sich mal vor. Er hat die ganze Nacht im Flugzeug gesessen. Machen Sie ihn wieder fit. Frühstück in einer Stunde.«

»Okay, General«, sagte Caroni ausdruckslos.

Ich duschte, und dann nahm Caroni mich in die Mache. Er massierte mich mit Hingabe und klopfte emsig auf meinem Übergewicht herum. Kurz darauf kam in einer blauen Brooks-Brothers-Schachtel ein neuer Anzug für mich. Als ich in Midwinters Privaträume geführt wurde, sah ich aus, als wollte ich ihm eine Versicherung verkaufen.

Der Tisch war mit hellgelbem Leinen und skandinavischem Silber gedeckt. Im Gegensatz zu seiner anderen Behausung steckten diese Räume hier voll rostfreiem Stahl, modern Abstraktem und Sitzgelegenheiten, wie sie von Architekten entworfen werden. Midwinter saß unter einem Mathieu auf einem merkwürdigen Drahtgestell und wirkte wie ein Schauspieler in einem schlechten Zukunftsfilm. Er hielt einen Feldstecher in der Hand und sah auf den Fluß hinaus. Nun drehte er sich zu mir herum. »He...« sagte er plötzlich sehr laut. »Der Anzug ist großartig! Ich muß mir unbedingt auch so einen besorgen.«

»Hören Sie Mr. Midwinter«, entgegnete ich, »Komplimente von reichen, vielbeschäftigten Männern schätze ich zwar sehr, denn die haben es nicht nötig, einem zu schmeicheln. Aber manchmal fühlte ich mich sehr unbehaglich dabei. Darum möchte ich jetzt, wenn Sie nichts dagegen haben, lieber hören, was Sie von mir wollen.«

»Sie sind sehr gerade heraus, junger Mann«, sagte Midwinter. »Aber das gefällt mir. Wir Amerikaner halten fast immer erst eine kleine Vorrede. Ihr Briten seid da wohl anders, wie?«

»Sie irren sich, Mr. Midwinter«, entgegnete ich. »Wir machen das meist ganz genauso.«

Midwinter schenkte uns beiden Kaffee ein. Wir aßen schweigend. Erst als der letzte Bissen verschwunden war, wischte sich Midwinter mit der Serviette die Lippen, starrte mich an und sagte: »Ihr Freund Harvey Newbegin ist desertiert.«

»Desertiert?«

»Desertiert.«

»Nach meiner Auffassung kann man nur von einer Armee desertieren. Sie meinen wohl, er hat Ihre Firma verlassen?«

»Ich meine, er hat unser Land verlassen.« Er musterte mich eindringlich. »Das überrascht Sie, wie? Ich habe heute nacht mit seiner Frau telefoniert. Er ist über die Grenze gegangen, nach Mexiko, kurz nachdem er sich in der vergangenen Nacht von Ihnen getrennt hatte. Wir nehmen an, daß er zu den Russen überlaufen will.«

»Wie kommen Sie darauf?«

»Sind Sie etwa anderer Ansicht?«

»Das habe ich nicht gesagt.«

»Ah, Sie stimmen mir also zu!« triumphierte er. »Nun ja, er ist ja auch für die Abreibung verantwortlich, die Sie bekommen haben. Wenn damals die russische Polizei nicht eingegriffen hätte, wären Sie jetzt tot. Aber als die Russen Sie dann festgenommen hatten, wurden Sie als Zeuge zu einer bestimmten Verhaftung mitgenommen. Warum, glauben Sie, hat man das wohl getan?«

»Damit ich mit ein paar Flecken auf meiner weißen Weste zurückkommen sollte.«

»Sehr richtig«, nickte Midwinter. »Und warum?«

»Wenn man den Verräter schützen will, schiebt man die Schuld am Verrat einem anderen zu.«

»Richtig«, sagte Midwinter. »Newbegin war mit den Kommunisten bereits handelseins, aber er konnte der Entdeckung noch eine Weile entgehen, indem er Sie als Prügelknaben vorschob. Sie haben das gleich kapiert, wie? Sie hatten Newbegin in Verdacht?«

»Sie haben's erraten.«

»Sie machen mir wirklich Spaß, junger Mann. Ihre Menschenkenntnis ist ausgezeichnet.« Er schenkte mir ein freundliches Lächeln.

»Ja«, sagte ich. »Aber ich weiß immer noch nicht, was Sie von mir wollen.«

»Ich will, daß Sie diesen Newbegin hierher zurückholen.« Midwinter zeigte auf einen leeren Sessel am Fenster, um mir anzudeuten, wohin ich ihn bringen sollte. »Die Kosten spielen keine Rolle. Sie können alles haben, was Sie brauchen. Auch von meinen Leuten. Ich kann Ihnen in allen Bundesstaaten die Mitarbeit der Polizei zusichern...«

»Aber er ist nicht in den Staaten«, sagte ich trocken.

»Nun, Sie werden sich schon etwas ausdenken«, meinte Midwinter. »Ich weiß nur, daß Sie der einzige Mensch sind, mit dem Harvey Newbegin eng befreundet ist. Finden können ihn viele, aber wer ihn findet, der muß auch in der Lage sein, ihm den Kopf zurechtzusetzen. Überdies«, fügte Midwinter schalkhaft hinzu, »haben Sie ja auch guten Grund, ihm nicht allzu gewogen zu sein.«

»Immer sachte, Mr. Midwinter«, mahnte ich. »Judas Ischariot ist nicht gerade mein Vorbild.«

»War ja auch nicht so gemeint, mein Sohn. Aber die Organisation steht über persönlichen Gefühlen. Die Organisation bedeutet mir mehr als alles andere auf der Welt. Wenn Harvey Newbegin die Kenntnisse, die er besitzt, den Russen ausliefert, werde ich das niemals verwinden.«

»Und außerdem die CIA am Hals haben, weil Sie ein Sicherheitsrisiko darstellen«, ergänzte ich.

Midwinter nickte beunruhigt. »Ja«, stimmte er zu. »Aber da ist noch ein Faktor. Ein Mädchen namens ...« Er tat, als durchforsche er sein Gedächtnis.

»Signe Laine«, sagte ich.

»Richtig. Ist sie zuverlässig?«

»In mancher Hinsicht, ja.«

»Sie hat Gefühle in Newbegin investiert«, verkündete Midwinter. »Die Laine ist Mitglied unserer Organisation. Normalerweise wäre ihr die Aufgabe zugefallen, Kontakt mit Harvey aufzunehmen, aber unter den gegebenen Umständen –« er klopfte mit seiner Holzhand auf den Tisch – »sind Sie der einzige, der das übernehmen kann. Sorgen Sie dafür, daß er den Russen nicht in die Hände fällt.«

»Er war bereits in Händen der Russen«, erwiderte ich.

»Sie wissen schon, was ich meine«, sagte Midwinter. »Ich meine, er darf nicht unsere Pläne und Entscheidungen voraussagen und analysieren können. Sie wissen schon. Die Russen dürfen ihn nicht als Berater bekommen.«

»Sie wollen Harvey Newbegin tot sehen«, sagte ich.

»Langsam, junger Mann«, warnte Midwinter. »Ich habe Harvey Newbegin und seine Frau viele Jahre lang sehr geliebt. Harvey ist ein eitler, neurotischer Mensch, ich habe heute morgen mit seinem Analytiker gesprochen. Er lebt in einer Fantasiewelt, und zwar in sexueller, politischer und sozialer Hinsicht. Schon jetzt bezweifelt er die Richtigkeit seiner Entscheidung. Sprechen Sie mit ihm. Sagen Sie ihm –« das fleckige Altmännergesicht verzog sich schmerzlich –, »sagen Sie ihm, daß ich ihm vergebe. Wir wollen nie wieder darüber sprechen, und er bekommt ein Jahr Urlaub in der Sonne. Sagen Sie ihm, daß ich sogar mit Mercy sprechen will. Ich werde ihr sagen, sie soll ihn nicht zu sehr quälen.«

»Vielleicht hätten Sie ihr das schon lange sagen sollen.«

»Hätte ich«, bestätigte Midwinter. Er butterte sich eine Scheibe Toast und biß hinein. »Aber sie hat nur das Beste für ihn gewollt.«

»Das wollte Lady Macbeth ebenfalls«, erwiderte ich. Midwinter kaute auf seinem Toast herum. »Ja, hätte ich«, wiederholte er.

»Ich muß jetzt gehen«, erklärte ich und legte die gestickte Serviette hin.

»Sie werden die Sache schon schaukeln«, stellte Midwinter fest.

»Vielleicht.«

Midwinters Miene verfinsterte sich; offenbar überlegte er, ob er mir für den Fall des Versagens Strafe androhen sollte. Wir starrten uns an, dann sagte er durch die Zähne: »Sie werden die Sache schon schaukeln«, und bemühte sich, Zuversicht in seinen Tonfall zu legen.

»Okay«, sagte ich. »Sie sind offen zu mir gewesen, jetzt werde ich offen zu Ihnen sein. Zunächst einmal sollten Sie sich darüber klar werden, daß Ihre Organisation in Nordeuropa auf ziemlich wackligen Beinen steht...«

Midwinter unterbrach mich. »Ich will Ihnen mal was sagen...«

»Jetzt hören Sie *mir* einmal zu«, erklärte ich. »Newbegin unterschiebt Ihnen schon seit langer Zeit Phantom-Agenten. Er zahlt eine bestimmte Summe an einen Ihrer Agenten, der das Geld an einen zweiten, echten Agenten weitergibt. Und der gibt es an einen dritten weiter, der aber Harvey Newbegin selbst ist in geschickter Verkleidung. Harvey zahlt das Geld auf sein eigenes Bankkonto ein. Er macht das vermutlich bei jedem Agentennetz, zu dem er Zugang hat, und der Rest des Netzes besteht dann nur aus vorgetäuschtem Papierkram.«

»Vor einem Monat hätte ich Ihnen kein Wort geglaubt«, sagte Midwinter.

»Nun, jetzt sollten Sie mir aber glauben, denn es hängt eine Menge davon ab«, sagte ich. »Mir sind ein paar dieser Pseudonetze bekannt, und ich weiß auch, wo er sein Geld deponiert, aber um Newbegin ganz sicher fassen zu können, muß ich sie alle kennenlernen. Wir haben nicht viel Zeit.«

Midwinter fragte: »Worauf wollen Sie hinaus?«

»Ich brauche sämtliche Einzelheiten und Fotos von allen Agenten, mit denen Harvey Newbegin Kontakt hatte.«

»Das wäre Finnland und Großbritannien. Zwei Schlüsselgebiete«, stellte Midwinter fest. »Unsere gesamte Testoperation.«

»Gut«, sagte ich. »Sorgen Sie dafür, daß ich die Informationen von Ihrem Computer bekomme, und nennen Sie mir die Telephoncodes, unter denen ich sie mir durchgeben lassen kann.«

»Das ist sehr kompliziert.« Midwinter versuchte, Zeit zu gewinnen. »Und außerdem könnten Sie damit unser ganzes Unternehmen auffliegen lassen.«

»Es ist bereits aufgeflogen«, sagte ich. »Wenn Harvey Newbegin auspackt, können Sie keinen einzigen dieser Agenten mehr verwenden.«

»Mag sein«, erwiderte Midwinter. »Aber normalerweise würde man sie eben abgeschaltet lassen, bis die Russen mit Newbegins Verrat herausrücken.«

»Das ist meine Sache«, erklärte ich. »Als Sie anfangs sagten, ich sei der einzige, der mit Newbegin Kontakt aufnehmen könnte, glaubte ich Ihnen nicht. Aber Sie haben recht: Ich bin wirklich der einzige.«

»Sie können meine ganze Arbeit ruinieren.« Er starrte mich ausdruckslos an. »Es ist zu riskant.«

»Okay«, sagte ich. »Hier ist ein Trostpflaster und ein Beweis meiner ehrlichen Absichten: Der größte Teil des Geldes, das Harvey Newbegin Ihnen gestohlen hat, wurde auf die Bexar County National Bank in San Antonio eingezahlt – auf das Konto von Mrs. Mercy Newbegin.«

Der alte Mann sank in sich zusammen, als hätte ich ihm eine Ohrfeige versetzt. Jetzt wußte ich, daß ich gewonnen hatte, und ich verspürte nicht einmal Gewissensbisse.

»Okay«, sagte Midwinter. »Sie können Schluß machen mit Ihrer Schocktherapie. Ich wußte, daß ich es nicht vermeiden konnte.«

Ich ließ ihm also Zeit, den Verrat Mercy Newbegins, der Hüterin seiner linken Hand, zu verdauen. Als er wieder sprach, sah er nicht einmal auf.

»Seien Sie Punkt zwölf Uhr hier. Fragen Sie nach dem technischen Leiter der *Midwinter Mining,* er wird Sie erwarten. Er kann Ihnen alles sagen, was Sie wissen wollen.«

»Vielen Dank für den Anzug«, sagte ich. »Sie können ihn von meinem Gehalt abziehen.«

»Das werde ich auch«, gab Midwinter zurück. Er schlug behutsam mit seiner Holzhand auf die Tischkante, so behutsam, als müsse er sich sehr, sehr zusammennehmen.

Mit einem Taxi fuhr ich zu Signes Wohnung in der Eighth Street. Ich klingelte und klopfte, aber es war niemand zu Hause. Ich ging über die Straße in ein Café und rief die Nummer an, die man mir als Kontakt gegeben hatte. Midwinters Leute waren wirklich auf Draht, denn die Nummer war bereits auf Midwinters Privatapparat umgeschaltet worden.

»Hier Midwinter«, kam seine Stimme.

»Dempsey. Ich brauche jemand, der für mich eine Adresse hier in der Stadt überwacht.«

»Polizei?«

»Warum nicht?«

»In zehn Minuten ist jemand da«, sagte Midwinter. »Geben Sie mir die Adresse.« In dieser Sekunde fuhr draußen ein Taxi am Fenster vorbei.

»Nicht mehr nötig«, sagte ich eilig. »Die Person ist gerade gekommen.«

»Newbegin?«

»So einfach ist es nun doch nicht. Ich melde mich wieder.«

Als ich auflegte, fragte Midwinter noch: »Wo sind Sie?«, aber ich gab ihm keine Antwort mehr. Ich überquerte die Straße und wartete, bis Signes Taxi wieder abgefahren war.

Als Signe mich sah, fiel sie mir um den Hals, lachte, schniefte und weinte. Ich nahm ihr die Reisetasche und zwei Schuhkartons ab und trug sie hinauf in die Wohnung. Sie stellte sich vor den Spiegel. »Gott sei Dank, daß du heil und gesund bist«, sagte sie, ohne sich umzudrehen. Sie zog ein Herrentaschentuch heraus und tupfte sich vorsichtig die Augen, damit ihr Make-up keinen Schaden litt. »Harvey wollte dich in der Praxis lassen. Er wollte, daß sie dich verhaften. Ich habe mich mit ihm gestritten.« Jetzte drehte sie sich doch um. »Ich habe dich gerettet«, verkündete sie.

»Danke.«

»Keine Ursache. Ist doch selbstverständlich.«

»Was willst du denn noch? Soll ich dir ein Paar Schuhe kaufen?«

»Er hat seine Frau verlassen. Er wollte, daß ich mit ihm fortgehe, aber ich konnte nicht.«

»Wohin?«

»Weiß nicht. Ich glaube, er weiß es selber nicht. Er hat mich ganz verrückt gemacht. Ich kann doch nicht einfach so auf und davon. Ich habe Bücher und Möbel hier, und auch in Helsinki noch so allerlei.« Sie half mir aus dem Mantel und strich mir mit ihren kalten Fingern übers Gesicht, als wollte sie sich vergewissern, daß ich auch wirklich da war.

»Und wie seid ihr verblieben?«

»Harvey sagte, er müsse weg von seiner Frau, jetzt oder nie. Er wollte, daß ich mit ihm komme. Aber ich liebe ihn nicht...« Sie hielt inne und wollte weinen, ließ es dann aber doch lieber sein. »Ich bin so durcheinander. Warum nehmen die Männer alles so ernst? Immer müssen sie damit alles kaputtmachen!«

»Wann mußt du wieder in Helsinki sein?«

»In drei Tagen.«

»Weiß Harvey das?«

»Ja.«

»Er wird dir schreiben oder telegrafieren. Tu alles, was er verlangt.«

»Ich werde mit Harvey schon allein fertig«, erklärte Signe. »Ich brauche keine Lektionen.«

»Ich wollte dir auch keine geben.«

»Ich werde schon mit ihm fertig. Er mag meine Geschichten.« Sie schluchzte ein wenig. »Ich hab's gern, wenn er mit mir zusammen ist.«

»Ja«, sagte ich. »Du hast's immer gern, wenn jemand mit dir zusammen ist, egal wer.« Sie schlang die Arme um meine Taille und drückte mich an sich. »Harvey ist nicht ehrgeizig«, sagte sie, »und in dieser Stadt ist das ein Verbrechen. Hier muß man aggressiv sein, Ellbogen beweisen und Geld verdienen. Harvey dagegen ist sanft und gut.« Ich küßte ihre nassen Augen. Sie schluchzte weiter und genoß es sichtlich.

Als sie dann wieder sprach, war ihre Stimme ruhig und sehr vernünftig. »Harvey weiß alles über diese Computerdinger, nicht wahr?« Sie hielt inne. »Wenn er versuchen würde, nach Rußland zu kommen, dann würden die hier doch wollen, daß er stirbt, nicht wahr?«

»Ich weiß es nicht.«

»Wie wichtig sind diese Maschinen? Sind sie so lebenswichtig, wie man behauptet?«

»Computer sind wie Puzzlespiele«, erklärte ich ihr. »Wenn man nicht weiß, wie man mit ihnen umgehen muß, sind sie nicht mehr wert als eine Schachtel Holzstückchen.«

VIII London

21

März. London sah aus wie der Boden eines ausgetrockneten Aquariums. Ständiger Regen und Frost hatten die hastig aufgetragenen Farben des vergangenen Sommers schwer angeschlagen. Das Personal in der Charlotte Street rieb sich frierend die Hände und trug Märtyrermienen zur Schau.

»Herein«, rief Dawlish. Er saß vor einem winzigen Kohlenfeuer, in dem er mit einem alten, französischen Infanteriebajonett herumstocherte. Das Tageslicht, das durch die zwei Fenster hereinfiel, hatte es schwer, sich gegen die reichhaltige Sammlung leicht angeschlagener Antiquitäten durchzusetzen, die Dawlish wahllos zusammenzukaufen pflegte. Ich legte mein sechsseitiges Memorandum auf seinen Schreibtisch.

»Wollen Sie meinen alten Riley kaufen?« fragt mich Dawlish. Er hatte Schwierigkeiten mit einem großen, flachen Stück Kohle.

»Möchten Sie ihn loswerden?« Er hing sehr an seinem alten Auto.

»Das gerade nicht«, sagte Dawlish; seine Worte wurden immer wieder von seinen vergeblichen Versuchen, das Kohlestück zu zerkleinern, unterbrochen. »Aber ich kann ihn nicht mehr behalten. Jedesmal, wenn ich ihn aus der Werkstatt hole, fängt er an einer anderen Stelle an zu klappern. Allmählich werde ich ein automechanischer Hypochonder.«

»Ja«, sagte ich, »dann ist er wohl entbehrlich.«

Dawlish ließ ab von dem Kolestück. »Alles ist entbehrlich«, erklärte er. »Alles. Nämlich wenn es mehr Schwierigkeiten macht, als es wert ist. Und wenn man noch so sehr daran hängt.« Er fuchtelte mit dem rotglühenden Bajonett herum.

»Richtig«, bestätigte ich. Dawlish beobachtete gespannt das Feuer. Ein plötzlicher Windstoß drückte auf den Kamin und füllte den Raum mit einer Qualmwolke. »Verdammt!« fluchte Dawlish, tat aber nichts dagegen, und bald begann das Feuer wieder normal zu brennen.

Er nahm seine Brille ab und säuberte sie gründlich mit einem riesigen Taschentuch. Als er zufrieden war, setzte er sie wieder auf und stopfte das Taschentuch in seinen Ärmel. Das war das Zeichen, daß wir zur Sache kommen konnten. Er las meine Notizen durch, und am Ende jeder Seite schniefte er. Als er fertig war, ordnete er den Stoß und starrte darauf hinab. »*Einen* Vorteil hat die kriminelle Aktivität Ihres Freundes Harvey Newbegin wenigstens gehabt: Dadurch, daß er Agenten erfunden hat, um ihren Sold einzustecken, haben wir es jetzt nur noch mit einer kleinen Anzahl echter FFF-Männer zu tun.« Er nahm das oberste Blatt meines Berichts und legte es in die Mitte der Schreibtischplatte. Ich erwartete, daß er etwas daraus zitieren werde, aber er klopfte nur seine Pfeife aus, daß die Kohlestückchen genau in die Mitte des Bogens fielen. »Schweden. Da sind eine Menge. Wir haben Glück gehabt.« Er schüttelte die Asche in den Papierkorb und blies auf den Bogen, bevor er ihn las. »Wie Sie das schreiben, klingt es mir fast zu einfach: die Midwinter-Leute zu unterwandern«, meinte er.

»Das ist Absicht«, erklärte ich. »Da die CIA und das State Department Midwinters Organisation unterstützen, sollen sie auch erfahren, daß sie trotz allem Aufwand doch nur ein dilettantischer Apparat ist und bleiben wird.«

Dawlish schüttelte den Kopf. »Sie sind zu ehrgeizig, mein Junge. Sie haben es zu eilig, der Welt unsere Geheimnisse mitzuteilen. Wir haben Midwinters Agenten an der Leine. Warum sollen wir sie aufschrecken? Warum ihnen helfen, ihre Sicherheitsmaßnahmen zu verbessern? Lieber eine Gefahr, die man kennt, als eine Gefahr, die man nicht kennt.«

»Ich will sie diskreditieren, sie und alle anderen Privatunternehmen dieser Art.«

»Ach was. Sie sind ja selber nicht besser als dieser Kaarna. Wieviel hat er übrigens herausgefunden?«

»Er stieß durch Zufall auf das Netz, ließ sich erzählen, sie seien Engländer, und glaubte ihnen. Dann bekam er ein paar Eier in die Finger, wußte aber nicht, woher sie kamen und wohin sie gingen. Als guter Journalist begann er zu kombinieren. Er war noch nicht damit fertig, da brachten sie ihn um.«

»Wird Newbegin zu den Russen überlaufen?« Dawlish kritzelte etwas auf seinen Notizblock.

»Wer kann das wissen? Er hat seit Jahren Geld unterschlagen, das für Midwinters Agentennetz bestimmt war. Er muß ein Vermögen zusammengescharrt haben. Und da er fast immer dieselben Informationen auch den Russen zugeschanzt hat, wird er vermutlich auf der Moskauer Nationalbank ebenfalls ein recht hübsches Konto besitzen.«

»Unternehmungslustiger Bursche, dieser Newbegin«, sagte Dawlish anerkennend. »Großartig, wie er Ihnen die Viruseier gestohlen hat, anstatt sie sich einfach von Ihnen geben zu lassen. Wäre nie verdächtigt worden – ausgerechnet der Mann, der die Sendung in Empfang nehmen sollte.«

»Und er versteht es genausogut, die Schuld auf andere zu schieben«, stimmte ich ihm zu. »Etwas ganz Ähnliches hat er mit Ralph Pike gemacht. Wer hätte ihn denn verdächtigt, Pike an die Russen auszuliefern, nachdem er sich so große Mühe gemacht hatte, ihn mit dem Flugzeug hinüberzuschicken?«

»Und um allem die Krone aufzusetzen«, ergänzte Dawlish, »bat er Stok, Ralph Pike erst dann zu verhaften, wenn Sie zugegen waren und die Schuld an dem Verrat auf Sie abgewälzt werden konnte.« Dawlish pustete durch seine kalte Pfeife. »Großartig.« Er stopfte sie und setzte sie in Brand. »Aber wenn Stok und Harvey Newbegin so dicke Freunde sind, warum hat Stok Sie dann vor einem gewaltsamen Ende durch diese Räuber bewahrt?«

»Stok scheute sich vor dem Papierkrieg, der durch meinen Tod entstanden wäre. Vor den Fragen aus Moskau. Er scheute die Vergeltung, die wir an seinen Leuten hier bei uns geübt hätten. Täuschen Sie sich nur nicht: Stok ist ein harter Bursche. Aber er haßt es ebenso wie wir, Dreck vor der eigenen Tür zu haben.«

Dawlish nickte und notierte sich etwas.

»Was haben Sie also unternommen, um Newbegin aufzuspüren?«

»Ich gehe die Sache von drei Seiten an. Erstens wird er vielleicht ein weiteres Mal versuchen, diesen Virus in die Hände zu kriegen, um ihn als Eintrittsgeld bei den Russen zu benutzen. Wir wissen, daß die Eier vom M.R.E. in Porton kommen, und haben ein Foto von Midwinters Agenten dort, das ich mir von dem Computer in San Antonio habe schicken lassen. Die Sicherheitsbeamten des M.R.E. lassen ihn nicht aus den Augen, werden aber nicht eingreifen, wenn er versucht, Eier zu stehlen, sondern uns lediglich informieren. Zweitens: Möglicherweise versucht Newbegin, an das Geld zu kommen, das er unterschlagen hat; darum lasse ich bei allen britischen Banken nach einem Sperrkonto fahnden, das San Antonio als

Basis hat. Drittens: Harvey Newbegin ist bis über beide Ohren in eine Finnin namens Signe Laine verliebt; also lasse ich sie ebenfalls überwachen...«

»Von dieser Seite verspreche ich mir nicht allzuviel«, meinte Dawlish. »Ein Mann verläßt nicht Frau und Kinder, um mit einem jungen Mädchen durchzubrennen, mit dem er bereits eine Affäre gehabt hat.«

»Viertens«, fuhr ich fort, »lasse ich alle Passagierlisten der Maschinen nach Leningrad, Moskau und Helsinki kontrollieren.«

»Er kann Ihnen trotzdem durch die Lappen gehen«, sagte Dawlish. »Vergessen Sie nicht, daß er ein großartiger Schauspieler ist.«

»Stimmt«, gab ich zu. »Aber wenn er ohne den Virus zu den Russen überläuft, ist es nicht allzu tragisch.«

»Wie kommen Sie darauf?«

»Das sagt mir mein Instinkt, der auf Erfahrung beruht.« Ich wußte, daß Dawlish mich nur herausfordern wollte, weil es ihm Spaß machte, mich wütend zu sehen.

Dawlish konzentrierte sich wieder auf die Notizen. »Dieser Kerl bei dem Zahnarzt: Woher wissen Sie, daß er tot war?«

»Der Polizist hat es gesagt.«

»Aha, der Polizist hat es gesagt. Und Sie haben ihm natürlich geglaubt. Mein Gott, Sie wußten doch nicht einmal mit Bestimmtheit, ob er wirklich ein Polizist war. Er trug keine Uniform.«

»Er arbeitete mit lauter Polizisten zusammen«, erklärte ich ihm geduldig.

Ebenso geduldig erwiderte mir Dawlish: »Und ich arbeite hier mit lauter Idioten zusammen, aber das muß noch lange nicht heißen, daß ich auch einer bin.«

»Wollen Sie eine Rückfrage?«

»Ach was, lassen Sie die ganze Sache aus dem Bericht raus. Wenn der Minister denken müßte, daß wir hier Leute haben, die nicht einmal eine Leiche erkennen, wenn sie eine sehen...« Er schnalzte tadelnd mit der Zunge. Wenn man, wie Dawlish, am Schreibtisch sitzt und die Berichte liest, sieht alles sehr einfach aus. Aber es hatte einfach keinen Zweck, ihm zu erklären, daß es in einem Bericht immer ein paar offene Fragen gibt, es sei denn, man mogelt.

Dawlish sagte: »Es ist eine offizielle Anfrage über den Fernschreiber gekommen. Ich soll Newbegin ausfindig machen, ihn festhalten und dann die Amerikaner informieren. Unter keinen

Umständen, so heißt es darin, darf Newbegin den Russen in die Hände fallen. Unter keinen Umständen. Sie wissen, was das bedeutet?«

»Jawohl.«

»Gut«, sagte Dawlish. »Also, das ist offiziell; das kommt nicht von Ihren FFF-Kerlen, es kommt vom US-State Department, über das Kabinett. Es ist ein Befehl für Sie!« Wir sahen uns einen Augenblick lang stumm an. Dann sprach er weiter, jetzt aber betont langsam und nachdrücklich. »Ich persönlich«, sagte er, »hoffe nur, daß Harvey Newbegin nicht auf meinem Territorium gefunden wird. Ich hoffe, Newbegin bleibt weit fort und läßt sich anderswo schnappen. Dann werde ich veranlassen, daß seine Kumpane – Dr. Pike und Konsorten – von den Sicherheitsleuten in Porton eingesackt werden. Alles schön ruhig und säuberlich. Aber wenn es anders kommt und *wir* Harvey Newbegin verhaften müssen, und diese Geschichte mit den Brüdern Pike und den gestohlenen Porton-Viren kommt einem amerikanischen Schnüffler zu Ohren, dann platzt das Ding und wird zu einer saftigen Schlagzeilen-Sensation. Wir können keine D-Meldungen an die amerikanische Presse geben, mein Junge.«

»Ich bin ganz Ihrer Meinung, Sir«, sagte ich.

»Darum möchte ich, daß Sie diesen Fall abgeben«, schlug Dawlish vor. »Im nächsten Stadium würden Sie mit wachsenden Problemen konfrontiert, weil Sie den betroffenen Personen zu nahe stehen.«

»Und genau deshalb muß ich dabeibleiben.«

Dawlish nickte nachdenklich. »Sind Sie sicher, daß Sie alles ausführen können, was unter Umständen nötig wird?« fragte er. »Es wird möglicherweise sogar direkte Gewalt und Sturheit von Ihnen verlangt. Ich meine, Newbegin ... Nun ja, Sie wissen schon. Er kann ein sehr gefährlicher Bursche sein.«

»Ich werde mir alle Mühe geben.«

Die nächsten drei Tage kam ich mir wie eine Katze vor, die an einem Mauseloch lauert. Harvey Newbegin war kein Anfänger. Er ignorierte die Anweisungen seiner Gehirnsektion und hielt sich fern von allen Personen, die wir überwachten. Aber auch unsere Leute in Leningrad konnten ihn nirgends entdecken. Am Abend des dritten Tages verließ ich das Büro um ungefähr sechs Uhr und ging noch Lebensmittel einkaufen. Als ich zu meinem Wagen zurückkehrte und die Sprechanlage einschaltete, gab die Zentrale gerade einen dringenden Ruf durch. »Oboe zehn, Oboe zehn, Zentrale Northern Car Hire an Oboe zehn. Ich habe eine dringende Nachricht für Sie. Oboe zehn, bitte kommen!« Ich meldete mich, und man sagte mir, ein Kunde namens Turnstone wolle mich sprechen. Ich solle über Amt anrufen. Turnstone war der Deckname für den gesamten Fall Newbegin, und da ich erst wenige Meter von meinem Büro entfernt war, ging ich in die Charlotte Street zurück. Das Gebäude, in dem die Tarnfirma für unsere Telefonvermittlung untergebracht ist, liegt direkt neben dem, in dem ich arbeite, und ist mit ihm durch einen Verbindungsgang gekoppelt. Diesen benutzte ich jetzt.

In der Zentrale saß Bessie. Man hatte dafür gesorgt, daß für das Unternehmen Turnstone ständig jemand erreichbar war. Bessie war über alle Einzelheiten informiert.

Sie sagte: »Ein Constabler von der Spezialabteilung beobachtet in der Nähe von King's Cross eine Arztpraxis.«

»Und wartet auf einen Mann namens Pike«, ergänzte ich.

»Richtig«, bestätigte Bessie. »Auf einen Mann namens Pike. Heute abend hat ihn dieser Newbegin in der Praxis aufgesucht – die genaue Zeit habe ich notiert – und ist vor zehn Minuten wieder gegangen.«

»Verstehe«, sagte ich. »Weiter.«

»Also, der Constabler hat einen Nadelempfänger – das ist ein Ding, das aussieht wie ein Füllfederhalter, und das summt, wenn ich hier auf die Taste drücke.« Sie drückte, um mir zu demonstrieren, wie es funktionierte. »Also, jetzt summt der Empfänger. Jetzt weiß der Constabler, daß Sie zur Stelle sind und er Ihnen eine Nachricht durchgeben kann.« Ein weißes Licht leuchtete am Schaltbrett auf. »Das ist die Bestätigung«, erklärte Bessie. Jetzt konnte ich nichts mehr tun als hier herumsitzen und mich mit Bessie unterhalten, bis der Constabler von der Spezialabteilung das nächste Telefon erreicht hatte und anrief.

Der Summer ertönte mitten in unser Gespräch hinein.

Bessie sagte: »Das wird er sein; diese Nummer ist für ihn reserviert. Ja, ich verbinde. Sie müssen ihn begrüßen, vergessen Sie nicht, daß Sie auf einer Amtsleitung sprechen.«

Ich meldete mich, und die Stimme am anderen Ende sagte: »Die verdächtige Person entspricht der Beschreibung von Harvey Newbegin. Er fährt in südlicher Richtung.«

»Und Sie haben ihn fahren lassen?«

Der Constabler beruhigte mich. »Keine Angst, Sir. Wir haben zwei Wagen hinter ihm hergeschickt, und außerdem habe ich noch einen Constabler zu Fuß bei mir. Er fährt einen ziemlich auffallenden Wagen, Sir. Man kann ihn leicht im Auge behalten. Einen Heinkel, glaube ich.«

»Auffallend? Inwiefern?«

»Na, ja, vor allem ist er leuchtend rot. Zweitens hat er vorn ein Schild, auf dem steht: ›Dies ist ein transistorisierter Rolls Royce‹, und drittens hat jemand in den Staub auf dem Rückfenster geschrieben: ›Lern erst mal richtig parken.‹«

Als ich Bessie mitteilte, daß dem Heinkel ein Polizeifahrzeug folgte, stellte sie durch zur Informationszentrale der Metropolitan Police, und wir hörten mit an, wie der verfolgende Wagen über Harveys Route berichtete: durch das Zentrum von London, über die Waterloo Bridge, Waterloo Road, Elephant und Castle. Bessie notierte die Adresse des Hauses, vor dem Harvey schließlich parkte.

Mit einem verwirrten Blick reichte sie mir den Zettel. »Aber das ist doch Ihre...«

»Jawohl, meine Adresse«, sagte ich. »Und genau da wäre ich jetzt, wenn ich nicht einen dringenden Anruf bekommen hätte.«

Ich kehrte zu meiner Wohnung zurück, wo Harvey noch immer vor der Tür stand und klingelte, während ein Constabler in Zivil auf ihn einredete und sich beklagte, daß ich zu spät käme. Als ich eintraf, sagte der Beamte etwas von Papieren, die er abholen wolle, und ich erklärte ihm, sie seien erst morgen fertig.

»Wie gut, daß dieser Mann da war, der die Papiere abholen wollte«, sagte Harvey kurz darauf. »Sonst hätte ich nicht gewußt, daß du jeden Augenblick nach Hause kommen mußt.«

Ich knurrte etwas vor mich hin und überlegte, ob Harvey tatsächlich darauf hereingefallen war. Ich machte ihm einen Kaffee, während er in meinen Büchern herumstöberte. Als ich ihm die Tasse brachte, sagte er: »Ich habe meine Frau verlassen. Ich werde nie mehr zu ihr zurückkehren.«

»Das tut mir leid.«

»Jetzt brauche ich mir wenigstens nicht mehr den Kopf darüber zu zerbrechen, ob ich es mir leisten kann, die Kinder ins Ferienlager zu schicken.« Er stieß ein gekünsteltes Lachen aus. »Weißt du, daß ich auch aus der Midwinter-Sache ausgestiegen bin?«

»Ja, das weiß ich.«

»Würden deine Leute...« Er wühlte in seinen Taschen. »Würden deine Leute...« Er blickte auf.

»Würden meine Leute was?«

»Mir Haus und Heim bieten?«

»Nein. Englische Häuser haben amerikanische Hauswirte.«

»Ich würde Miete bezahlen. Ich würde ihnen Einzelheiten über die Midwinter-Gruppe England geben. Fotos... alles.«

»Die Einzelheiten über die Midwinter-Gruppe Nordeuropa sind mir bereits bekannt. Fotos... alles.«

»Ach so«, sagte Harvey. »Midwinter hat dir erklärt, wie man per Telefon Daten und Fotos vom Computer-Abtaster aufnimmt. Nun ja, wenn das so ist, dann kannst du die ganze Gruppe ja auffliegen lassen, sobald du nur willst. Suchen sie mich?«

»Du bereitest meinen Vorgesetzten ziemliche Kopfschmerzen, Harvey. Sie wollen dich nicht in Dienst nehmen, und sie wollen dich nicht in Haft nehmen. Sie wollen, daß du verschwindest.« Harvey nickte.

»Aber wenn du gehst«, fuhr ich fort, »dann laß mich die Sache organisieren. Inzwischen haben sich nämlich Militär und Ministerium eingeschaltet. Jetzt braucht bloß einer von denen ein bißchen übereifrig werden, und schon...«

»Okay«, sagte Harvey, »ich gebe dir Bescheid«, und stand auf. Er trug einen englischen Anzug, wie man ihn nur in Amerika bekommt. Er suchte abermals in seinen Taschen. »Hast du auch manchmal das Gefühl, daß alle Männer auf der Welt sich so schnell bewegen, daß sie durch die Reibung verbrennen?« fragte er mich. »Und alle Frauen stehen still, und man saust an ihnen vorbei.« Er suchte immer noch. »Was die bloß mit dem vielen Geld anfangen?«

sinnierte er. »Meine Frau schluckt Geld wie gesalzene Erdnüsse; sie kann einfach nicht genug davon kriegen.«

Er fand ein zerknittertes Foto von Signe und starrte es an, als wolle er sich von ihrer Existenz überzeugen. »Ich muß noch einmal mit ihr sprechen«, sagte er. Er drehte das Foto um, damit ich auch sah, wen er meinte. »Sie sagt, sie liebt mich nicht mehr, aber ich weiß es besser. Ich werde sie in Helsinki wiedersehen. Ich kann sie bestimmt überzeugen.«

Ich nickte ohne Begeisterung.

»Du verstehst das natürlich nicht«, tadelte Harvey. »So etwas erlebt man nur ein einziges Mal. Sieh sie dir an: das weiche Haar, die zarten Hände, ihre Haut. Sie ist jung.«

»Das waren wir alle einmal.«

»Aber nicht so.«

»Weißt du, ich...«

»Nein, im Ernst«, unterbrach Harvey mich. »Nur sehr wenige Menschen haben diese Eigenschaft, dieses geheimnisvolle Etwas. Es macht mir Angst. Sie ist zart und zutraulich und verletzlich; wie ein verwundetes Vögelchen. Erst Wochen, nachdem ich sie zum erstenmal gesehen hatte, faßte ich mir ein Herz und sprach sie an. Jeden Abend ging ich nach Hause und flehte: ›Bitte, lieber Gott, mach, daß sie mich liebt.‹ Als ich sie zum erstenmal sah, kam sie aus einem Schuhgeschäft. Ich folgte ihr bis zu dem Büro, wo sie arbeitete. Um die Mittagszeit trieb ich mich wieder dort herum, und endlich, eines Abends in einem Restaurant, sprach ich sie an. Auch jetzt noch kann ich es kaum fassen, daß sie mich liebt. Ich kann's einfach nicht fassen.« Harvey trank seinen Kaffee, und ich dachte an Dawlishs Vermutung und freute mich, daß ich recht gehabt hatte. »Unschuld«, erklärte Harvey. »Das ist es, was sie von den anderen unterscheidet. Einem Unschuldigen scheint nichts unmöglich, weil er keine Erfahrungen gemacht hat, die ihm sagen, daß gewisse Dinge nicht möglich sind. Weißt du... Unschuld ist das Bewußtsein, daß man etwas tun kann, und Erfahrung ist das Bewußtsein, daß man es *nicht* tun kann.«

Ich bot ihm noch eine Tasse Kaffee an. Jeder Versuch, mit Harvey vernünftig diskutieren zu wollen, war sinnlos. Den Kaffee lehnte er ab und griff statt dessen nach einer Flasche Whisky. Er sah mich fragend an, ich nickte, und er schenkte jedem von uns ein halbes Glas ein. Das seine trank er in einem Zug leer. »Dieses Mädchen«, begann er von neuem. »Du weißt ja nicht, was sie durchgemacht hat.«

»Erzähl.«

»Na ja«, sagte Harvey, »obwohl er nie international anerkannt wurde, war Signes Vater der eigentliche Erfinder der Atombombe. Nach dem Krieg hat ihm das dann zu schaffen gemacht. Er fühlte sich schuldig und wurde sonderbar und wollte nur noch Sibelius hören. Sie waren aber ziemlich reich, darum konnte er es sich leisten, ein ganzes Orchester in das riesige Haus zu holen, das sie in Lappland besaßen, und dann hockte er Tag und Nacht da und hörte Sibelius. Manchmal war nichts zu essen im Haus, aber das Orchester spielte immer weiter. Es muß furchtbar für Signe gewesen sein, denn ihre Mutter lag in einer Eisernen Lunge. Kannst du dir das vorstellen?«

»Leicht«, erwiderte ich. »Leicht.«

Harvey redete immer weiter und trank sich durch meinen gesamten Whiskyvorrat hindurch. Um neun Uhr schlug ich vor, essen zu gehen.

Er lehnte ab. »Ach, koch mir einfach ein Ei«, sagte er. »Ich brauche nicht viel.« Während ich Steak und Pizza aus meinem Gefrierfach holte, versuchte Harvey sich an meinem alten Bechstein. Als ich das Essen ins Zimmer brachte, stellte er seinen Teller auf den Flügel und schlug, während er redete und dabei kaute, immer wieder Akkorde an. »Ich möchte dich um ein paar Gefälligkeiten bitten«, sagte er.

»Nur zu.«

»Erstens – kann ich heute nacht auf deinem Sofa schlafen? Ich glaube, sie haben mich gestern beschattet.«

»Du hast doch keinen davon hierhergeführt?« In gespielter Erregung wanderte ich auf und ab. Offenbar beruhigte das Harvey. Er versicherte: »Großer Gott, nein! Ich hab' sie abgeschüttelt. Nur keine Angst. Aber sie kennen jetzt mein Hotel, und wenn ich dahin zurückkehre, haben sie mich gleich.«

»Okay.« Ich gab nur widerwillig nach. »Wenn du ganz sicher bist, daß dir keiner bis hierher gefolgt ist.«

»Das waren bestimmt nur Midwinters Leute«, meinte Harvey. »Und die wissen sowieso, wo du wohnst. Was macht es also aus?«

»Es geht mir nur ums Prinzip«, sagte ich.

»Ja«, antwortete Harvey. »Vielen Dank.«

»Ich muß aber um kurz vor elf weg«, warnte ich ihn. »Ich muß heute nacht arbeiten.«

»Ist was Besonderes los?«

»Nein, nur Nachtdienst«, log ich. »Gegen Mittag bin ich wieder da. Bist du dann noch hier?«

»Ich würde ganz gern zwei bis drei Tage bleiben.«

»In Ordnung«, sagte ich. »Von mir aus gern.«

Harvey schlug einen Modell-Akkord an.

»Es ist wegen Signe«, erklärte er. »Weißt du, sie ist vernarrt in dich.« Ich schwieg. Harvey sagte: »Ich wünschte, du könntest mit mir nach Helsinki kommen. Und sie überreden, daß sie mit mir geht. Ich glaube, mit deiner Hilfe würde ich sie herumkriegen.«

Das ging mir alles zu glatt. Es war zu einfach, und ich wurde mißtrauisch. Oder vielleicht sah ich auch meine Rolle in einem ganz neuen Licht.

»Ich weiß nicht recht, Harvey«, sagte ich zögernd.

»Ich werde dich auch nie mehr um etwas bitten«, versicherte Harvey. »Nie mehr. Und bei unserem ersten Kind sollst du Taufpate werden.« Er spielte die ersten Takte des Hochzeitsmarsches.

»Na gut«, sagte ich schließlich. »Wir fahren zusammen nach Helsinki.«

Harvey spielte einen kleinen Triller.

23

Ich ließ Harvey allein in der Wohnung zurück. Ich war sicher, daß er ohne mich nicht ausgehen würde, aber wiederum nicht so sicher, als daß ich den Mann, der die Wohnung noch immer beobachtete, von seinem Posten abgerufen hätte. Vom Wagen aus telefonierte ich mit dem Büro. Harriman und der Diensthabende sagten zu, mich zu begleiten. Der Diensthabende war Chico.

Ich rief Dawlish an und sagte ihm, daß ich den M.R.E.-Diebstahl jetzt gleich abschließen wolle. Ich schlug ihm vor, die Verhaftung des Agenten, der in der Versuchsstation arbeitete, der Sicherheitspolizei von Porton zu überlassen; sie konnten ihn am nächsten Morgen beim Dienstantritt kassieren. Pike dagegen wollte ich höchstpersönlich einliefern.

»Sorgen Sie dafür, daß zwischen zwei und drei Uhr jemand da ist, der mir Pike abnehmen kann«, bat ich ihn. »Bis dahin wird er ein schriftliches Geständnis abgelegt haben.«

Mit Harriman und Chico fuhr ich zu Pikes Landhaus hinaus. Es war eine kalte Nacht, und die Windböen schüttelten den Wagen wie eine Riesenfaust. Ralph Pikes Domizil lag dunkel da, in der Einfahrt von Dr. Felix Pikes Villa jedoch parkten dicht an dicht Kraftwagen aller Marken und Größen, und alle Fenster des Hauses waren strahlend erleuchtet. Über den Rasen hinweg konnten wir durch die geöffneten Vorhänge der Terrassentüren eine Menge Leute in Abendkleidung trinken und plaudern sehen, während im Hintergrund einige Paare tanzten. Der spanische Diener öffnete die Tür, wollte uns aber abweisen, als er sah, daß wir keinen Abendanzug trugen. Wortlos schoben wir uns an ihm vorbei. »Wo ist Dr. Pike?« fragte ich ihn.

Der Diener antwortete: »Er ist beschäftigt. Der gnädige Herr...«

»Fahren Sie ab!« sagte ich grob. Er machte kehrt und tauchte in Rauch und Lärm unter. Kurz darauf erschien Felix Pike in kastanienbraunem Smoking mit Seidenaufschlägen und Schulterpolstern, die wirkten, als trage er noch den Kleiderbügel mit sich herum. Er strich sich die Brokatweste glatt und verzog den Mund zu einem verkrampften Lächeln, damit ihm die Kinnlade nicht herunterklappte. »Dempsey!« rief er verblüfft, als hätte er mich nicht schon von weitem gesehen. »Was verschafft uns die Ehre?« Ich schwieg.

Harriman sagte: »Doktor Pike? Doktor Rodney Felix Pike?«

»Was ist denn?« Pike rückte nervös den Knoten seines Querbinders zurecht.

»Sind Sie Doktor Pike?« fragte Harriman abermals.

»Ja«, sagte Pike. »Aber Sie wissen verdammt genau...«

»Ich denke, wir gehen lieber irgendwohin, wo wir uns in Ruhe unterhalten können«, sagte Harriman, während Pike weitersprach, nur etwas lauter. Einen Augenblick starrten die beiden sich wortlos an.

»Na schön.« Pike drehte sich um und stieg die Treppe hinauf. »Johnson!« rief er über die Schulter zurück. »Lassen Sie Champagner und Huhn für vier Personen in mein Arbeitszimmer bringen.«

In dem mit dunkler Eiche getäfelten Arbeitsraum brannte nur eine kleine Lampe. Über dem Kamin hing eine Reihe von Säbeln und

Steinschloßgewehren. Auf dem antiken Schreibtisch lagen neben drei Kristallkaraffen mehrere Exemplare von *Country Life.* Wir nahmen in Queen-Anne-Sesseln Platz, während Pike noch einmal zur Tür ging und sich überzeugte, daß sie geschlossen war. »Vielleicht erklären Sie mir jetzt, wer Sie sind«, sagte er schließlich.

»Inspektor Simpson, Spezialabteilung, Sir«, stellte sich Harriman ihm vor. »Das da ist Sergeant Arkwright.« Er zeigte auf Chico.

»Und was ist mit dem?« Pike meinte mich.

»Zu ihm kommen wir jetzt, Sir«, erwiderte Harriman. Es klopfte, und ein Kellner brachte eine Flasche Champagner, vier Gläser und eine Platte mit Sandwiches. »Er ist gut gekühlt, Sir«, sagte der Mann. »Möchten Sie noch einen Eiskübel?«

»Nein, nein, schon gut«, wehrte Pike ab. Er stand vor dem Bücherschrank und drehte geistesabwesend den Schlüssel hin und her. Als der Kellner verschwunden war, zeigte Harriman auf mich. »Wir haben diesen Mann in Verbindung mit einem Diebstahl von Staatseigentum aus dem Microbiological Research Establishment in Porton verhaftet. Das Betreten besagten Grundstückes ist strengstens untersagt.« Harriman blickte zu Pike hinüber. »Ich muß Sie darauf aufmerksam machen, Sir, daß alles, was Sie von jetzt an sagen, gegen Sie verwendet werden kann.«

Unten spielte das Grammophon Swing. Pike betrachtete die Buchrücken im Schrank. »Ich möchte Ihre Ausweise sehen.«

Sie gaben sie ihm, und ich sagte: »Sie haben uns erwischt, Pike. Und Sie brauchen gar nicht zu denken, daß Sie mit heiler Haut davonkommen, während ich für zwanzig Jahre hinter Gittern verschwinde.« Pike prüfte die Ausweise und gab sie zurück, als hätte er mich nicht gehört; dann wollte er ans Telefon gehen, fand aber den Weg von Chico verstellt. Harriman sagte: »Das würde ich Ihnen nicht empfehlen – noch nicht. Schließlich haben Sie unten Gäste. Wir halten uns sehr zurück. Sie wollen doch nicht, daß wir hinuntergehen und Ihre Freunde vernehmen, oder?«

»Was wollen Sie denn?« fragte Pike. Es klopfte, und dann wurde die Tür aufgestoßen. Der Diener sagte: »Das Nachbarhaus, Sir. Der Schornstein brennt.« Direkt hinter ihm stand eine Frau mit violettem Haar. »Es schlagen richtige Flammen heraus, Felix«, sagte sie. »Soll ich Nigel wecken?« Beide sahen uns an, als erwarteten sie Anweisungen. »Ruft lieber die Feuerwehr«, sagte Pike. »Dafür werden die Burschen bezahlt.« Pike wandte sich wieder den Büchern zu. Die beiden gingen hinaus. Harriman sagte: »Dieser Mann hier behauptet, er habe die gestohlenen Gegenstände von Ihnen bekommen.«

»Welche gestohlenen Gegenstände?« fragte Pike zurück.

»Eier. Angebrütete Eier, die lebende Viren enthalten. Sie haben sie entgegengenommen, obwohl Sie wußten, daß es gestohlenes Staatseigentum war.« Pike kehrte dem Bücherschrank den Rücken zu. Schweigend sahen wir einander an. Das Ticken der Uhr schien überlaut. Pike stand jetzt direkt hinter mir. Es war so still im Raum, daß ich Pike atmen hörte, obwohl unten die Musik dudelte.

Ich wandte mich an Harriman: »Ich sag' Ihnen alles.« Dann drehte ich mich um und sah zu Pike auf. »Wenn Sie dann behaupten wollen, Sie hätten die Eier *gelegt*, dann ist das Ihre Sache.«

Pike starrte mich an, sagte aber nichts. Ich wandte mich wieder an Harriman. »Man hat uns geschnappt, und damit ist's vorbei. Pikes Bruder...« In dieser Sekunde traf mich ein betäubender Schlag an die Schläfe, meine Zähne schlugen aufeinander, und einen Augenblick lang hatte ich den Eindruck, daß der Raum verschwamm. Ich schüttelte mich und drückte die Hand an den Kopf. Harriman hatte Pike in den Polizeigriff genommen, und Chico hielt ihm eine antike Pistole vor, deren Lauf rötlich glänzte. Unten rief die Frau Pikes Namen.

»Zum Donnerwetter noch mal«, sagte Pike zu mir, »haben Sie denn überhaupt keinen Stolz?«

Draußen ertönte die Sirene der Feuerwehr, und durch das Fenster sah ich, daß vorsichtig eine Pumpe in die Einfahrt manövriert wurde. Ihr Blaulicht warf ein unruhiges Muster an die Decke.

Die Frau unten rief: »Felix, Liebling, komm doch bitte herunter und sprich mit den Feuerwehrleuten!« Dann hörte ich, wie sie sagte: »Vielleicht hört er mich nicht.«

»Ich hatte eigentlich auf Ihre Mitarbeit gehofft, Doktor«, beschwerte sich Harriman jetzt.

»Ich habe jetzt keine Zeit, Liebling«, rief Pike. Das Grammophon spielte *When I fall in Love.*

»Vielleicht wollen Sie jetzt auch noch leugnen, daß Sie sich mit mir im Park getroffen und mich hierher zu Ihrem Bruder gebracht haben«, sagte ich.

Und Harriman fiel ein: »Ja, Sir, die Antwort darauf möchte ich sehr gern hören.«

»Ich habe nichts zu sagen«, erklärte Pike.

Harriman sah sich um, als wolle er sich vergewissern, ob wir auch alle noch da waren. Chico wickelte die alte Pistole in ein schmutziges Taschentuch. »So ein Überfall«, stellte ich fest, »ist ein Verbrechen.« Harriman ließ Pike los und redete leise und eindringlich auf ihn ein. »Um ehrlich zu sein, Sir, wir halten nicht viel von Leuten wie dem da.« Er nickte zu mir herüber. »Abschaum. Nehmen alles, was sie nur kriegen können. Aber im Gesetz kennen Sie sich aus, das muß man ihnen lassen. Der da weiß ganz genau, daß das Gesetz über das Staatseigentum nicht sehr streng ist, und daß er mit einer leichten Strafe für Hehlerei davonkommen kann. Ich hätte lieber erst Ihre schriftliche Aussage gehabt. Damit wollte ich ihn überführen. Aber er will es unbedingt anders herum haben. Er wird ungeschoren davonkommen, Sie werden sehen. Es sind immer Idealisten wie Sie, die alles ausbaden müssen. Immer.« Es klopfte, und die Tür ging auf. »Du mußt jetzt aber wirklich kommen, Felix«, sagte die Frau verzweifelt. Vor sich her schob sie einen rotgesichtigen Feuerwehrmann. »Sagen Sie ihm, daß er herunterkommen muß«, verlangte sie.

Der Feuerwehrmann gehorchte. »Ich möchte ja Ihre Gäste nicht beunruhigen, Sir, aber es wird jetzt ein bißchen schwierig. Wir blockieren die Straße, und die Wagen Ihrer Gäste blockieren uns. Es besteht keinerlei Gefahr, aber wir müssen Platz haben, damit wir uns bewegen können.« Mit dem Finger fuhr er sich unter den Kinnriemen seines Helmes.

»Einen Augenblick«, sagte Pike. »Einen Augenblick.« Er schob Mrs. Pike und den Feuerwehrmann hinaus, schloß die Tür und drehte den Schlüssel um.

Harriman sprach weiter, als sei in der Zwischenzeit nichts geschehen. »Wußten Sie, daß diese Eier in die Sowjetunion gebracht wurden, Sir?«

»Das ist lächerlich«, erklärte Pike langsam und geduldig. »Wir gehören alle dem Verein Freies Lettland an und arbeiten mit den Amerikanern zusammen. Ich bin amerikanischer Agent. Unsere Arbeit gilt einzig dem Ziel, die Kommunisten aus Lettland zu vertreiben.« Er erklärte das, als wolle er Harriman als Mitglied werben.

»Die Wagen!« schrie der Feuerwehrmann draußen.

Ich wandte mich an Harriman. »Ich verlange, meine Aussage jetzt schriftlich niederlegen zu dürfen.«

»Nun gut«, sagte Harriman. »Sie begleiten ihn, Sergeant Arkwright«, befahl er dann Chico, und wir gingen zur Tür.

»Halt!« protestierte Pike aufgeregt. »Ich muß auch mit.« Er drängte sich an dem Feuerwehrmann und an der Frau vorbei und überholte uns auf der Treppe. Hinter uns sagte der Feuerwehrmann: »Aber ich habe ihm doch erklärt, daß keine Gefahr besteht. Es besteht überhaupt keine Gefahr.«

Wir brachten Doktor Felix Pike ins Verteidigungsministerium. In der Halle erwarteten uns drei Polizisten, die zwei Büros für uns bereitgestellt hatten. Harriman legte ein Blatt Papier vor Pike auf den Tisch, und Pike begann eifrig zu schreiben. Im ersten Absatz nannte er Geburtsdatum und -ort (Riga, Lettland) und die gesellschaftliche Stellung seiner Eltern. Der Rest der Aussage war eher ein politisches Manifest, ein Aufruf zu sofortigem, bewaffnetem Einmarsch in Lettland mit dem Zweck, das kommunistische Regime zu stürzen. Als Harriman ihm erklärte, er sei lediglich am Diebstahl der Viren aus dem Government Research Establishment in Porton interessiert, wurde Pike sehr erregt. Er zerriß seine Aussage und verschränkte trotzig die Arme. In seinem strahlend weißen Hemd saß er da wie eine Waschpulverreklame.

»Sie können mich nicht gegen meinen Willen hier festhalten«, sagte Pike.

»O doch, das kann ich, Sir«, entgegnete Harriman geduldig. »Ich halte Sie fest aufgrund von Artikel 195 des Armeegesetzes. Jede Person, die ohne Erklärung im Besitz von Armeeigentum angetroffen wird, kann ohne Haftbefehl arretiert werden. Sie sind zwar nicht verhaftet, aber Sie werden hierbleiben, bis Sie mir eine Erklärung liefern.«

»Ich wünsche meinen Anwalt zu sprechen«, verlangte Pike.

»Und ich wünsche eine Erklärung«, antwortete Harriman.

Endlich sagte Pike: »Ich bin Arzt. Sie sollten etwas mehr Respekt vor mir haben.«

»Der Arztberuf ist kein Club für Supermänner«, sagte Harriman sanft.

»Wirklich nicht?« gab Pike zurück. »Manchmal weiß ich nicht recht. Wenn ich so einige meiner untermenschlichen Patienten ansehe...«

Ein Mann der Ministeriumspolizei trat auf Pike zu und schlug ihn mit der flachen Hand ins Gesicht. Dreimal, und so schnell, daß man mit dem Auge nicht folgen konnte.

»Diskutieren Sie erst gar nicht mit denen«, riet der Mann Harriman gutmütig. »Da rennen Sie ja doch nur im Kreis.« Der Polizist sah Harriman an, doch Harrimans Miene war ausdruckslos. »Ich meine...«, sagte der Polizist. »Ich meine, wir wollen doch alle nach Hause, nicht?«

Pike war schneeweiß geworden, und seine Nase blutete. Auf seinem weißen Hemd bildeten Blutspritzer ein leuchtendes Muster. Mit einem Taschentuch wischte er an dem Blut herum und nahm seinen Querbinder ab. Er steckte ihn in die Tasche. Sein Gesicht war blutverschmiert, und er schniefte laut, um die Blutung zu stoppen.

»Schreiben Sie«, befahl der Polizist. »Hören Sie auf zu schniefen und schreiben Sie.« Er schlug mit der Hand auf das Papier und hinterließ einen blutigen Fingerabdruck. Pike nahm seinen Füllfederhalter heraus und schraubte ihn auf. Immer noch schniefend, begann er zu schreiben – mit jener unleserlichen Schrift, für die Ärzte sechs Jahre Übung brauchen.

»Bringen Sie Doktor Pike nach nebenan«, wandte sich Harriman an den Polizisten.

»Und keine Handgreiflichkeiten mehr«, warnte ich.

Pike fuhr zu mir herum; er hielt mich noch immer für einen Gefangenen. »Sorgen Sie sich nur um sich selber! Ich brauche Ihre Fürsprache nicht. Was ich getan habe, geschah für Amerika und für Lettland, das Land meines Vaters und meiner Frau.« Seine Nase begann wieder zu bluten.

Der Polizist nahm Federhalter und Papier und führte Pike hinaus. Hinter ihnen schloß sich die Tür. Harriman gähnte und bot mir eine Zigarette an. »Es wird schon klappen«, sagte Harriman. »Und Chico hält Sie für ein Genie.« Er lächelte, um mir zu zeigen, daß er anderer Ansicht war. »Ich kann sagen, was ich will, aber er läßt es sich nicht ausreden, daß Sie den Brand in Ralph Pikes Haus gelegt haben.«

»Das ist ja reizend«, sagte ich düster. »Nächstens glaubt Dawlish das ebenfalls.«

IX Helsinki – Leningrad

24

Meine Aufgabe in Helsinki war einfach: Ich mußte dafür sorgen, daß Harvey Newbegin von den Amerikanern verhaftet wurde, ohne daß ich etwas damit zu tun hatte. Jeder Anfänger, der frisch von der Ausbildung kam, hätte das erledigen und anschließend noch einen Film sehen, zu Abend essen und mit dem nächsten Flugzeug wieder nach London zurückkehren können. Aber fünf Minuten nach der Landung wußte ich, daß Dawlish recht gehabt hatte: Ich hätte die Sache an einen anderen abgeben müssen, an einen, der Harvey nicht schon seit über zehn Jahren kannte, und der nichts dabei fand, ihn einem CIA-Agenten auszuliefern. Ich konnte es nicht; ich bin und bleibe ein Optimist. Trotz aller Beweise glaubte ich immer noch nicht daran, daß er mich wirklich durch die Räuber bei Riga hatte umbringen lassen wollen. Ich dachte immer noch, ich könnte alles ins Lot bringen. Was wieder einmal zeigte, daß ich den falschen Beruf ergriffen habe. Das fürchte ich schon seit Jahren.

Falls die Amerikaner Harvey suchten, so taten sie es nicht sehr gründlich. Ich hatte gehofft, sie würden ihn bei der Landung in Helsinki verhaften, doch Harvey reiste als Schwede unter dem Namen Eriksson, und das bedeutete, daß er seinen Paß überhaupt nicht vorzuzeigen brauchte. Mit dem Flughafenbus fuhren wir ungfähr eine Meile weit. Die Felder lagen unter einer verharschten Schneedecke. An einer Haltestelle stiegen wir aus, und als der Bus verschwunden war, tauchte Signes VW vor uns auf. Wir vergeudeten keine Zeit mit langen Begrüßungen, warfen unsere Koffer hinter die Rücksitze, und dann fuhr Signe uns in die Stadt.

»Ich habe alles genauso gemacht, wie du gesagt hast«, berichtete sie Harvey. »Ich habe die Wohnung, in die wir jetzt fahren, unter falschem Namen und ohne Vorauszahlung per Post gemietet. Dann habe ich mit viel Tamtam in Provoo eine Wohnung gesucht und jede freie Minute damit verbracht, sie sauberzumachen und aufzuräumen und ein zweites Bett aufstellen zu lassen. Gestern habe ich noch Blumen und Räucherlachs und diese Lasimestarin Silli bestellt, die du so gern ißt, und die Firma gebeten, alles in drei Tagen zu liefern.«

Die Hinterräder des VW rutschten auf der vereisten Straße, doch Signe steuerte mühelos gegen.

»Du bist ein Genie«, lobte Harvey sie, nahm ihre Hand vom Lenkrad und küßte sie. Signe küßte Harvey aufs Ohr.

Bis auf einen Kinobesuch und einen kurzen Ausflug, den Harvey unternahm, um für Signe zwei Dutzend Rosen zu vier Finnmark das Stück zu kaufen, blieben wir ununterbrochen zu Hause. Nicht ein einziges Mal erwähnte Harvey die Möglichkeit, daß die Amerikaner ihn suchen könnten. Wir waren recht vergnügt in dieser Wohnung, auch wenn sie häßlich war und alle Räume nach frischer Farbe rochen. Am zweiten Abend entdeckte ich auch, was Lasimestarin Silli waren: süßsauer eingelegte, rohe Heringe. Harvey aß sechs Stück davon, und hinterher Steak, Bratkartoffeln und Apfelkuchen. Anschließend saßen wir herum und redeten.

Gegen Mitternacht kochte Signe Kakao, und wir begaben uns in unseren diversen Schlafzimmern zur Ruhe. Ich ließ meine Tür angelehnt und hörte um elf Minuten nach eins, daß Harvey durchs Wohnzimmer schlich. Es gluckerte ein wenig, als er einen Schluck aus einer der Flaschen auf dem Servierwagen nahm. So leise wie möglich stahl er sich durch die Haustur davon. Ich beobachtete ihn durch das Fenster; er war allein. Ich schlich zu Signes Tür und hörte, daß sie sich ruhelos im Bett herumwarf; darum beschloß ich, wieder schlafen zu gehen und eine Zigarette zu rauchen, denn Harvey würde ganz bestimmt wiederkommen, um Signe zu holen, ehe er sich auf immer verabschiedete. Ich hörte Schritte im Wohnzimmer, und dann klopfte es an meine Tür. »Herein«, sagte ich.

Signe fragte: »Möchtest du eine Tasse Tee?«

»Gern.«

Sie ging in die Küche. Ich hörte sie ein Streichholz anreißen und den Wasserkessel füllen. Ich blieb im Bett. Bald kam Signe mit einem Tablett, auf dem Teekanne, Milchkrug, Zucker, Toast, Butter, Honig und Tassen standen.

»Aber es ist noch nicht einmal zwei Uhr«, protestierte ich.

»Ich esse gern mitten in der Nacht.« Sie schenkte Tee ein. »Milch oder Zitrone? Harvey ist ausgegangen.« Sie trug Harveys alten Pyjama, die Jacke nur mit zwei Knöpfen geschlossen. Darüber hatte sie einen schwarz-gold gefleckten Morgenrock angezogen.

»Ich weiß«, bestätigte ich. »Milch.«

»Aber er kommt zurück. Er bleibt nicht lange.«

»Woher weißt du das? Kein Zucker.«

»Er hat seine alte Schreibmaschine nicht mitgenommen. Die schleppt er sonst überall mit sich herum. Er will mich heiraten.«

»Wie schön.«

»Das ist überhaupt nicht schön«, ereiferte sie sich. »Das weißt du doch ganz genau. Er liebt mich nicht. Er ist verrückt nach mir, aber er liebt mich nicht. Er sagt, er will auf mich warten. Welches Mädchen verschwendet schon seine Zeit mit einem Mann, der es ertragen kann, auf sie zu warten? Außerdem will er in Rußland leben.«

»Ja«, sagte ich.

»Rußland, hörst du? In Rußland!«

»Ich höre.«

»Kannst du dir das vorstellen? Eine Finnin in Rußland?«

»Ich weiß nicht...«

Sie setzte sich auf mein Bett. »Am letzten Tag des Winterkrieges, als der Waffenstillstand schon unterzeichnet war, sollten die Kampfhandlungen um zwölf Uhr mittags eingestellt werden. Während der letzten Stunde suchten also die finnischen Soldaten ihre Ausrüstung zusammen, und andere, die nicht direkt an der Front standen, waren bereits auf dem Rückmarsch. Alle Straßen im Rükken der Armee waren verstopft mit Pferden und Zivilisten und Soldaten – alle glücklich, daß der Krieg vorüber war, auch wenn wir den Russen unser schönes Karelien überlassen mußten. Um fünfzehn Minuten vor zwölf begannen die Russen mit der Beschießung. Es heißt, es wäre eine der schwersten Beschießungen gewesen, die es jemals gegeben hat; Tausende von Finnen fielen in jener letzten Viertelstunde des Krieges, aber viele wurden nur verwundet und konnten zurückkommen, um uns davon zu erzählen. Nein, einen Russen will ich niemals anders sehen, als höchstens durch ein Teleskop.«

»Vielleicht hättest du Harvey deine Einstellung deutlicher klarmachen sollen, anstatt ihn in seinen Illusionen zu bestärken.«

»Ich habe ihn nicht bestärkt. Ich meine, ich hatte zwar eine Affäre mit ihm, aber man sollte als Mädchen doch eine Affäre haben können, ohne daß der Mann gleich verrückt nach einem wird. Ich meine natürlich Harvey; er ist verrückt.« Ihr Ton änderte sich. »Ich gehe nicht mit Harvey nach Rußland.«

»Okay«, sagte ich.

»Harvey hat mir erzählt, daß du die Idee großartig gefunden hättest.«

»Na ja«, wandte ich ein. »Harvey hat dich sehr gern, Signe.«

»Sehr gern«, wiederholte sie verächtlich. »Das genügt mir nicht.«

»Okay«, gab ich nach. »Er liebt dich mit verzweifelter Leidenschaft.«

»Hör mal, du brauchst gar nicht so zu tun, als ob das... na ja, als ob er irgendeine Krankheit hätte.«

»Tut mir leid«, sagte ich. »Aber wenn du ihn auch so liebtest, dann fände ich das wesentlich besser.«

»Ach so, das ist es. Du denkst an Harvey. Die ganze Zeit hast du nur Mitleid mit Harvey. Hier sitze ich und bilde mir ein, daß du eifersüchtig bist, daß du mich liebst, und die ganze Zeit tut dir nur Harvey leid, weil er einem so schrecklichen Mädchen wie mir in die Falle gegangen ist. So ist das also! Na, ja, ich hätt's mir ja denken können.«

»Komm, fang nicht an zu weinen, Signe«, warnte ich. »Schenk mir noch Tee ein, ja? So ist es recht.«

»Magst du mich gar nicht mehr?«

»Doch, bestimmt.«

»Am Sonntag fährt Harvey nach Rußland«, sinnierte sie. »Er nimmt den Mittagszug nach Leningrad. Wenn er fort ist, wird es dann anders zwischen uns beiden?«

»Inwiefern?«

»Ach, du weißt schon.«

»Das wäre sehr nett, aber ich fahre mit Harvey nach Rußland.«

»Du bist schrecklich! Immer mußt du dich über mich lustig machen!«

»He, streu nicht Zucker in mein Bett!«

Signe sprang auf mein Bett und boxte mich wütend, aber mit einer gewissen erotischen Nebenbedeutung. »Ich bin ein Leopard«, schrie sie. »Meine Krallen sind lang, und ich bin ganz wiiiild.«

Mit ihren langen Fingernägeln fuhr sie an meinem Rückgrat entlang und zählte die Wirbel bis zur Lendengegend. »Ich bin ein linkshändiger Leopard«, erklärte sie. Ihre Fingerspitzen glitten behutsam weiter. Sie maß vier Finger breit nach links und stach dort mit dem Nagel zu.

»Autsch!« machte ich. »Hör mal, Signe, entweder gehst du jetzt ins Bett, oder du gießt noch einmal Tee auf.«

»Weißt du, wo Harvey hingegangen ist?« Sie legte den Kopf an meine Schulter; ihr Gesicht war klebrig vor Coldcream.

»Das weiß ich nicht, und es interessiert mich auch nicht«, erklärte ich. Ich wußte, sie würde es mir erzählen.

»Er trifft sich mit einer Ärztin aus England.« Sie legte eine Pause ein. »Siehst du, jetzt hörst du mir doch zu.«

»Ich höre zu«, gestand ich.

»Es ist eine Mrs. Pike; sie hat ein paar von diesen Hühnereiern mitgebracht. Die Frau glaubt, sie werden nach Amerika geschickt, aber Harvey muß sie mit nach Rußland nehmen, sonst lassen ihn die Russen nicht dableiben.«

Sie mußte sie von dem Agenten im Experimental Establishment in Porton noch bekommen haben, bevor wir ihn verhaften konnten. Wenn sie sie auf der richtigen Temperatur gehalten hatte, waren sie auch in Ordnung, und Mrs. Pike wußte genau, wie es gemacht wurde.

»Harvey muß wahnsinnig geworden sein, dir so etwas zu erzählen«, stellte ich fest.

»Ich weiß«, sagte Signe. »Aber Leoparden sind listig.«

Über mich hinweg langte sie nach der Nachttischlampe. Diese verdammte Schlafanzugjacke war viel zu weit für sie. Das Licht ging aus.

»Unter uns Leoparden«, sagte ich. »Denk daran, daß das einzige Tier, vor dem wir Angst haben, ein Pavian ist.«

25

Am Sonntag standen meine Pläne fest. Ich hatte London informiert, ich hatte ein Visum für Leningrad, und Harvey schien sich zu freuen, daß ich ihn begleiten wollte. Am Sonntagmorgen standen wir spät auf. Harvey und ich packten in aller Ruhe. Signe trank indessen Kaffee. Ein spätes Frühstück nahmen wir auf dem Bahnhof ein. Das Restaurant liegt im ersten Stock; von dort aus kann man die lange Haupthalle gut überblicken.

Zwei Polizisten mit Pelzmützen und blauen Regenmänteln suchten die Wartebänke nach Landstreichern ab, und an der Schließfachwand lehnte ein Kriminalbeamter in Zivil und verzehrte ein heißes Würstchen. Draußen, auf den kalten, unüberdachten Bahnsteigen, standen nebeneinander die Züge. Einer davon hatte an einem Ende drei rote Waggons; unter ihren großen Fenstern lief ein gelber Streifen entlang, und jeder trug das Wappen der Sowjetunion und ein weißes Schild mit der Aufschrift HELSINKI-MOSKAU. Aus dem Schornstein dieser Waggons kräuselte sich dünner schwarzer Rauch.

Auf den Stufen des einen Kurswagens stand ein russischer Schaffner, ein kräftiger Mann in blauem Mantel und Pelzmütze. Er nahm unsere Fahrkarten entgegen und sah mit unbewegtem Interesse zu, wie Signe und Harvey sich umarmten. ich hingegen gab Signe nur einen sehr brüderlichen Kuß und machte dann Platz für Harvey und seine große Abschiedsszene.

Als Harvey endlich in unserem Abteil auftauchte, preßte er die Nase an die Scheibe und winkte – winkte, bis Signe nur noch ein winziger Punkt auf dem verschneiten Bahnsteig war. Der Schaffner hatte seinen Mantel ausgezogen und schaufelte Kohlen auf einen komischen kleinen Ofen, der am Ende des Ganges stand. Kurz darauf brachte er uns eine Tasse schwachen Tee mit Zitrone, und eine Packung Moskauer Kekse. Harvey machte es sich bequem. Nun war die Entscheidung gefallen; gelassen trank er seinen Tee und betrachtete die langen Güterzüge mit Holz, Öl und Paraffin, die in dieselbe Richtung fuhren wie wir. Der Rauch malte Hieroglyphen in den schiefergrauen Himmel. Zu beiden Seiten der Strecke lag schwer und reglos wie ein aschgraues Leichentuch der nordische Winter.

»Dieser Winter nimmt überhaupt kein Ende«, sagte Harvey, und ich nickte. Ich wußte, daß er zumindest für ihn kein Ende nehmen würde.

»Du hältst sie für eine Hure«, sagte Harvey. »Du kannst nicht begreifen, was ich an ihr finde.«

»Ich habe sie sehr gern«, gab ich zurück.

»Aber?«

Ich zuckte die Achseln.

»Aber?« drängte Harvey hartnäckig.

»Sie ist ein Kind, Harvey. Sie ist dir ein Ersatz für deine Kinder, aber nicht für deine Frau.« Mit verschränkten Armen starrte Harvey hinaus auf den Schnee. Sein Kopf bewegte sich ein wenig. Möglicherweise nickte er.

Wir sahen uns schweigend an.

»Es sollte nicht sein«, sagte Harvey dann. »Es war schön, solange es dauerte, aber es war einfach zu perfekt. Wenn das Leben selber gefährdet ist, muß das Glück zurückstehen.« Ich hatte keine Ahnung, wovon er sprach, aber ich sagte: »Freut mich, daß du es von dieser Seite betrachtest.«

»Du hast es die ganze Zeit gewußt?« Ich nickte jedenfalls. »Er war kein wichtiger Agent, nur ein Kurier; er arbeitete schon seit ein paar Jahren für die Russen, und sie hielten nicht besonders viel von ihm. Das änderte sich erst, nachdem Signe ihn umgebracht hatte. Mit einer Hutnadel – das hat sie in Midwinters Schule gelernt. Und als sie ihm ein paar Dokumente stahl, da war er auf einmal wichtig und wurde ein Held und ein Märtyrer. Ich weiß nicht... Komisch, ich hatte keine Ahnung davon, bis Signe es mir gestern erzählte.« Er hatte die Arme immer noch fest vor der Brust verschränkt. »Wie die Dinge liegen, werden sie ihr jetzt nichts tun, aber wenn sie nach Rußland ginge, würde sie doch ziemliche Schwierigkeiten bekommen.«

Ich nickte.

»Sie hat vier Männer umgebracht, den russischen Kurier und Kaarna eingeschlossen. Sie ist der offizielle Killer der Midwinter-Organisation. Ein erstaunliches Mädchen.«

»Ja«, stimmte ich zu.

»Sie wird jetzt ihren Vetter heiraten – eine Ehe ohne Liebe. Er ist Polizeibeamter, der Arme.« Seine verschränkten Arme lösten sich. Er holte Zigaretten heraus und bot sie mir an, aber ich nahm keine.

Der Zug stieß das langgezogene, schmerzliche Stöhnen überanstrengten Metalls aus, und dann durchlief ihn wie ein Schauer ein »Plink-plink-plink-plink-plink.«

Ich sagte: »Harvey, wir kennen uns schon sehr lange. Und ich habe dir noch nie meinen Rat aufgedrängt, nicht wahr?«

Harvey antwortete nicht.

»Wenn dieser Zug in Vainikkala hält, werden wir beide aussteigen.«

Harvey schaute weiter aus dem Fenster, doch jetzt ließ seine Miene deutlich erkennen, daß er das nicht vorhatte.

»Was du dir vorgenommen hast, Harvey, ist unmöglich«, erklärte ich. »Und Washington wird jedermann den Beweis dafür liefern, daß es unmöglich ist. Sie werden dich wie eine Mücke zerquetschen, Harvey. Und wenn sie ein ganzes Jahr dazu brauchen – schaffen werden sie es. Wenn ein Agent das weiß, was du weißt...« Ich schüttelte den Kopf. »Versuch doch, dich mit Midwinter zu arrangieren. Er wird dir eine Pension zahlen – bis an dein Lebensende.«

»Und dafür sorgen, daß das nicht allzu lang auf sich warten läßt«, ergänzte Harvey trocken.

»Wenn du das fürchtest, Harvey, können wir Pläne ausarbeiten, wie du dich schützen kannst. Nimm ein Jahr Urlaub, geh angeln und ruh dich aus. Ich will mit Signe sprechen. Sie wird dich besuchen...«

»Das wird sie nicht. Es ist aus. Wir haben Schluß gemacht.«

»Es gibt noch andere Mädchen...«

Abermals schüttelte Harvey den Kopf. »Hast du denn immer noch nicht begriffen?« fragte er. »Ich liebe Signe! Ich bin froh, daß sie nicht bei mir ist. Sie ist viel zu schade, um in diese schmutzige Affäre hineingezogen zu werden.« Harvey unterstrich jedes seiner Worte mit kleinen, pflückenden Gesten, als wolle er sie aufreihen wie eine Perlenschnur. »Ich liebe sie so sehr, daß ich sie überredet habe, in Helsinki zu bleiben. Ich pfeife auf deinen dämlichen Urlaub an den Fleischtöpfen Europas, und vor allem pfeife ich auf deine Mädchen.«

Mein Versuch war mißlungen. Trotzdem wagte ich einen neuen Vorstoß. »Also gut, Harvey«, sagte ich. »Wie du willst. Du brauchst nichts zu tun, was du nicht willst. Du kannst dir sicher vorstellen, wie meine Befehle lauten; wir sind ja aus der selben Branche. Wir werden etwas aushecken, womit wir gleichzeitig Washington zufriedenstellen und dich glücklich machen können.«

»Du gibst wohl nie auf, wie? Laß mich in Ruhe!« Harvey drückte sich mißgestimmt in die Ecke und nahm seine Nasenspitze zwischen Zeigefinger und Daumen, als wolle er ein Wort herauszapfen, das ihm entfallen war.

»Was glaubst du eigentlich, was passieren wird, wenn du die Grenze überschreitest?« fragte ich ihn. »Glaubst du vielleicht, daß sie mit einem Blumenstrauß und einem Orden auf dich warten? Du weißt doch genau, was wir mit den Überläufern machen, die zu uns kommen; wieso kommst du darauf, daß die da drüben bei dir eine

Ausnahme machen werden? Du wirst dein Leben als Englischlehrer an einer politischen Akademie in Kiew beschließen. Im günstigsten Fall, wohlgemerkt.«

»Und was glaubst du, warum ich überlaufe?« fragte Harvey verächtlich zurück. »Weil Midwinter mein Gehalt nicht erhöhen will?«

»Ich weiß nicht, warum du es tust«, entgegnete ich. »Aber ich weiß, daß es nach Vainikkala zur Umkehr zu spät ist. Dann heißt es, ade Kinder, ade Ehefrau, ade Signe und ade Heimatland.«

»Es ist nicht mehr mein Heimatland«, widersprach Harvey. »Sie haben versucht, einen Amerikaner aus mir zu machen, aber es ist ihnen nicht gelungen. Die Amerikaner gehen Abend für Abend mit der Idee zu Bett, daß über Nacht ein Wunder geschehen wird, und daß es plötzlich kein Rot-China mehr gibt. Sie träumen davon, daß die Russen Vernunft annehmen.«

»Midwinter träumt nicht davon.«

»Natürlich tut er das. Nur glaubt er, daß er ihnen zuerst die Zähne zeigen muß. Hör mal«, fuhr er in vertraulichem Ton fort, »ich habe keine feste politische Überzeugung, aber ich bin ein Russe. Mein Vater war Russe, und ich spreche Russisch beinahe ebensogut wie Oberst Stok. Ich kehre jetzt einfach nach Hause zurück, mehr nicht.«

»Okay, Harvey«, sagte ich. »Aber nicht mit den Eiern. Man wird es mir nachsehen, wenn ich dich nicht als Leiche zurückbringe, aber ich kann nicht zulassen, daß du die Eier mitnimmst. Ich meine...« Ich machte eine Handbewegung, die Harvey offensichtlich als Bedrohung auslegte.

»Faß mich nicht an!« warnte er. »Ich habe vier angebrütete Hühnereier unter dem Hemd. Das sind die einzigen von zwölfhundert, die sich positiv entwickelt haben. Ich will nicht behaupten, daß eure Jungens nicht neue produzieren können – das können sie bestimmt. Aber du weißt genau, sie werden dir niemals glauben, daß sie zerbrochen sind.«

Ich nickte.

»Also, ich trage sie direkt auf der Haut. Mit meiner Körperwärme erhalte ich die Viren am Leben. ich brauche mich nur hier auf der Bank auf den Bauch zu legen, und wir haben Rührei. Ich mache dir einen Vorschlag: Du kommst mit nach Leningrad, die Jungens dort reproduzieren die Viren, und dann gebe ich dir vier Eier, die haargenauso verschlossen sind wie diese, und die kannst du dann mit nach London zurücknehmen. Was hältst du davon?«

»Überhaupt nichts«, sagte ich. »Aber im Augenblick fällt mir nichts besseres ein.«

»Na, siehst du«, sagte Harvey zufrieden. Er trank den Rest seines kalten Tees und betrachtete die Landschaft draußen. »Ich bin froh, daß du deine kleine Ansprache gehalten hast. Ich habe die ganze Zeit darauf gewartet und war schon richtig nervös geworden.«

Der Zug hielt an zahllosen Stationen, und immer noch hatten wir die Grenze nicht erreicht. Harvey starrte düster aus dem Fenster. Er sagte: »Ich bin froh, daß du jetzt weißt, daß Signe den russischen Kurier umgebracht hat.« Er lächelte und stieß eine Rauchwolke aus, hinter der er beinahe verschwand. »Du weißt ja, wie Signe ist.«

»Du dachtest, sie hätte das auch nur erfunden«, warf ich ihm vor.

»Verdammt noch mal, nein«, protestierte Harvey. Er rauchte hastig. »Sie war viel verzweifelter über unsere bevorstehende Trennung als ich. Viel verzweifelter.« Es begann wieder zu schneien. Abermals hielt der Zug.

»Vainikkala.« Draußen riefen Stimmen den Namen der finnischen Grenzstation.

»Komm mit, wir gehen einen Kaffee trinken«, schlug ich vor. »Wir haben zwanzig Minuten Aufenthalt, weil die Russen jetzt ihre Lokomotive vorspannen. Der letzte richtige Kaffee für eine Weile.«

Harvey rührte sich nicht. Ich drängte: »Der letzte richtige Kaffee, Harvey – fürs ganze Leben!«

Harvey grinste und zog sehr behutsam den Mantel an, wegen der Eier.

»Aber keine Tricks!« warnte er mich.

Als Zeichen der Unterwerfung hob ich die Hände und ging ihm voran durch den Gang.

Der russische Schaffner blickte grinsend von seinem Ofen auf. In einem großen Wartesaal bekamen wir Kaffee. Hier drinnen war es sauber und warm und hell, und es herrschte jene hygienische, typisch skandinavische Atmosphäre, die so gut zu der Weihnachtskartenlandschaft draußen paßte. Wir standen im rieselnden Schnee und beobachteten die Lokomotive: ein grünes Riesenspielzeug mit roten Rädern und einem roten Stern vor dem Bauch. Sanft schob sie sich vor den Zug, von dem inzwischen die finnischen Wagen abgetrennt worden waren.

»Was kommt jetzt?« erkundigte sich Harvey.

»Jetzt kommen die finnischen und sowjetischen Zoll- und Einwanderungsbeamten an Bord und kontrollieren uns, während wir das Niemandsland durchqueren. In Vyborg hängen sie eine Diesellok vor den Zug und hinten ein paar weitere Wagen an, die den Inlandverkehr nach Leningrad aufnehmen.«

»Wenn ich also wieder im Zug sitze, bin ich so gut wie in Rußland?«

»Oder so schlecht.« Ich kletterte die Stufen hinauf und ging wieder in unser Abteil.

»Ach was, schlecht«, sagte Harvey. »Kannst du mir etwas nennen, was du hast und die Leute in Leningrad nicht?«

»Persönlich gesehen: eine Rückfahrkarte nach Helsinki.«

Harvey knuffte mich, doch als ich das gleiche – ebenso spielerisch – bei ihm tat, warnte er mich: »Achtung! Ich bin eine brütende Glucke.« Er dachte, ich hätte vergessen, daß er die Eier unter dem Hemd trug; aber darin hatte er sich getäuscht.

Bis Leningrad lag noch eine lange Reise vor uns. Das Tageslicht begann zu schwinden. Es schneite immer noch, die Flocken hell vor dem dunkelnden Himmel. Harvey zog den Mantel aus und setzte sich in der Ecke zurecht. Kurz darauf hielten wir in einem Wald, direkt vor einer Lichtung, so groß wie ein Fußballplatz. Hier zweigte ein unbenutztes Holzladegleis ab und führte bis vor einen baufälligen Schuppen und eine Wiegebrücke. Zwischen den Bäumen tauchte ein großer, schwarzer russischer Personenwagen auf. Vorsichtig holperte er über den unebenen Boden, schlug Bogen um Schwellenstapel und Reisighaufen herum. An dieser Stelle war der Forstweg etwa fünfzig Meter von der Bahnstrecke entfernt. Näher konnte der Wagen nicht an unseren Zug heran. Er hielt.

»Das also ist Rußland«, sagte ich zu Harvey. Ich schaltete die kleine Tischlampe an, und das gelbliche Licht spiegelte unsere Gesichter in der Scheibe.

»Willst du mir nicht erklären, daß dies meine letzte Chance ist?« fragte Harvey ironisch.

»Schon zu spät«, erwiderte ich. »Da kommt der MWD.« Ich sah sie durch die halboffene Tür; sie schritten durch den Gang, als gehöre ihnen der Zug. Krachend schoben sie die Abteiltür zurück. »Papiere!« befahl der kleinste und grüßte knapp. Sie trugen Khakijacken und -hemden, dunkle Hosen und grüne Mützen. Der Feldwebel, der gegrüßt hatte, musterte unsicher Harveys Paß, als habe er Schwierigkeiten mit der lateinischen Schrift. Der Hauptmann nahm ihm das Dokument aus der Hand. »Newbegin?« fragte er.

»Ja«, antwortete Harvey.

»Nach Leningrad?«

Harvey nickte.

»Folgen Sie mir und nehmen Sie Ihr Gepäck mit.« Der Hauptmann wandte sich zur Tür. Der Feldwebel schnippte mit den Fingern, um Harvey zur Eile anzutreiben. Sie benahmen sich nicht sehr freundschaftlich.

»Ich komme auch mit«, mischte ich mich ein.

Der Hauptmann drehte sich noch einmal um. »Sie bleiben im Zug, Mr. Newbegin wird mit dem Auto nach Leningrad gebracht. Sie bleiben hier. Ich habe in dieser Hinsicht eindeutige Befehle.«

Der Feldwebel schob mich in das Abteil zurück und schloß die Tür. Ich hörte noch, wie der Hauptmann ihn warnte, nicht in Newbegins Nähe zu kommen; vermutlich wollte er verhindern, daß die Eier zerbrachen. Der Zug fuhr an, hielt aber nach wenigen Metern schon wieder. Ich zog das Fenster herunter und sah gerade noch, wie der Mann in der Hauptmannsuniform aus der Tür sprang und Harvey mit seinem Koffer behilflich war. Zwischen dem Holzweg und der Bahnstrecke lagen über vierzig Meter, und wenn der Wolga auch weitergefahren war, um auf gleicher Höhe mit dem Zug zu bleiben, war es ein langer Marsch durch den tiefen Schnee. Die Windschutzscheibe des Wagens war grau von Schneeflocken, aber die Scheibenwischer hatten zwei schwarze, blanke Sektoren saubergefegt. Der Auspuff stieß jene übelriechende, schwarze Qualmwolke aus, die russisches Benzin abgibt, und ich vermeinte sie fast vom Zug aus zu riechen. Die drei Männer schienen nur sehr langsam vorwärtszukommen; es sah fast aus wie eine Zeitlupenaufnahme. Harvey drehte sich noch einmal um und lächelte. Ich winkte zum Abschied zurück. Die beiden anderen drängten ihn weiter, zur offenen Wagentür hin. Harvey zog den Mantel aus. Der Feldwebel stand schon hinter ihm, eine kleine Pappschachtel für die Eier in der Hand. Jetzt legte Harvey die Jacke ab, um die Eier aus seinem Hemd zu holen. Der Wind blähte sein Hemd wie einen Spinnacker, und sein Gesicht war verzerrt, weil ihm der eisige Sturm in die Haut biß. Der Hauptmann lachte und trieb ihn mit einer Geste zur Eile an, damit sie endlich in den warmen Wagen einsteigen konnten. Was dann geschah, weiß ich nicht genau, aber plötzlich lief Harvey davon. Mit grotesken Bewegungen kam er auf den Zug zugerannt. Der tiefe Schnee zwang ihn, die Knie bei jedem Schritt fast bis ans Kinn zu ziehen. Er hastete über den ersten Schienenstrang, rutschte auf vereisten Schwellen, schwankte, stützte sich kurz mit den Fingern der rechten Hand auf den Boden. Er wurde verfolgt von einer Reihe Ameisen – winzigen, roten Ameisen. Er stolperte und versank bis zum Handgelenk im Schnee, stieß sich aber wieder ab, richtete sich auf und lief mit seltsam zuckenden Bewegungen, wankte, kippte, fiel, warf sich im Fallen zur Seite, berührte mit der Fingerspitze den Boden und schoß wieder zu voller Größe empor – wie ein Springteufel aus der Kiste.

Der Feldwebel hatte die leere Pappschachtel fallen lassen und stand jetzt in der klassischen Pose der Pistolenschützen da, den Arm leicht angewinkelt. Seine Hand zuckte empor, als er auf Harvey schoß. Der Fahrer des Wagens legte den Gang ein. Holpernd rollte der Wagen hinter Harvey her. Harvey wollte den Zug erreichen. Die Kolonne der roten Ameisen folgte ihm immer noch über den Schnee, und jetzt erst erkannte ich, daß es winzige Blutstropfen waren. Der Hauptmann hing halb aus der vorderen Tür des Wolga und zielte mit einer riesigen Pistole ebenfalls auf Harvey. Er konnte ihn unmöglich treffen, denn der Wagen sprang auf und ab über Eishügel, alte Schwellen und gefrorene Abfallhaufen.

Mit einem metallischen Klirren ruckte der Zug an. Harvey hätte schon fast die Hand nach ihm ausstrecken können, doch nun war er wieder ein Stück entfernt. Der Wolga war an der Stelle stehengeblieben, wo der Forstweg scharf von der Bahnstrecke abbog. Der Feldwebel hatte aufgehört zu schießen. Einsam und reglos stand er draußen im Schnee, den Pistolenarm ausgestreckt, den Kopf ein wenig schiefgelegt. Seine Waffe war auf die Zugtür gerichtet. Harvey mußte die hohen Stufen hinaufklettern, und wenn er den Arm ausstreckte, um den Haltegriff zu erreichen, mußte er sich hochrekken: ein bequemes Ziel selbst für einen Pistolenschuß. Harvey wollte den Griff packen. Ich sah, wie der Feldwebel abdrückte. Die Waffe zuckte in seiner Hand, und es gab nur sehr wenig Rauch.

Er feuerte dreimal schnell hintereinander. Ich glaube kaum, daß Harvey gewußt hatte, was ihn an der Treppe zum Zug erwartete, aber es war eine der wenigen Gelegenheiten, bei denen er tatsächlich Glück hatte: Er rutschte aus. Er glitt auf einer Schwelle aus oder er stolperte – auf jeden Fall schlug er der Länge nach in den Schnee. Ich konnte ihn nicht mehr deutlich sehen, doch als er sich wieder erhob, erkannte ich, daß sein Ellbogen blutig war, und daß er um die Taille einen gelben Streifen von Eigelb trug. Es dauerte zehn Sekunden, bis der Feldwebel den leeren Patronenrahmen entfernt, einen neuen aus der Tasche geholt, ihn eingeschoben und wieder Schußposition eingenommen hatte, aber sie genügten Harvey, um sich kopfüber in die offene Wagentür zu werfen. Als ich gelaufen kam, wand er sich wie ein Aal auf dem Bauch. Stöhnend ruckte der Zug an und wurde schneller. Harvey atmete langsam, mit tiefen, keuchenden Stößen, und zitterte am ganzen Leib. Schwerfällig rollte er sich herum, bis er mich sehen konnte. Seine schweren Lider waren nur halb geöffnet. »Mein Gott, hab ich Angst gehabt!« sagte er. »Mein Gott!«

Harvey brauchte noch immer seine ganze Kraft, um atmen zu können. Endlich sagte er: »Ich dachte, er würde mich noch abknallen, als ich hier lag.«

»Zeig mir lieber deinen Arm«, sagte ich.

»Dir?« gab Harvey zurück. »Glaubst du etwa, ich wüßte nicht, daß das eure Leute waren? Da drüben, das Warnschild wegen dem Eis auf den Weichen: Die Aufschrift ist finnisch. Wir sind immer noch auf der finnischen Seite. Das waren eure Jungens, als russische Grenzer verkleidet.«

»Es waren Amerikaner«, berichtete ich. »*Wir* hätten es geschickter gemacht. Und jetzt zeig mir deinen Arm.«

»Was hast du vor? Willst du zu Ende führen, was sie angefangen haben?«

»Sei nicht so bitter, Harvey. Ich habe dir auch keine Vorwürfe gemacht, als mich deine Hampelmänner in Riga um die Ecke bringen wollten.«

»Damit hatte ich nichts zu tun.«

»Ehrenwort, Harvey?«

Er zögerte. Wenn er sein Ehrenwort gab, konnte er nicht lügen. Er konnte betrügen, stehlen, Kaarna und den Mann beim Zahnarzt umbringen lassen. Er konnte sogar seinen Leuten befehlen, mich zu ermorden, aber er konnte nicht auf sein Ehrenwort lügen. Die Ehre bedeutete Harvey sehr viel.

»Na schön, dann sieh dir meinen Arm an«, gab er nach. Er zeigte mir seinen Ellbogen. »Hab' ich mir an der Autotür aufgerissen.«

Aus dem Augenwinkel sah ich den Wolga über den schmalen Forstweg davonjagen. Harvey hatte Heftpflaster in seinem Koffer; ich klebte es fest über den Schnitt. »Ist nur ein Kratzer«, beruhigte ich ihn.

Bald mußten die echten Zollbeamten kommen.

26

Wir übernachteten beide im Hotel Europa. Am nächsten Morgen frühstückten wir im Restaurant – Palatschinken mit saurer Sahne –, und dann begann ich mich so würdevoll wie möglich von Harvey zu verabschieden.

»Kommst du noch mit zum Flughafen?« fragte ich ihn. »Ich möchte die Vormittagsmaschine nehmen.«

»Und was erwartet mich da? Zwanzig Bullen und eine Gummizelle im Jet?«

»Nun sei doch nicht so, Harvey!«

»›Nun sei doch nicht so, Harvey!‹« äffte Harvey mich nach. »Weißt du, was ich tun sollte? Den Russen sollte ich dich ausliefern – auf der Stelle.«

»Hör mal, bilde dir nur nicht ein, daß du schon im Geheimdienst bist, nur weil du da drüben in Texas ein bißchen lange elektronisches Monopoly gespielt hast. Jeder wichtigere russische Geheimdienstler weiß, daß ich gestern abend mit der Bahn angekommen bin. Sie wissen, wer ich bin, genau wie ich weiß, wer sie sind. Kein Mensch manipuliert heutzutage noch mit falschen Bärten und doppelten Sohlen und so weiter.«

»Aber ich«, sagte Harvey.

»Ja, du. Und damit hast du uns ein paar Wochen lang an der Nase herumgeführt. Ich konnte meinen Oberen einfach nicht klarmachen, daß es solche Leute wie dich noch gibt – außer vielleicht im Film.«

»Trotzdem könnte ich ihnen ein paar Dinge über dich erzählen.«

»Darauf würde ich mich nicht verlassen, mein Junge. Wenn du auf mich hörst, halt lieber den Mund, denn ich habe so ein Gefühl, daß deine Begeisterung für diese Stadt sich sehr schnell legen wird. Wenn das geschieht, dann brauchst du irgendein nettes, freundliches Land, in das du dich zurückziehen kannst – und die werden allmählich knapp für dich; vor allem, da du das nächstemal keine Informationen oder Eier zu verkaufen hast.«

»Das glaubst du...«

»Sag lieber nichts«, warnte ich ihn. »Du könntest es dein Leben lang bereuen.«

»Das einzige, was ich bereue, ist, daß dich diese Kerls in Riga nicht umgelegt haben.« Harvey wischte sich die saure Sahne von den Lippen und warf seine Serviette hin. »Ich bring dich zum Taxi«, sagte er.

Wir gingen hinaus. Draußen schien es zu tauen, Schneeräumer fegten das Eis an die Bürgersteigkante, doch gerade als Harvey bemerkte, wie sauber hier die Straßen doch geräumt seien, fielen schon wieder ein paar Flocken und kündigten eine neue Frostwetterperiode an.

Mehrere Taxis fuhren vorbei; sie waren besetzt oder auf dem Heimweg. Wir schlenderten langsam über den Newskij-Prospekt, auf dem sich Menschen in dunkler Winterkleidung und Pelzen drängten. Wir sahen breite Gesichter aus der Mongolei, kleine, verkniffene Armenier mit schwarzen Schnauzbärten, Marineoffiziere in schwarzer Uniform und Soldaten in hohen Astrachanmützen.

Harvey deprimierte es, daß er kein Taxi auftreiben konnte. Wahrscheinlich hatte er das Gefühl, jeder hier müßte ihn herzlich und dankbar als Konvertiten begrüßen. »Ich hab' Kopfweh«, sagte er. »Und gestern abend hatte ich Fieber. Außerdem tut mir die Wunde am Arm weh.«

»Willst du zurück ins Hotel?«

»Nein, es geht schon; aber es wird mir dauernd schwarz vor den Augen. Jedesmal, wenn ich mich bücke, wird mir's schwarz. Warum, was meinst du? Ob es was Ernstes ist?«

»Nein, das kommt nur davon, daß alles schwarz ist, du es aber erst richtig sehen kannst, wenn du dich bückst.«

»Du hast wirklich kein Herz. Ich bin schwerkrank.«

Aber er kehrte nicht ins Hotel zurück, sondern wollte die Straße bei Rotlicht überqueren. Ich hielt ihn zurück. »Muß man sich denn wirklich von Maschinen herumkommandieren lassen?« protestierte er; dann lächelte er. Ich versuchte, seine Ironie auszuschöpfen, fragte mich, ob das sein Kommentar zu dem Milliarden-Dollar-Gehirn in Texas war, aber ich kam zu keinem Schluß. Damals nicht und später nicht, denn es war praktisch Harveys letztes Wort an mich. Wir gingen an der Bordsteinkante weiter, wobei Harvey sich den verletzten Arm hielt und ich nach einem Taxi ausspähte.

»Ja, das muß man«, sagte ich, den Blick auf ein Besetztschild gerichtet.

»Drüben gibt's mehr Taxis«, meinte Harvey. Wir standen jetzt an der Ecke und hielten den schnellfließenden Verkehr im Auge.

»Da!« sagte ich. »Da ist eine.«

Harvey trat vom Gehsteig herunter. Bremsen kreischten, ein Mann schrie etwas, aber zu spät – der Omnibus erfaßte Harvey frontal mit voller Wucht, und er verschwand unter den Rädern. Der Bus holperte zweimal, und als die Bremsen faßten, rutschten die blockierenden Räder auf einem Film aus rotem Öl. Der Bus schleuderte, blieb quer zum Verkehr stehen, und spuckte hinten während der Drehung ein Kleiderbündel aus. Die riesige Öllache hatte Blutschlieren. Aus dem Kleiderbündel ragten zwei Schuhe heraus, aber sie standen in seltsamem Winkel zueinander. Mit steifen Bewegungen kletterte die Fahrerin aus dem Wagen. Sie war ungefähr Anfang dreißig; ihr breites Bauerngesicht wirkte durch das unter dem Kinn geknotete Kopftuch noch runder. Sie wischte sich die Handflächen am Rock ab und sah dem Mann zu, der vorhin geschrien hatte – ein kleiner, drahtiger Mann, der jetzt neben dem Bündel niederkniete und es behutsam untersuchte.

»Tot«, rief er.

Die Busfahrerin weinte und rang die Hände. Wieder und wieder sprach sie ein kurzes, russisches Gebet. Auf einem Motorrad mit Seitenwagen kamen zwei Polizisten hinzu. Sie banden die Ohrenklappen ihrer Pelzmützen hoch und begannen die Umstehenden zu vernehmen. Einer der Buspassagiere zeigte auf mich, und als sich der Polizist umdrehte, wollte ich mich in der Menge verdrücken. Aber der Mann direkt hinter mir machte nicht Platz. Er wich nicht von der Stelle, bis einer der Verkehrspolizisten mich erreicht hatte. Der Polizist sprach auf Russisch auf mich ein, aber da zeigte ihm der Mann einen Ausweis, der Polizist salutierte und machte auf dem Absatz kehrt. »Hier entlang«, sagte der Mann zu mir. »Ich bringe Sie zum Flughafen.« Die Busfahrerin brach wieder in lautes Schluchzen aus. Man hatte Harveys Leiche umgedreht, und jetzt konnte sie sein Gesicht erkennen. Ich wollte nicht mit dem Mann gehen, ich wollte die Busfahrerin trösten. Ich wollte ihr sagen, daß es nicht ihre Schuld war. Ich wollte erklären, daß sie nur ein Opfer der Umstände geworden war, denen sie auf keinen Fall hätte ausweichen können. Aber während ich nachdachte, fiel mir ein, daß es vielleicht doch ihre Schuld gewesen war. Vielleicht war Harvey das eigentliche Opfer der Umstände, während die Fahrerin und ein paar Millionen anderer Menschen keinen Finger rührten, um eine wahnsinnig gewordene Welt zu ändern, eine Welt, in der ich stolz darauf war, auf meiner Seite zu stehen, und Harvey verachtete, weil er einen Ehrenkodex besaß und die Wahrheit sagte.

»Zum Flughafen?« fragte der Mann.

Einer der Polizisten streute Sand über die Lache aus Öl und Blut. »Ja, bitte, Oberst Stok«, sagte ich. Ganz in der Nähe begann es in einem tauenden Abflußrohr zu rumoren; es spie einen Strom nasser Eisstückchen über das Pflaster.

Stok trat einen Schritt vor und schnippte mit den Fingern. Ein Zis auf der anderen Straßenseite wendete und kam durch den Verkehr zu uns herüber. Der Fahrer sprang heraus und riß den Schlag auf. Stok winkte mir, einzusteigen. Drinnen zog er eine kleine Flasche aus der Tasche und reichte sie mir. »Da, trinken Sie. Das wärmt.«

Ich trank einen Schluck und mußte husten. Es war eine dickliche Flüssigkeit und schmeckte so bitter, daß sie fast ungenießbar war.

»Rigabalsam«, erklärte Stok. »Der wird Sie wärmen.« Widerwillig trank ich noch einen Schluck. Der Wagen fuhr an und schlug die Straße zum Flughafen ein. Ich blickte mich nach dem Omnibus um. Sie mochten noch so viel Sand streuen, das Blut und das Öl würde doch immer wieder durchschimmern.

Einige Zis-Wagen haben eine besondere Hupe, die allen Verkehrspolizisten ankündigt, daß eine wichtige Persönlichkeit kommt. Auch Stoks Wagen war damit ausgerüstet, und wir konnten über die Kreuzungen brausen, ohne anhalten zu müssen. Vor dem Winterpalast standen ein Dutzend Touristenbusse, und eine lange Menschenschlange wartete geduldig, bis sie an der Reihe waren, die Schätze des Zaren besichtigen zu dürfen.

»Harvey Newbegin –« Stok wählte seine Worte mit noch größerer Sorgfalt als sonst – »war ein typisches Produkt Ihres verderbten kapitalistischen Systems.«

Ich sagte: »Es gibt einen Mann namens General Midwinter, der Harvey für ein typisches Beispiel Ihres Systems hielt.«

»Es gibt nur einen General Winter«, erklärte mir Stok, »und der ist auf unserer Seite.« Der Wagen jagte am Ufer der Newa entlang. Auf der anderen Seite erkannte ich durch den Vorhang des fallenden Schnees die Peter-und-Paul-Festung und den historischen Kreuzer *Aurora*. Die Statuen im Sommergarten waren zum Schutz vor der Kälte in dicke Holzverschläge gepackt.

Der Schneefall wurde heftiger, und die Sicht war bald so schlecht, daß ich mich fragte, ob die Maschine fahrplanmäßig starten würde. Ich fragte mich auch, ob Stok mich wirklich zum Flughafen brachte.

»War Harvey Newbegin Ihr Freund?« erkundigte sich Stok.

»Um ehrlich zu sein«, antwortete ich, »ich weiß es nicht.«

»Er glaubte nicht an die westliche Welt.«

»Er glaubte im Grunde gar nichts. Er hielt Glauben für Luxus.«

»In der westlichen Welt ist er auch Luxus«, erklärte Stok. »Das Christentum befiehlt uns, heute für wenig oder gar keinen Lohn hart zu arbeiten, damit wir morgen sterben und im Paradies erwachen können. Das ist Luxus.«

Ich zuckte die Achseln. »Der Marxismus befiehlt uns, heute für wenig oder gar keinen Lohn hart zu arbeiten, damit wir morgen sterben und unsere Kinder im Paradies erwachen können. Wo ist da der Unterschied?«

Stok antwortete nicht; er zupfte an seinem Kinn und betrachtete die Menschen auf der Straße.

Endlich sagte er: »Ein hoher Würdenträger eurer christlichen Kirche hat neulich auf einer Konferenz erklärt, was sie fürchteten, sei nicht so sehr eine gottlose Welt, sondern eine glaubenslose Kirche. Genau das ist auch das Problem des Kommunismus. Wir fürchten nicht die unbedeutende, psychopathische Feindseligkeit eurer Midwinters; wenn sie überhaupt etwas tun, so helfen sie uns, denn unsere Sowjetmenschen schließen sich sofort enger zusammen, wenn sie erkennen, daß der Haß auf uns abzielt. Nein, was wir zu fürchten haben, das ist der Verlust der Reinheit in uns selber – die Glaubenslosigkeit der Führer, das Ablassen von Prinzipien der Politik wegen. Im Westen haben alle eure politischen Parteien, von der verworrenen Linken bis zur fanatischen Rechten, gelernt, auf Kosten ihrer ursprünglichen, vielleicht naiven Ziele Kompromisse zu schließen, um dafür reale Macht zu erlangen. Auch wir in Rußland haben Kompromisse geschlossen.« Er brach ab.

»Das Wort Kompromiß ist kein abwertender Begriff«, warf ich

ein. »Wenn ich zu wählen hätte zwischen Krieg und Kompromiß – ich würde unbesehen zum Kompromiß greifen.«

»Ich spreche nicht von einem Kompromiß zwischen meiner Welt und dem Westen; ich spreche von einem Kompromiß zwischen dem russischen Sozialismus und heute – mächtig, realistisch und weltzugewandt – und dem russischen Sozialismus meiner Jugend und sogar der Jugend meines Vaters – kompromißlos, idealistisch, rein.«

»Sie sprechen überhaupt nicht von einem Kompromiß«, verbesserte ich. »Sie sprechen von der Jugend. Sie trauern nicht um die Ideale Ihrer Jugend, sondern um Ihre Jugend selber.«

»Da mögen Sie recht haben«, sagte Stok.

»Bestimmt«, gab ich zurück. »Alles, was ich in den vergangenen Wochen erlebt habe, ist auf den Neid und die Bewunderung zurückzuführen, die das Alter für die Jugend empfindet.«

»Ach was, wir werden ja sehen«, fuhr Stok auf. »In einem Jahrzehnt werden wir sehen, welches System den besseren Lebensstandard bieten kann. Wir werden sehen, wer ein Wirtschaftswunder aufweist. Wir werden sehen, wer wohin reisen muß, um Luxusgüter zu bekommen.«

»Es freut mich zu hören, daß Sie das Wettbewerbssystem befürworten«, erklärte ich.

Stok wandte sich an den Chauffeur. »Sie fahren zu schnell«, beschwerte er sich. »Vorsicht, wenn Sie den Lastwagen überholen!« Lächelnd drehte er sich dann wieder zu mir um. »Warum haben Sie Ihren Freund Harvey unter den Bus gestoßen?«

Gelassen sahen wir einander an. »An der Grenze haben Sie Ihr Glück mit verbrecherischen Mordanschlägen versucht und versagt; darum bekamen Sie den Auftrag, Newbegin hier, mitten in unserem schönen Leningrad umzubringen. Ist es nicht so?«

Ich trank noch einen Schluck von dem Rigabalsam und schwieg.

»Was sind Sie eigentlich, Mann? Ein bezahlter Killer?«

»Das sind wohl alle Soldaten«, erwiderte ich. Stok sah mich nachdenklich an und nickte. Wir jagten über die endlose Straße zum Flughafen, die an einem Denkmal endete, das ich niemals besichtigt habe. Dann bogen wir rechts in die Auffahrt zum Flughafen ein. Der Fahrer hielt vor der Drahtbarriere und hupte. Ein Soldat öffnete das Tor, und wir fuhren direkt auf das Rollfeld und hielten neben einer IL-18, deren Turbo-Props sich schon drehten. Stok griff in seinen schwarzen Zivilmantel und zog meinen Paß hervor. Er sagte: »Den habe ich aus Ihrem Hotel geholt, Mr....« Er schlug den Paß auf und blickte hinein. »...Mr. Dempsey.«

»Danke.«

Stok machte keinerlei Anstalten, mich aussteigen zu lassen. Ungeachtet der Tatsache, daß der Wagen vom Propellerwind durchgeschüttelt wurde, plauderte er weiter. »Sie müssen sich zwei mächtige Armeen vorstellen, die auf einem weiten Feld aufeinander zurücken. Sie haben keine bestimmten Befehle, und keine weiß von der Existenz der anderen. Sie wissen doch, wie solche Armeen sich bewegen: Ein Mann, weit vor der Front, hat einen Feldstecher, eine Maschinenpistole und einen Geigerzähler. Dahinter kommen die Panzer, dann die motorisierten Truppen und die Ärzte, und schließlich die Zahnärzte, die Generäle und der Kaviar. Aber die äußersten Fingerspitzen jener Armee sind zwei nicht unbedingt sehr intelligente Männer, die allein zu entscheiden haben, und zwar sehr schnell, ob sie sich, wenn sie sich treffen, die Hand reichen oder aufeinander schießen sollen. Von ihrer Entscheidung hängt es ab, ob die Soldaten jener Armee am Abend gemeinsam kampieren, sich Geschichten erzählen, Wodka trinken und tanzen, oder ob sie einander in Stücke reißen werden. Diese Fingerspitzen sind wir.«

»Sie sind ein unheilbarer Romantiker, Genosse Oberst«, sagte ich.

»Möglich«, gab er zu. »Aber versuchen Sie nicht zum zweiten Mal, Ihre Männer in Sowjet-Uniformen zu stecken. Vor allem nicht in meinem Bezirk.«

»Ich habe nichts dergleichen getan.«

»Dann versuchen Sie es auch nicht zum ersten Mal«, sagte Stok. Er öffnete den Schlag auf seiner Seite und schnippte mit den Fingern. Sein Fahrer schoß um den Wagen herum und hielt mir die Tür auf. An Stok vorbei stieg ich aus. Er sah mich mit gelassener Gleichgültigkeit an und knackte mit den Fingern. Dann streckte er die Hand aus, als erwarte er, daß ich etwas hineinlege. Ich unterließ es, ihm die Hand zu schütteln, stieg die Gangway hinauf und betrat das Flugzeug. Drinnen kontrollierte ein Soldat die Pässe. Ich hatte ein unruhiges Gefühl, das mich erst verließ, als wir über dem Meer waren. Dann merkte ich, daß ich noch immer Stoks Taschenflasche in der Hand hielt. Draußen wirbelten Schneeflocken um die Maschine wie ein Heuschreckenschwarm. Nun würde es doch nicht tauen.

X London

27

»Verantwortung ist Auffassungssache«, meinte Dawlish. »Stok wird natürlich wütend sein; all seine Arbeit war ja umsonst. Aber von unserem Standpunkt gesehen, hat alles fabelhaft geklappt. Alle sind zufrieden, und der Minister hat es wortwörtlich so formuliert: ›Diese Newbegin-Angelegenheit hat fabelhaft geklappt‹, sagte er.«

Ich starrte Dawlish an und fragte mich, was wirklich unter diesem distinguierten Grauhaar vorgehen mochte.

»Die Operation war erfolgreich«, sagte Dawlish, als spräche er zu einem Kind.

Ich konterte: »Die Operation war erfolgreich, aber der Patient ist tot.«

»Sie dürfen nicht zuviel verlangen. Erfolg ist Ansichtssache. Wir werden immer erst geholt, wenn irgendwo etwas schiefgegangen ist. Die jungen Leute von heute legen viel zuviel Gewicht auf Erfolg. Seien Sie nicht so ehrgeizig.«

»Ist Ihnen schon einmal der Gedanke gekommen, daß Harvey Newbegin von der CIA oder vom Verteidigungsministerium den Befehl zum Überlaufen bekommen haben kann? Für die hat er früher gearbeitet. Möglich wäre es schon.«

»Es ist nicht Ihre Aufgabe, die Schwarzmarktspekulationen des Verrats einzukalkulieren. Wenn Newbegin noch lebte, würden wir jetzt hier sitzen und uns Gedanken über ihn machen. Ein toter Newbegin bedeutet, daß es kein Risiko mehr gibt.« Er beugte sich vor, um die Asche in den Paierkorb zu klopfen, und erstarrte, weil ihm eine ganz neue Möglichkeit einfiel. Er fuhr zu mir herum und musterte mich prüfend. »Haben Sie gesehen, daß er tot ist?« Ich nickte. »War es bestimmt seine Leiche? Keine untergeschobene?« Er begann seinen Schreibtisch aufzuräumen.

Welch absonderliche Wege Dawlishs Gedanken doch gingen! »Machen Sie es nicht noch komplizierter«, sagte ich. »Der Tote war Harvey Newbegin. Wollen Sie das schriftlich von mir?«

Dawlish schüttelte den Kopf. Er zerriß ein paar Notizzettel und warf sie in den Papierkorb. »Schließen Sie die Akten«, sagte er.

»Suchen Sie auch die Nebenakten heraus und geben Sie alles dem Vormittagsboten vom Kriegsministerium mit. Ross wird es vermutlich unter Pike ablegen. Erkundigen Sie sich telefonisch danach und vermerken Sie es auf unserer Karte.« Dawlish warf eine Handvoll Nadeln, Heftklammern und Gummibänder von der Morgenpost in den Papierkorb. Er nahm eine verrußte Glühbirne auf, die auf dem Schreibtisch lag. »Warum lassen die Elektriker nur immer die geplatzten Birnen herumliegen?«

»Weil sie aus diesem Gebäude nichts hinaustragen dürfen«, erklärte ich ihm. Dawlish wußte das ebensogut wie ich. Er wog die Birne auf seiner Handfläche und ließ sie dann ebenfalls in den Papierkorb fallen. Sie zersprang. Ich weiß nicht, ob er das beabsichtigt hatte, denn es war nicht seine Art, etwas zu zerbrechen, nicht einmal eine gebrauchte Glühbirne. Er sah mich an und hob die Augenbrauen. Ich schwieg.

Der Fall war natürlich noch nicht abgeschlossen. Er wird niemals abgeschlossen sein. Es ist damit wie mit einem Laborexperiment, bei dem eine arme kleine Maus eine Injektion bekommt, und hundert Generationen lang ist alles in Ordnung, aber in der hundertundersten haben die Jungen zwei Köpfe. So waren auch wir nicht überrascht, als die zweiköpfige Mißgeburt auftauchte. Sie erschien eines Morgens, als allererstes, um Viertel vor zehn. Ich war gerade ins Büro gekommen und las ein Schreiben von meinem Hauswirt, der sich beschwerte, Klavierspielen und Singen um Mitternacht verstoße gegen die Hausordnung. Außerdem, hieß es weiter darin, stehe ein kleines Motorfahrzeug mit ungehörigen Sprüchen auf der Straße vor dem Haus. Ob ich so gut sein und es entfernen könne.

Das Telefon klingelte und Jean sagte: »Ja, gut.« Dann legte sie wieder auf. »Der Wagen ist da.«

»Was für ein Wagen?« fragte ich.

»Für die Fahrt nach Salisbury.«

»Weswegen?«

»Du mußt Doktor Pike im Gefängnis besuchen.«

»Das ist aber das erste, was ich höre!«

»Steht auf dem Memorandum unter deinen Kaffeekeksen.«

»Warum hast du mir das nicht gleich gesagt?«

»Ich dachte, da würdest du zu allererst nachsehen.«

»Also gut, es tut mir leid. Als ich gestern sagte, ich brauche dich nur zum Maschinenschreiben und Telefondienst, bin ich zu voreilig gewesen. Ich bitte dich um Verzeihung. Aber jetzt hast du erreicht, was du wolltest, also hör auf mit der Sabotage.« Ich stand auf und stopfte das Memorandum in meine Aktentasche. »Am besten kommst du gleich mit. Ich werde vermutlich alle möglichen Informationen brauchen, und die kannst nur du mir geben. Also, gehen wir.« Jean holte einen versiegelten Aktenhefter mit einem Codewort – Turnstone – und einer Aktennummer vom Schreibtisch. In einer Ecke stand, leicht mit Bleistift dorthin geschrieben, das Wort Pike. »So etwas solltest du lieber lassen«, sagte ich und deutete auf das Bleistiftwort. »In der South Audley Street sind sie beinahe übergeschnappt, nur weil zwei unserer Akten auf dem Deckel mit Bleistift geschriebene Namen trugen. Das ist ein schwerer Verstoß gegen die Sicherheitsvorschriften. Tu das nie wieder, Jean.«

»Ich war's ja gar nicht«, erwiderte Jean. »Das war Mr. Dawlish.«

»Also, gehen wir«, sagte ich. Jean informierte die Telefonzentrale über unser Ziel, sagte Alice, daß wir keinen Frühstückskaffee brauchten, schloß Kohlepapier, Farbbänder und so weiter in einen Stahlschrank, frischte ihren Lippenstift auf, wechselte die Schuhe und dann konnten wir gehen.

»Warum ist Pike in Salisbury?«

»Er wird als Psychokranker in einem Militärgefängnis behandelt. Er wird streng bewacht, und sie waren gar nicht begeistert, daß wir ihn sehen wollten, aber Dawlish hat nicht locker gelassen.«

»So, wie ich Ross kenne, hat er vor allem etwas dagegen, daß wir es sind, die ihn besuchen.«

Jean zuckte die Achseln.

Ich sagte: »Ross kann ihn höchstens einen Monat lang festhalten. Und überhaupt nicht, wenn er freiwillig als Patient dort ist.«

»Er ist nicht freiwillig dort«, erklärte Jean. »Er protestiert wie verrückt. Ross hat ihn einen Stoß Papiere unterschreiben lassen, und Pike mußte feststellen, daß er einen Antrag auf Aufnahme in das RAMC gestellt hatte. Dem Antrag wurde stattgegeben, und sie haben ihn umgehend ins Gefängnis gesteckt. Er demolierte seine Zelle, und jetzt sitzt er in der Abteilung für Geistesgestörte. Ross hält ihn fest in seinen Krallen und will ihn nicht loslassen, bis er ganz sicher weiß, daß die Midwinter-Organisation ein für allemal aufgelöst ist. Ross hat nämlich einen Rüffel gekriegt, wegen der Eier aus Porton. Das Kabinett war aus dem Häuschen, und irgendwie hat er herausgelesen, daß wir es waren, die die Kohlen aus dem Feuer geholt haben.«

»Na, da muß Ross ja entzückt gewesen sein«, sagte ich nicht ohne Genugtuung. »Was habe ich also zu tun? Muß ich etwas unterschreiben?«

»Nein«, sagte Jean. »Du mußt Pike dazu bringen, daß er seiner Frau einen Brief schreibt, in dem er ihr rät, das Land zu verlassen.«

»Ho, ho!«

»Ja. Das Kabinett will unter allen Umständen vermeiden, daß es in diesem Jahr noch zu einem großen Spionageprozeß bei uns kommt; die Amerikaner machen auch so schon genug Schwierigkeiten. Diese Midwinter-Affäre, dieses Dilettanten-Spionagenetz, wird kolossales Aufsehen in den Staaten erregen, und man wird darauf drängen, daß den Briten keine US-Geheimnisse mehr mitgeteilt werden.«

»Und so wird Mrs. Pike sich also dem großen Heer der Personen zugesellen, die irgendwo in den Osten verschwinden, bevor die Kollegen von der Spezialabteilung mit einem noch tintenfeuchten Haftbefehl angehetzt kommen. Es ist lediglich eine Frage der Zeit, bis die Spezialabteilung merkt, was gespielt wird.«

»Es ist nur eine Frage der Zeit, bis es der *Daily Worker* merkt.«

Wir holten uns in der Lower-Kaserne in Winchester einen Aktenordner aus dem RAMC-Archiv und machten in Stockbridge Mittagspause. Von dort aus ist es dann nicht mehr weit.

Der Winter hielt den schneeweißen Hals des Landes fest in seinen eiskalten Fingern. Die Bäume waren noch immer kahl, und der nasse Wind hatte die braune Erde blankgefegt. Das Gefängnis liegt am äußersten Ende der Ebene auf einer schmalen Erhebung. Es ist das einzige psychiatrische Gefängnis (mit maximalen Sicherheitsvorkehrungen), das der Armee allein gehört. Die Gebäude sind hell und modern, und auf dem Gelände gibt es eine riesige, abstrakte Skulptur und zwei Springbrunnen, die nur angeschaltet werden, wenn eine bedeutende Persönlichkeit erwartet wird.

Am Haupteingang empfing uns der Sekretär des Gouverneurs. Die Halle sah aus, als sei sie ein wenig zu groß für menschliche Wesen, und roch stark nach Äther. Der Sekretär winkte uns mit einem großen, braunen Briefumschlag zu. Seine Fingerspitzen waren in rastloser Bewegung. Er reichte mir seine kleine, flatternde Hand und duldete, daß ich sie schüttelte. Dann begrüßte er Jean, und zwischen den beiden ergab sich ein Hin und Her mit den verschiedensten Dokumenten und Papieren. Endlich schien alles in Ordnung zu sein.

»Wir haben einen sehr gemütlichen Besucherraum«, sagte der Sekretär.

Wahrscheinlich mit Mikrophonen bestückt.

»Wir gehen lieber zu ihm in die Zelle«, erwiderte ich. »Würden Sie uns bitte etwas Tee hinüberschicken lassen?«

»Na schön, wie Sie wollen«, gab der Sekretär nach. »Man hat mir schon gesagt, daß Sie sehr eigenwillig sind.« Er lächelte zum Zeichen, daß er nicht einverstanden war. Ich hatte eigentlich erwartet, daß er jetzt sagen würde: »Höchst vorschriftswidrig.« Aber er sagte es nicht. Durch die Halle gingen wir zum Büro des Oberaufsehers, wo ein muskulöser Wärter mit langer Schlüsselkette vom Schreibtisch so überrascht aufsah, als hätte er uns nicht längst erwartet.

»Bringen Sie die Herrschaften nach Flügel drei – Sonderabteilung«, befahl der Sekretär. Er händigte dem Wärter einen gelben Papierbogen aus, den ich unterschrieben hatte.

»Dieser Laufzettel muß in meinem Büro abgegeben werden, bevor die Herrschaften das Haus wieder verlassen.« Er wandte sich zu uns um und erklärte: »Sonst läßt man Sie nicht hinaus.« Wieder sah er den Wärter an. »Verstanden, Jenkins?«

»Jawohl, Sir«, antwortete Jenkins. Der Sekretär bot uns die kleine, unruhige Hand.

»Höchst vorschriftswidrig«, bemerkte ich.

»Ja«, bestätigte er.

Jenkins schloß einen Aktenschrank auf. »Möchten Sie Tee?« fragte er über die Schulter zurück.

»Ja, gern«, sagte Jean. Er nahm eine Tüte Zucker heraus. »Ich werde Ihnen auch ein bißchen Zucker mitschicken. Muß ihn ständig einschließen«, erklärte er, »der Nachtdienst klaut.«

Flügel drei beherbergte Gefangene, die ununterbrochen beaufsichtigt werden mußten, und stand ein wenig abseits von den anderen Gebäuden. Das psychiatrische Gefängnis glich einer sehr modernen Schule, aus der alles Zerbrechliche entfernt worden ist. Das moderne Gitterwerk sollte das Gefühl des Eingeschlossenseins verhindern, aber die Lücken waren nicht groß genug, um einen Menschen hindurchzulassen. Überall hörte man ständiges Schlüsselklirren, und alles war viel zu sauber. In dem blankgebohnerten Flur, der zu Pikes Zelle führte, hingen Drucke von den gemäßigteren Impressionisten, und neben seiner Zellentür war ein Holzrahmen mit eingeschobenen Karten befestigt, auf denen Name, Nummer, Religion und Diät – in diesem Fall keine – verzeichnet standen. In dem Fach für Strafmaß und Führung steckten jedoch, wie ich sah, keine Karten.

Pikes Zelle war klein, aber hell, und das Fenster war – ungewöhnlich für ein Gefängnis – so niedrig, daß man hinaussehen konnte, allerdings nur einige Meter weit. Draußen heulte der Wind, drinnen aber war es angenehm warm. Die Wände waren in hartem Gelb gestrichen, und auf dem Fußboden lag ein schmaler Kokosläufer in derselben Farbe. Neben der Tür hing ein Blatt mit den Gefängnisvorschriften in mikroskopisch kleinem Druck. Es gab ein Krankenhausbett, ein Waschbecken und ein Wasserklosett. Neben dem Bett stand eine Leselampe mit einem barocken Schirm. Pike hatte gerade das Buch ›Ich, Claudius, Kaiser und Gott‹ gelesen. Er steckte ein Blatt Zigarettenpapier als Lesezeichen hinein und legte es auf den Tisch.

Der Wärter sagte etwas Unverständliches zu Pike, das dieser aber zu verstehen schien, denn er stand auf und nahm Haltung an. Er trug einen militärischen Drillichanzug. Der Wärter durchsuchte ihn, aber seine Haltung hatte dabei nichts Drohendes. Dann wandte er sich an mich und sagte: »Zweimal Tee, für Sie und die Dame. Ich werde Zucker dazutun. Möchten Sie auch Tee für den Gefangenen?«

»Das wäre sehr liebenswürdig«, stimmte ich zu.

Als der Wärter verschwunden war, sagte Pike: »Na, Ihnen scheint es ja gutzugehen.«

»Ich bin ein vielbeschäftigter Mann, Pike«, erklärte ich. »Wenn es nach mir ginge, würde ich Sie der Sowjet-Botschaft ausliefern, und damit basta. Aber unter der Voraussetzung, daß Sie mir meine Aufgabe nicht erschweren, will ich versuchen, so objektiv wie möglich zu sein.«

»Also zunächst muß ich Ihnen mal sagen...«

»Wann und was Sie mir sagen werden, bestimme ich. Auf jeden Fall sind Sie im Augenblick ein Problem der Armee, und ich habe nicht das geringste damit zu tun.«

»Was wollen Sie denn?« Er sah mich trotzig an.

»Ich bin gekommen, um Ihnen mitzuteilen, daß wir Ihrer Frau nichts in den Weg legen werden, wenn sie sich entschließen sollte, das Land zu verlassen.«

»Sehr freundlich«, erwiderte Pike gereizt. Mit nervösen Bewegungen strichen seine Hände an der Uniform herab.

»Damit wir uns recht verstehen: Wir wissen, daß sie in der vergangenen Woche eine weitere – und ich möchte sagen, letzte – Sendung gestohlener Viren nach Helsinki gebracht hat. Gestern ist sie nach England zurückgekommen. Sie glaubte, es für die Amerikaner zu tun, aber die Eier waren für die Russen bestimmt. Glücklicherweise sind sie nicht über die Grenze gelangt.«

»Russen!« zischte Pike verächtlich. »Ich hab ja schon einige Fantasiegeschichten gehört, aber die hier übertrifft doch wohl alles. Ich bin ein amerikanischer Agent und arbeite für eine amerikanische Geheimorganisation.«

»Es wäre allmählich an der Zeit, die Vergangenheitsform zu gebrauchen«, erwiderte ich. »Und für Sie wäre es allmählich an der Zeit, es in Ihren Dickschädel zu kriegen, daß Diebstahl aus einem streng geheimen Regierungsinstitut ein sehr schweres Verbrechen ist, auch wenn Ihre Frau mit den Eiern nichts vorgehabt hätte, als sie drei Minuten zu kochen.«

»Sie drohen mir?« fragte Pike. Er knöpfte seine Tasche auf, als wolle er ein Notizbuch herausholen, und knöpfte sie wieder zu. »Ich werde Sie alle ins Old Bailey bringen. Ich weiß, daß Insassen der psychiatrischen Strafanstalt keine Eingabe an den Innen- oder den Verteidigungsminister machen dürfen, aber ich werde die Angelegenheit dem Unterhaus vortragen, wenn nötig sogar dem Oberhaus!« Die Worte kamen glatt und fließend, als habe er sie sich schon hundertmal vorgesprochen – auch wenn er sie selber nicht glaubte.

»Sie werden überhaupt nichts tun, Pike. Was, glauben Sie, wird geschehen, wenn ich Sie jetzt hier hinauslaufen lasse, zu Ihrer Ärztevereinigung, zu Ihrem Parlamentsabgeordneten, zu Ihrer Mutter, und Sie geben diese Geschichten zum besten; diese Behauptung, Sie wären irrtümlich in die Armee eingetreten und vom Militärischen Nachrichtendienst in einem Irrenhaus festgehalten worden? Ja, glauben Sie denn, man nimmt Ihnen das ab? Man wird Sie für übergeschnappt halten, Pike, und derselben Ansicht wird auch der

Armeepsychiater sein, dem man Sie zur Untersuchung vorstellen wird. Sie werden in einer Zwangsjacke stecken, bevor Sie überhaupt wissen, wie Ihnen geschieht. Und dann fangen Sie an zu zappeln und zu zetern, daß Sie unschuldig und vollkommen normal sind, und alle werden nur um so fester überzeugt sein, daß sie es mit einem Verrückten zu tun haben.«

Pike sagte: »Kein Arzt würde sich zu so etwas hergeben.«

»Sie sind naiv, Pike«, stellte ich fest. »Vielleicht ist das schon immer Ihr Fehler gewesen. Der Armeepsychiater wird selbstverständlich die Diagnose seiner Kollegen bestätigen. Sie sind doch selber Arzt, Pike; Sie wissen doch, wie Ärzte sind: Sie bestätigen immer die Ansicht ihrer Kollegen. Haben Sie noch nie einen Kollegen gedeckt, indem Sie seine falsche Diagnose bestätigten? Sehen Sie, und genau das wird dieser Psychiater ebenfalls tun; vor allem, wenn er Ihre Akten gelesen hat.« Ich klopfte auf den Pappdeckel. »Hier steht nämlich geschrieben, daß Sie, ein Arzt, das Leben von vierzehn Personen in Gefahr gebracht haben.«

»Das sind infame Lügen!« widersprach Pike verzweifelt. »Das wissen Sie doch. Mein Gott, das ist teuflisch! Gestern kam ein Mann zu mir, der behauptete, ich sei Artillerieoffizier in Kuweit gewesen. Vergangene Woche beschuldigte man mich, Abtreibungen gemacht zu haben. Sie wollen mich in den Wahnsinn treiben. Sie wissen doch, was die Wahrheit ist!«

»Ich weiß nur, was in Ihren Akten steht«, erwiderte ich. »Und jetzt zur Sache. Wohin soll Ihre Frau fahren?«

»Nirgends wohin.«

»Wie Sie wollen. Aber wenn Ihre Frau verhaftet wird, stellt man Ihren Sohn vermutlich unter Amtsvormundschaft und steckt ihn in ein Waisenhaus. Und Ihre Frau bekommt mindestens sieben Jahre.« Ich schob die Papiere in meine Aktentasche zurück und schloß sie ab.

Pike starrte mich an. Es gelang mir kaum, in ihm den Mann zu erkennen, den ich damals in seiner Praxis am King's Cross gesehen hatte. Sein ehemals glattes, glänzendes Haar war jetzt stumpf und mit Grau durchzogen. Seine Augen waren tief eingesunken, und seine Proteste kamen nur schwächlich. Mit dem Finger fuhr er innen am Kragen seiner Uniformbluse entlang und reckte dabei das Kinn. Ich bot ihm eine Zigarette an, und als ich ihm Feuer gab, trafen sich unsere Blicke. Ohne eine Spur Freundlichkeit.

»Also gut. Wir haben Verwandte in Mailand. Dort könnte sie unterkommen.«

Ich sagte: »Hier ist Papier. Schreiben Sie ihr einen Brief und schlagen Sie ihr vor, nach Mailand zu fahren. Ohne Datum. Machen Sie Ihren Vorschlag sehr dringend, denn wenn sie nicht in ein paar Tagen verschwunden ist, kann ich ihre Verhaftung nicht mehr verhindern.«

»Aha, eine andere Abteilung«, stellte Pike ironisch fest.

»Jawohl, eine andere Abteilung«, bestätigte ich.

Als er fertig geschrieben hatte, gab ich ihm eine Tasse Tee mit zwei Stück Zucker.

28

Jean tippte an unserem Bericht über die Midwinter-Organisation. Auf einmal hielt sie inne. Sie war auf den Namen einer Straße in Texas gestoßen. »Was für ein hübscher Name – Loving Trail. Klingt nach Liebe. Warum heißt er so?«

»Weil ein Mann namens Oliver Loving dort seine Rinderherden von Texas nach Cheyenne getrieben hat.«

»Liebespfad«, sinnierte Jean. »Den sind sie wohl alle gegangen. General Midwinter, der Amerika heftig, aber nicht allzu weise liebte.«

»Das ist *die* Untertreibung des Jahres.«

»Und Mrs. Newbegin. Ich weiß, du mochtest sie nicht, aber ich bin überzeugt, daß auch sie sich von einer Art Liebe dazu bestimmen ließ, Midwinter einzuwickeln und Harvey anzutreiben, damit er ein erfolgreicher Mann wurde.«

»Ein Dieb. Bezeichnest du das als Erfolg?«

»Ich mache nur den Versuch, sie zu verstehen.«

»Aber was ist mit Harvey Newbegin?«

»Harvey liebte die Jugend. Wie viele Menschen, die andere um ihre Jugend beneiden, wollte er im Grunde seine Erinnerungen loswerden. Harvey wollte noch einmal ganz von vorn anfangen, durch eine neue Ehe, durch sein Überlaufen. Was er damit anrichtete, war ihm gleichgültig, solange er nur eine neue, fleckenlose Seite aufschlagen konnte.«

»Ich würde sagen, daß seine Frau die Schuld daran trägt. Er hatte das Gefühl, in der Falle zu sitzen.«

»Das haben wir alle.«

»Aber warum ist er übergelaufen?« rätselte Jean. »Das kann ich immer noch nicht begreifen.«

»Er war ein labiler Mensch in einer Welt, die unter ständigem Druck steht«, sagte ich. »Er war kein kommunistischer Spion, kein Revolutionär oder subversiver Marxist. Heutzutage verraten die Menschen ihr Vaterland nicht mehr wegen eines Ideals; heutzutage tun sie alles, was sie tun, nur, weil sie einen neuen Wagen brauchen, oder weil sie Angst haben, entlassen zu werden, oder weil sie eine Minderjährige lieben, oder weil sie ihre Frau hassen, oder einfach, weil sie mal etwas ganz anderes erleben wollen. So war es auch bei Harvey, und das hätte ich wissen müssen.«

»Und was hältst du von Signe? Ist sie eine Sexbiene?«

»Nein«, sagte ich. »Aber du weißt doch: junge Mädchen...«

»Nein«, gab Jean steif zurück. »*Du* weißt...«

»Sie ist ein junges Mädchen, das plötzlich entdeckt hat, daß es eine schöne Frau geworden ist. Die gleichen Männer, die ihr bisher gesagt haben, sie soll nicht so laut sein, reißen sich plötzlich um sie und lesen ihr jedes Wort von den Lippen ab. Macht! Sie berauscht sich ein bißchen daran, aber damit bildet sie keine Ausnahme. Von einem Tag auf den anderen bis über die Ohren verliebt und dann wieder ernüchtert. Ein hübsches kleines Spiel, aber Harvey Newbegin nahm es ernst. Doch Harvey war auch ein Schauspieler, und darum genoß er es trotzdem.«

»Ich habe mir den ärztlichen Bericht über Kaarnas Tod angesehen«, sagte Jean. »Die Polizei in Helsinki sagt, daß die Mordwaffe ein dünnes, spitzes Instrument gewesen sein muß, und die Wunde von einer rechtshändigen Person von hinten oben nach unten beigebracht wurde...«

»Ich bin dir weit voraus«, unterbrach ich sie. »Eine Hutnadel in der Hand eines linkshändigen Mädchens, das ihn umarmte, während beide auf dem Bett lagen, verursacht dieselbe Art von Wunden. Fünf Monate zuvor starb ein russischer Kurier an der gleichen Wunde, und außer ihm mehrere andere Männer. Sie war sehr gut im Abzählen von Rückenwirbeln.«

»Stoffspuren zwischen den Zähnen?« warf Jean geschäftsmäßig ein.

»Wir haben alle unseren kleinen Tick«, erwiderte ich.

»Mein Gott«, sagte Jean, »soll das heißen, daß sie wirklich der offizielle Killer der Midwinter-Organisation war, wie Harvey Newbegin behauptete?«

»Sieht so aus«, nickte ich. »Darum fragte mich der alte Midwinter ja auch, ob sie gefühlsmäßig engagiert sei. Er hatte erwogen, sie auf Harvey anzusetzen.«

»Was wird denn nun aus ihr?«

»Dawlish hofft, Signe Laine und Mrs. Pike für uns gewinnen zu können.«

»Erpressung!«

»Ein hartes Wort, aber wenn wir ihnen einen Job anbieten, werden sie wohl kaum nein sagen können.«

Ross vom Kriegsministerium hatte also eine Möglichkeit gefunden, Dr. Felix Pike in Gewahrsam zu halten, und doch das Aufsehen einer öffentlichen Gerichtsverhandlung zu vermeiden. Aber selbst Ross konnte nicht vorgeben, daß Mrs. Pike in die Armee eingetreten und wahnsinnig geworden sei. Wir hatten ein stillschweigendes Übereinkommen mit Ross, daß er Mrs. Pike uns überlassen würde. Wir wollten sie weiterhin im Auge behalten, mit dem Ziel, sie möglicherweise in unseren Dienst zu nehmen.

Ross würde dieses Übereinkommen zwar nicht brechen, aber er verfügte über andere Mittel, unsere Pläne zu sabotieren. Am frühen Freitagnachmittag hörten wir, daß sich die Spezialabteilung für Mrs. Pike interessiere. Daß Ross dabei seine geschickte Hand im Spiel hatte, war uns von vornherein klar.

Jean klappte den Aktendeckel zu und zeigte mir einen großen braunen Umschlag. Er enthielt zwei Flugscheine und ein Bündel amerikanischer Banknoten.

»Dawlish will, daß du Mrs. Pike in ein Flugzeug verfrachtest.« Sie sah auf die Uhr. »Die Spezialabteilung wird heute abend mit einem Haftbefehl bei ihr auftauchen, also wirst du den Brief von Pike wohl doch noch benutzen müssen. Wenn du dich beeilst, hast du eine Stunde Zeit, sie zu überreden.«

»Wie ich diese verdammten Aufträge hasse!«

»Das weiß ich.«

»Ich muß sagen, du bist überaus mitfühlend.«

»Für Mitgefühl werde ich nicht bezahlt«, sagte Jean. »Es ist doch ganz einfach: Du setzt Mrs. Pike in die Maschine, bevor sie verhaftet wird. Ich dachte, es macht Spaß, den barmherzigen Samariter zu spielen?«

Ich nahm die Flugscheine und steckte sie in die Tasche. »Na, dann kommst du am besten mit«, sagte ich. »Dann kannst du mal sehen, wie verdammt spaßig so etwas ist.«

Jean zuckte die Achseln und nannte dem Fahrer Pikes Adresse.

Freitagabend im Villenvorort. Es war kalt. Durch den leichten Nebel tauchten die imitiert georgianischen Umrisse des Pike-Hauses auf.

Die ausgebaute Scheune, in der Ralph Pike gewohnt hatte, zeigte an zwei Fenstern im ersten Stock noch dunkle Brandflecken. Aber jetzt standen keine Autos in der Einfahrt, und nirgends gab es Musik oder ein Zeichen von Leben. Ich klingelte. Der spanische Diener öffnete die Tür.

»Ja?«

»Wir wollen zu Mrs. Pike.«

»Ist nicht da«, erklärte er und wollte die Tür wieder schließen.

»Dann suchen Sie sie«, sagte ich, »sonst muß ich mir Ihre Arbeitsgenehmigung ansehen.«

Widerwillig ließ er uns ein. Wir nahmen auf dem langen bequemen Sofa Platz. Vor dem Kamin hatte sich ein Dackel wie eine Brezel zusammengerollt. Der Diener kam wieder. »Mrs. Pike ist dort«, sagte er und reichte mir einen grell orangefarbenen Zettel. Darauf stand: Die Besterton-Schule gibt sich die Ehre, alle Eltern und Freunde zu einer Schüler-Theatervorführung einzuladen. Einlaß ab halb sieben. Vorstellungsbeginn sieben Uhr. Eintritt frei. Sammlung zugunsten der hiesigen Wohlfahrtsorganisation. Wir bitten um frühzeitiges Erscheinen. Kaffee und Erfrischungen zu niedrigen Preisen. Die Lehrer sind gern bereit, Fragen der Eltern zu beantworten.

»Komm, Jean«, sagte ich.

Ein kalter Wind harfte in den Telefondrähten; der letzte Schimmer Tageslicht war verschwunden. Nur ein gelber Mond leuchtete mild herab.

Die Schule war ein weitläufiges Haus, das früher einmal eine Meierei gewesen war. Heute war das Gelände in Parzellen aufgeteilt, auf denen moderne Häuser standen.

Neben dem Eingang saß eine Dame im Pelzmantel auf einem

Stuhl. »Sind Sie Eltern?« fragte sie uns, als Jean und ich eintraten.

»Nein, aber wir bemühen uns«, antwortete ich. Sie lächelte verkniffen und ließ uns ein. Ein großer, handgemalter Pfeil wies uns zu einem Gang, in dem es nach Schulbüchern und Tafellappen roch. Mrs. Philippa Pike war hinter der Bühne. Ich gab ihr den Brief von ihrem Mann, und sie musterte mich sehr lange, bevor sie ihn öffnete. Sie schien nicht überrascht zu sein, als sie ihn las.

»Ich gehe nicht fort«, erklärte sie dann. Es war eben hell genug, um ihr Gesicht zu erkennen; nur auf die Bühne waren ein paar Scheinwerfer gerichtet, in deren Licht jetzt ein kleines Mädchen tanzte.

»Sie sollten den Rat Ihres Mannes befolgen«, sagte ich. »Er ist bestimmt besser in der Lage, die Situation zu beurteilen.«

»Das glaube ich nicht«, entgegnete Mrs. Pike. »Sie sagten doch, daß er im Gefängnis sitzt. Von da aus kann er bestimmt keine Situation richtig beurteilen, es sei denn, seine eigene.«

»Ich habe nicht gesagt, wo er ist, ich habe nur gesagt, daß ich einen Brief von ihm habe.«

Das kleine Mädchen auf der Bühne rezitierte ein Gedicht.

»Es ist ganz einfach«, fuhr ich fort. »Hier ist ein Flugschein nach Mailand für Sie und Ihren Sohn. Wenn Sie die nächste Maschine nehmen, bezahle ich sämtliche Unkosten, und außerdem bekommen Sie Geld genug für Kleidung und so weiter, damit Sie nicht mehr in Ihr Haus zurückkehren müssen, denn das wird vermutlich schon überwacht. Wenn Sie nicht einverstanden sind, werden wir Sie nach Haus begleiten, sowie Sie hier fertig sind. Dann werden Sie wohl verhaftet werden.«

»Ich nehme an, Sie befolgen nur Ihre Befehle«, sagte sie.

»Aber nicht blindlings, Mrs. Pike«, gab ich zurück. »Und das ist der Unterschied.«

Das kleine Mädchen auf der Bühne wirbelte ein letztes Mal herum. Mrs. Pike sagte: »Ich traue Ihnen nicht.«

Ein kleiner, als Spielzeugsoldat verkleideter Junge mit riesigen, weißen Knöpfen und zwei grellroten Kreisen auf den Wangen kam auf Mrs. Pike zugelaufen und nahm ihre Hand. »Ich bin jetzt dran, Mammi«, sagte er.

»Richtig, Liebling«, antwortete Mrs. Pike. Alle Lichter gingen an. Mrs. Pikes Gesicht war plötzlich deutlich zu sehen. Das kleine

Mädchen knickste, und es gab Beifall. Das Publikum hatte sich so still verhalten, daß es mir gar nicht bewußt geworden war, daß direkt hinter der Pappwand ungefähr sechzig Menschen saßen.

»Hast du ein sauberes Taschentuch, Liebling?« erkundigte sich Mrs. Pike.

»Ja«, sagte Nigel Pike, der Spielzeugsoldat. Das kleine Mädchen kam lachend, mit glühenden Wangen von der Bühne und wurde von ihrem Vater in Empfang genommen. Ein Mann rief: »Die Spielzeugsoldaten, aufstellen! Wo ist das Einhorn?« Er stieg auf die Bühne und richtete Nigel und seine Freunde in Reih und Glied aus; dann verschwand er hinter einem Haufen aufgestapelter Schulpulte.

»Und ich traue *Ihnen* nicht«, sagte ich zu Mrs. Pike. »Ich war letzte Woche auch in Helsinki.«

Die Spielzeugsoldaten, ein Löwe mit Heftpflaster am Knie und ein Einhorn, dessen Horn sich schon auflöste, hatte sich auf der Bühne aufgestellt. Das Klavier begann zu spielen. Einer der Spielzeugsoldaten schwenkte den Säbel, und die anderen begannen ein Lied von einem Löwen und einem Einhorn zu singen, die miteinander um die Krone kämpften. Dazu schlugen Löwe und Einhorn mit Pappschwertern aufeinander ein und stießen grunzende Laute aus, wie es die Ringkämpfer im Fernsehen tun.

Mrs. Pike starrte mit blinden Augen auf die hell angestrahlten Kinder.

»Sie müssen sich schnell entscheiden«, mahnte ich. »Aber ich will es Ihnen noch einmal genau erklären. Jetzt –« ich sah auf die Uhr, es war 19.45 Uhr – »ist vermutlich der Haftbefehl bereits ausgestellt, aber weil wir hier in Buckinghamshire sind, wird es eine Menge Telefoniererei geben, bis der Chief Constable beruhigt ist. Ich würde sagen, Sie haben noch zwei Stunden; danach sind Häfen und Flugplätze bewacht. Wenn erst die Leute der Spezialabteilung am Londoner Flughafen ihre Befehle erhalten haben, sind diese Flugscheine keinen Pfifferling mehr wert.«

Einer der Spielzeugsoldaten sang jetzt allein einen Vers. Mrs. Pike beobachtete ihren Sohn. Der Mann auf der anderen Seite der Bühne flüsterte ziemlich laut: »Los doch, Einhorn! Los doch, lauf um den Baum!«

»Das Einhorn hat ein bißchen zu lange gewartet, nicht wahr?« sagte ich.

»Ja«, antwortete Mrs. Pike. »So war es auch schon bei den Proben.«

»Das geht über meinen Horizont«, erklärte Dawlish. Er hatte gefährlich viel Kohle auf das Feuer im Büro geschaufelt und von der Versandabteilung außerdem einen Heizofen ausgeliehen, aber es war immer noch kalt. Dawlish beugte sich vor und wärmte sich seine Hände am Feuer. »Sie sind mit diesem als Spielzeugsoldat verkleideten Kind durch den ganzen Londoner Flughafen gelaufen? Ich begreife nicht, wie man so einfältig sein kann! Natürlich ist es der Paßkontrolle aufgefallen. Als der Alarm durchkam, haben die sich sofort an das Kind erinnert.«

»Ja«, sagte ich geduldig, »aber da waren Mrs. Pike und ihr Sohn schon über die Grenze.«

»Als Spielzeugsoldat verkleidet!« Dawlish schüttelte den Kopf. »Gibt es denn überhaupt etwas Auffallenderes? Hätten Sie ihm nicht wenigstens einen Mantel anziehen können?«

»Woher soll ich um acht Uhr abends zwischen Buckingham und Slough einen Mantel nehmen, der einem Kind paßt?«

»Man kann improvisieren«, erklärte Dawlish. »Man muß nur Initiative beweisen.«

»Ich habe in diesem Fall schon so oft Initiative bewiesen, daß ich schon fast keine mehr übrig habe.«

»Sie haben Einfälle«, sagte Dawlish. »Als Spielzeugsoldat verkleidet! Neulich sagte ich noch zu Ross, als er gegen Ihre Fahrt nach Salisbury Einwände erhob, er mag ja ein bißchen sehr kritisch sein, sagte ich, und eigensinnig ist er auch ganz bestimmt, und er faßt wahrscheinlich alles ganz falsch an; aber er bringt Leben in die Bude. Was haben Sie sich eigentlich dabei gedacht, mit einem Spielzeugsoldaten zum Alitalia-Schalter zu gehen?«

»Ich habe gedacht, wie gut es doch sei, daß ich kein Einhorn bei mir hatte.«

»Ein Einhorn, so, so«, sinnierte Dawlish und nickte, um mich um Himmels willen nicht aufzuregen. »Aha, ich verstehe.«

Hinter ihm sah ich zwischen den grauen Wolken ein winziges Stückchen Blau; vielleicht war der Frühling doch nicht mehr weit.